有爱的青春陪伴者

岂非题

大芹菜 著

江苏凤凰文艺出版社

图书在版编目（CIP）数据

是非题 / 大芹菜著. -- 南京：江苏凤凰文艺出版社，2024.8
ISBN 978-7-5594-8697-4

Ⅰ.①是… Ⅱ.①大… Ⅲ.①长篇小说－中国－当代 Ⅳ.①I247.5

中国国家版本馆CIP数据核字(2024)第108431号

是非题

大芹菜 著

责任编辑	王昕宁
特约编辑	娄 薇
出版发行	江苏凤凰文艺出版社
	南京市中央路165号，邮编：210009
网　　址	http://www.jswenyi.com
印　　刷	天津睿和印艺科技有限公司
开　　本	880mm×1230mm 1/32
印　　张	9
字　　数	200千字
版　　次	2024年8月第1版
印　　次	2024年8月第1次印刷
书　　号	ISBN 978-7-5594-8697-4
定　　价	42.80元

江苏凤凰文艺版图书凡印刷、装订错误，可向出版社调换，联系电话025-83280257

目录

Chapter 1/001
两人关系

Chapter 2/021
选择权利

Chapter 3/040
我们之间

Chapter 4/057
迷茫的心

Chapter 5/074
昨日旅程

Chapter 6/089
可不可以

Chapter 7/106
只道寻常

目 录

Chapter 8/124
求证过程

Chapter 9/142
飞奔向你

Chapter 10/161
内心指南

Chapter 11/179
风雨将至

Chapter 12/196
心的方向

Chapter 13/212
坦诚自白

Chapter 14/231
爱不离手

番外 /254
爱的瞬间

Chapter1

両人关系

花了整整十分钟，谭思佳依然没有停好车。挂 P 挡后，她拨通陈非的电话："喂，你有空吗？"

陈非问："什么事？"

她说："来帮我停一下车，我停不进去。你多久能到？"

他很干脆："我就在电梯楼附近，很快。"

两分钟后，一个穿着水务公司工作服的年轻男人找过来，随口问："暑假买车了？"

"不是，是我哥的，他换了新车，这辆给我开着代步。"谭思佳说完顿了一下，解释道，"我大一拿到驾照至今快十年没碰过车了，教练教的东西全忘了，刚刚试了很久，停不进去，你来吧。"

陈非上车。他调了座位，游刃有余地转两把方向盘，车子便稳稳当当地泊进车位。熄火后，他下车，说："我放不下腿，调了下座椅，你等会儿自己把座椅调回来，今天忙，改天找时间教你停车。"

谭思佳点头，他转身要走，她叫住他："陈非。"

陈非回身，漆黑的眸子看着她，无声询问：还有事？

她发出邀请："晚上来我家吗？"

他沉默片刻，表情未变："看情况，可能加班到很晚，如果我来，给你发消息。"

"好吧。"谭思佳笑。

陈非走后，她重新坐进车里，里面一下子宽敞许多，想到他刚才说放不下腿，一米八五的大高个，这点空间对他来说的确太狭促。她将驾驶椅调回原来的位置，探身从副驾驶位拿上包，锁车上楼。

谭思佳是去年才来清水镇小学的。

她毕业后进了一家已经过气、正在艰难摸索转线上发展的杂志社，前男友父母认为她那份工作钱少事多，前景也堪忧，知道她读的汉语言文学专业，话里话外要求她考老师编制。另一方面，也的确是因为就业大环境不好，大大小小的公司开始裁员，她自己这几年也没干出什么成就，还因为职场人际关系复杂受了一些气。考虑到学校性质单纯，工作也稳定，正好她大学时考了教师资格证，便重新规划职业方向。

至于为什么选了一所镇小——谭思佳没有什么挑拣的余地，城区小学的老师编制竞争太大，她读的大学又不是什么排得上名号的，能顺利考进镇小的老师编制，已经算运气好。

学校为教职工提供了住宿，修建于九十年代的楼房，条件比较差，单间配套的户型面积不大，墙面斑驳，细看角落能瞧见结着的蛛网，水泥地砖永远也拖不干净，最糟糕的是那个没有安装抽水马桶的卫生间，她无法适应，于是自己出去找房子住。清水镇最好的房子便是前两年新建的六幢电梯楼，她租下 3-17-6 号房，两室一厅，家电齐全，一个月仅仅需要付五百块租金。

电梯楼的入住率不高，许多业主买下房子后在外上班，平时一直空着。十七楼除了谭思佳，另外只住了一户人，是一对退休没两年的夫妇，偶尔见到会打声招呼。

暑假回家两个月，谭思佳昨天才来。因开车经验严重不足，爸妈不放心，两人都是老司机，陪她一起来，顺便帮她把卫生做干净才离开。

她已经在学校食堂吃过晚饭，进门后先去卧室换运动服。她并不是天生瘦的体质，为了维持匀称身材，买了台跑步机放在客厅，每天坚持锻炼。运动结束打开电脑备课，直到关上电脑，期间微信消息很多，但没有一条来自陈非。

看来，他今晚不会过来了。

谭思佳洗澡的时候，书桌上的手机屏幕亮了一下，陈非告诉她，他半个小时后到。

这会儿陈非刚收工，他先回家煮了碗面吃，洗漱干净才去找谭思佳。自从她放暑假回家，他和她已经很久不见，刚开始他积极与她通讯联络，她不爱回消息，三番五次，他也不自讨没趣，热脸贴人冷屁股不是他的风格，便淡下来，以为自己哪里得罪她，她要冷处理，这段恋爱关系就这样算了。

站在谭思佳门前，陈非抬手敲门，很快，里面传来她警惕的声音："谁呀？"

"我。"陈非说。

隔了片刻，门打开，她显得诧异："我以为你不来了。"

"你没看我给你发的微信吗？"陈非进去，他熟悉地从玄关鞋柜里取出一双男士拖鞋。

"刚刚去洗澡了。"谭思佳看着他换鞋,想到昨天爸妈发现这双男拖时问怎么回事,她找了个理由糊弄,说是广大网友教的,独居女性家里一定要有男人的东西,他们信以为真。当时她还急急进卫生间收了一下他的个人用品,幸好他的东西不多,藏起来不费事。

"今天来的?你一个人把车从海城开过来的?"陈非跟着她往里走。

"我爸妈昨天一起来的。"谭思佳说。

如果她独自从海城开车过来,陈非要说一句胆子真够大。他又问:"他们走了?"

"当天来当天回。"谭思佳闲聊的兴致不高,直接问他,"你回家洗过澡了?"

她的意思不言而喻,陈非似笑非笑:"想我了?"

谭思佳不答反问:"你不想我?"

他愣了一下,低头看她。谭思佳穿着清凉,一条白色吊带裙,她皮肤很白,穿白色更显楚楚动人。她四肢修长,并不是十分纤细的类型,有种恰到好处的珠圆玉润感。

她也抬眼看他,两双漆黑的眸子对上,陈非喉头一动,伸手扣住她后腰,吻过去的同时说:"我想不想,你不清楚吗?"

陈非吻得很重,他心里是恼火的,因为她忽冷忽热的态度。暑假期间不搭理他,一回来上班却又热情地邀他过夜,他弄不懂她的意思。

他来势汹汹,谭思佳根本招架不住,在她腿软之际,他忽然将她腾空抱起,她连忙搂住他的脖颈。

陈非一边与她接吻一边往卧室里走,然后将她放到柔软的床上。

他站在地上脱衣服,这个夏天在野外工作时间长,他的身体和手臂呈现明显色差,不过并不影响健美感官,他本来就是健康皮肤,硬实的肌肉更显得他力量蓬勃。

谭思佳看着他脱光衣服,她也主动将自己从少得可怜的布料里剥出来。

热汗涔涔地结束一场情事,房间里空气闷浊,谭思佳叫他穿上衣服:"我开窗户透透气。"

她刚要下床,被陈非捞过去。他另一只手够到床头柜上的空调遥控器,将温度开到最低,嗓音带着脱水后的暗哑:"前段时间为什么不回我消息?我哪里做错惹你不高兴了?"

谭思佳从他怀里挣出来:"我没回吗?我记得回了你的。"

丢下这句,她径直走出卧室。陈非目光沉沉地盯着她的背影,好半晌,气笑了。她记得回了他的?如果说,他发过去四五条消息,她第二日才冷冷淡淡地用几个字打发他,那确实算得上回了。

陈非捡起自己的衣裤穿上,拉了窗帘推开窗户,然后去了阳台抽烟。等到她从卫生间出来,他告诉她:"我走了。"

谭思佳疑惑道:"你不在这里睡?"

"不了。"陈非将解释的话咽下去。今晚工作没干完,几个同事商量好明早五点集合出发,他不想清早回家换工作服,来回够折腾的。

她也没挽留他,而是吩咐道:"把垃圾带出去扔一下。"

陈非简直无话可说。

他十点半来的,离开时十二点半。谭思佳给卧室的垃圾篓换了个袋子,关上窗户,拉上窗帘,将空调调回26℃,定时两小时,关灯睡觉。刚才的运动让她精疲力竭,于是一觉到天亮。

开学前培训多,再加上这学期开始,谭思佳当上班主任——老教师美其名曰,将锻炼的机会让给这些年轻教师。接连一星期,她都很忙,直到周五下班才觉得活了过来。

办公室同事约她晚上聚餐。学校里这几年进来的新老师都是一样的情况,从外地考来的。人在异乡,周末两天假无法回家,年轻人哪受得了孤单,经常组织活动。

一行四人去吃鱼,刚动筷子,店里进来一群人,水务公司工作服惹眼,他们忍不住望过去,谭思佳一眼就看见陈非。显然,他也看见她,两人的目光在空中接触。她先收回视线,他也平静地转开脸。

两人去年在一起没多久,他提出带她出去和朋友吃饭,被她果断拒绝:"我现在还不想见你的朋友,我不喜欢无效社交,以后我们确定要结婚再见面也不迟。"

他们在外面至今是陌生人关系,两人的工作也确实沾不上边。

谭思佳吃完饭,陈非那桌还在喝酒,他们开了每月的生产安全会议例行吃工作餐。他看见她与同事说笑着往外面走,给她发了条微信:今晚我去你那里睡。

她面部解锁看见信息内容,随即灭屏。和同事分开后,她才拿起手机回复:醉了不许过来。

一个小时后,谭思佳在跑步机上跑步。听见敲门声,她按下暂停,走到门边通过猫眼见到陈非,将门打开。她闻到酒味,于是伸手拦在门框上,她不让他进来,皱皱眉:"我说了,醉了不许过来。"

"是啊,但我没醉。"陈非低头,火热的呼吸扑在她面上。

谭思佳不由得后退一步。她手上一松,陈非轻而易举地进了门,随手关上,并按照她的方式将插在门内的钥匙拧了两转。

他身上穿的还是工作服,谭思佳这里有他的睡衣。她重新上了跑步机,对他说:"你刷了牙用一下漱口水,酒味难闻得要死。"

陈非从她衣柜底部最小的一格里取出自己的衣裤。他走进卫生间,想到她刚才嫌弃不快的表情,哈了一口气在掌心里闻,酒味有那么大?他根本没喝两口。

不过,他老老实实地用了她薄荷味的漱口水,然后进行自我检查,确认口气清新。

他知道,谭思佳是一个要求生活品质的人,从这个卫生间便可窥见一二。里面永远萦绕着淡淡香气,台面上一大堆产品,面膜发膜、身体精油,分类细致,她有时会在里面一待就是两个小时,从头发丝到脚后跟,层层叠叠抹产品,格外讲究。

她对他的限制也很多,不能在她面前抽烟,不洗澡不许上床,不能把他的脏衣服和她的混在一起洗,这不许那不许。陈非自认不会被女人拿捏,可到她这儿,还真得遵守她的规则,要不然,她翻脸很快,说赶人就赶人。

洗完澡出去,谭思佳还在跑步,陈非走过去同她说话:"今晚聚餐?"

谭思佳没停下来,微微喘着:"对,你们不也是吗?"

"还记不记得我们第一次见面?"陈非问她。

"问这个干什么?"谭思佳不解。

陈非坐进沙发,她背对着他,穿了一套黑色的运动背心健身裤,身体曲线流畅,细腰翘臀,腿长惊人。他举起手机拍下她的照片,发到她的微信里。

谭思佳放在支架上的手机屏幕弹出新通知,她瞥见提示的联系人,回头看他一眼,感到莫名其妙:"有什么话不能直接说?"

"你自己看。"陈非姿态懒洋洋的。

谭思佳伸手点开对话框,见到自己的运动背影,评价:"拍得不错。"接着又道,"你还没回答我,怎么突然问我们第一次见面的事。"

"也没什么,就是想起我们第一次认识也是像今晚这样的情况,随口一说。"

去年谭思佳入职,办公室的老师们组织聚餐,其中资历最老的余洋老师是陈非的小学班主任,聚餐那晚他也在同一家店吃饭,便主动过去敬酒。事实上,那时候他们没说上话,只是对看一眼,就记住对方。没过两天,谭思佳到电梯楼租房,欠了半年水费被停,房东认识陈非,给他打了个电话,他过来恢复供水时,房东带她去找他查户号,方便以后网上交费,那才是两人第一次说话,谭思佳向陈非要了一张名片,说以后遇到问题可以直接找他。

谭思佳"嗯"了一声。

陈非问她:"这周你怎么停车的?"

"我看了网上的视频。"谭思佳慢慢跑着,"你什么时候教我?不会忘了这事吧?"

"没忘,前几天太忙。"陈非身兼数职,除了水务公司这份主业,他还兼职跑七座小客车,早晚接送学生,另外开了家建筑劳务公司,接点镇上的小工程,整天从早到晚都忙得很。这会儿他倒有兴趣,"要不现在?"

谭思佳想也不想:"疯了?你喝酒了!"

"我站外面指挥,怕什么。"

"我不放心任何人酒后的判断力。"

陈非没有坚持。这时他手机响起来,一个工作电话。挂断后,他对谭思佳说:"我出门一趟。"

"去哪儿?"

"社区张书记的一个亲戚,去年的水费没结清,水被公司停了。他刚从外地回来,到家没水用,我去给他开一下水。"

谭思佳听明白了,这趟活纯属卖人情。她问:"你怎么去?"随即再次提醒,"你喝酒了。"

"知道,喝酒不开车,开车不喝酒。"陈非失笑,难道他这点基本觉悟都没有?"不远,我走路去,二十分钟就到。要不然你开车送我?"

他本来是随口一说,谭思佳没有拒绝,她关了跑步机,说:"那走吧。"

"真送我?"陈非感到诧异。

谭思佳觉得他废话多:"不是你要求的?"

两人乘电梯到地库,谭思佳车里的副驾驶位上放了两个文件袋,被她扔到后座。陈非坐进去调座位,她一边点火,一边下意识地看他,他还挺占空间的。来的时候她爸坐副驾,她爸身高一米八,座位已经调得够宽敞了,他居然还觉得不合适?

陈非察觉到她的视线,转过头:"怎么了?"

"我第一次晚上开车,灯怎么开?"

陈非失语。

他探身过去,尽管谭思佳往后靠,但两人的肢体依然不可避免暧昧接触。他演示一遍开车灯,她看会了自己操作两次才驶出去。

在电子栏杆处陈非交了停车费,想起来说:"明天我去物管给你登记车牌号,我二姨是电梯楼的业主,业主的停车费每月只要六十块。"

"这么便宜?"谭思佳以为每小时收一元,每天超过十小时但不到二十四小时只收十元已经足够优惠了,又问,"给我登记了,她自己呢?"

"她家没人,房子空着。"陈非给她指了指方向,"往信用社那边开。"

"信用社?"谭思佳没见过。

陈非换了一种说法:"农村商业银行。"

谭思佳不解:"农商行又叫信用社?"

"以前叫信用社。"

"哦。"

走路二十分钟开车三分钟就到了,一栋三层高的自建楼,修得挺气派。车子停在房子后面的公路边,谭思佳问他:"要多久?"

"很快。"陈非下了车。

谭思佳还没看完班级群里的未读消息,陈非就回到车里,她放下手机对他说:"你帮我看着一点,我将车掉头。"

"现在又放心我酒后的判断力了?"陈非故意说,在她变脸前端正态度,"我帮你看着,路挺宽的,放心吧。"

开回电梯楼地库,陈非先下车,告诉谭思佳倒车时怎么看距离怎么打方向盘，谭思佳一把就倒回了车位。第一次倒车入库这么顺利，她挺兴奋，他问她："要不要开出来再倒两次？"

谭思佳想了一秒："行。"

两人在地库练习停车一个小时，最后谭思佳虽说自己停要多花点时间，但停进去没有多大问题。上楼后她去洗澡，陈非坐在客厅打游戏，等她香喷喷地出来，他还在战局里。

谭思佳没管他，先回了卧室，隔了好一会儿他才进来。陈非见她躺在床上看节目，找话说："这是什么？"

"脱口秀，你看吗？"谭思佳把手机屏幕往他那边挪了点。

"看会儿。"陈非凑过去。

这期脱口秀的文本内容精彩，谭思佳乐得不行，笑得滚到陈非怀里。等到看完节目，他顺势就将她扣下，笑说："周末了，今晚熬一下夜？"

他漆黑的眸子磁石般深邃迷人，谭思佳沉迷美色，伸出一只手臂勾住他的脖子，故意道："熬啊，但是你喝酒了，不行吧？"

陈非被质疑能力也不生气，他挑眉道："我喝的是助兴的量，不是不行的量。"

他们在床上一向合拍，等到彻底结束，零点后了，先后洗了个澡，关灯睡觉。

第二天一早天还没完全亮，陈非就要离开，他没敢弄出动静，静悄悄地出门。七点半的时候谭思佳醒了一次，见枕边空荡荡的，她便知道他离开了。

谭思佳睡到中午才起床，微信里有一条陈非发来的消息。他告诉她已经去物管把她的车牌录入停车系统，先交了一年的停车费。

她立即转账过去：谢谢。

陈非回了电话过来，问她："你转钱给我什么意思？"

谭思佳不假思索："亲兄弟明算账。"

他那边沉默片刻，突然道："我们真的是男女朋友吗？"

谭思佳知道自己有隐秘的心思，她底气不算充足，但她也没让自己处于下风，反问："不是男女朋友你凭什么和我上床？你以为我是什么人？"

陈非听她语气不豫，道了句歉："我不是那种意思，我只是觉得你没必要和我这么客气，算得比亲兄弟还清楚。"

"不很正常吗？打断骨头连着筋的亲兄弟都是如此，夫妻本是同林鸟大难临头各自飞，这一句话不陌生吧？"谭思佳顿了顿，"何况我们远远没到那步，算清楚点挺有必要，谁也别占谁便宜。你这时候觉得付出是应该的，说不定最后我们没成，一拍两散的时候计较经济不好看。"

"我是那样斤斤计较的人？"陈非简直感到无语，接着又冷笑一声，"没想到你这么不看好这段感情。"

本来谭思佳是有些理亏的，但被他呛了一句，她也生出点火气："你想和我吵架？"

陈非没说话。谭思佳也沉默了几秒，她让自己冷静下来，郑重地叫他的名字："陈非。"

电话另一端，陈非心中莫名一跳，预感不太妙，果然她说："如果你想一两年内结婚也是人之常情，但我俩肯定就不合适了，我也不拖着你，你自己考虑要不要就这样算了。"

陈非这个年龄，他有些结婚早的朋友家里小孩都上小学了，有的甚至已经生二胎，谭思佳并不是刚大学毕业的小女生，和他在一起两三年还不打算结婚，那这恋爱谈着有什么意义？他涌出一股郁气，忍着没发，只是沉声问："你和我玩玩而已？"

"别这么上纲上线，我没让你损失什么。"谭思佳回答他。

陈非就想到她刚转过来的停车费，每月六十块，一年七百二，她却给他八百块，凑了个整数。他不由得咬牙切齿："你说得有道理，我没吃亏，还赚了。"

谭思佳恼道："你非要这么阴阳怪气？"

陈非冷笑一声，两人不欢而散。

谭思佳一气之下，将陈非留在她那里的所有东西打包，拍了照片发到他微信上：有时间来拿。

陈非没有回复，谈恋爱不是断案，用非黑即白那套标准行不通，话赶话吵了两句，哪时候找个台阶就下了，但他这两天加班，没时间处理这事。

他不来拿东西，谭思佳也没再搭理，要论沉得住气，她功夫很好。当初面对前任父母的挑拣，她没露出半分不悦，考编上岸后，干的第一件事就是分手。

这学期当上班主任，既然扛起这份职责，谭思佳便认真对待，尽可能了解班级里每个学生的性格特点，她还挺忙的。

周五放假后，几个外地老师又出去 AA 制聚餐，话题多是班上的学生，互相交流教学心得。

清水镇实在太小，只要在外用餐，遇到熟人的概率非常高，即使谭思佳不是这个地方的人。

她又在店里碰见陈非,他和他的几个同事应该刚结束一项大的维修任务,身上工作服脏兮兮的。

大概是周末的原因,再加上火锅店规模不大,今晚生意好,就只剩谭思佳背后那张空桌了,她看见陈非经过她,在她身后坐下来。

两桌离得近,只要稍稍用心一点,谈什么都听得见。

谭思佳不是故意要听的,可他的同事说了一句敏感的话,正是他们前不久闹矛盾的原因:"阿非,再不抓紧结婚生娃,等到以后你退休的时候,小孩还在读书。"

陈非还没有开口,他的另一个同事现身说法:"就像我,和你嫂子年轻那会儿忙着做生意,我和华哥年纪差不多,现在他女儿都已经工作了,我女儿才上幼儿园。"

谭思佳忍着没有回头,小地方包容性不强,大城市里三十岁的未婚男女比比皆是,在镇上这个弹丸之地熟人社会就很突出,即便不是到了适婚年龄,她也理解他长期生活在这种环境中的心情。

陈非笑了一声:"不是我不想,人家不愿意。"

他这话意有所指,谭思佳很肯定。陈非是故意说给她听的,他在内涵她。

不过,他的同事们可不知道两人之间那点暗涌,半是劝导半是打趣:"你眼光不要太高,能踏踏实实跟你过日子就可以了。"

谭思佳心中发笑,由她来定义踏踏实实过日子,就是要求女性能够当一位贤妻良母,能够吃苦耐劳,虽然听起来是美好的品质,但她却不觉得这是什么正面的择偶标准。她忍住不回头,去看谁是说话之人。

倒是陈非笑出来:"我想找个漂亮的。"

"你还是太年轻了,不务实,长得再漂亮,看久了也就那么回事儿。"

"是吗?"陈非懒洋洋的,他坚持,"但我还是想找个漂亮的。"

他被同事们笑话了几句:"下次我们出去查水表替你问问,看哪家有漂亮闺女介绍给你。"

陈非也不当真,想到谭思佳那天在电话里说出算了的话,故意道:"行啊,你们给我留意一下。"

他身后的谭思佳果然愣了愣,觉得他行动力还挺强,这就开始计划下一任。

这一次依然还是她这桌先结账离开。谭思佳回到住处,走出电梯便听到很热闹的声音,隔壁那对退休老人的子女几乎每周五都会回来陪陪他们,他们家的门开着,谭思佳经过时不由自主地往里看了一眼,饭桌坐满人,三世同堂的场景,很温馨。

这让谭思佳也想家了。进了客厅,她给妈妈拨视频电话,很快就通了,不过画面里占满一张粉雕玉琢的脸蛋,小侄女谭若琪用奶呼呼的声音叫她姑姑。谭思佳立马换上宠溺的笑容,说:"姑姑好想琪琪,快亲一亲姑姑!"

说着,她歪着脸靠近屏幕。谭若琪果然捧着手机亲了又亲,谭思佳爱得不行,逗她玩了好一会儿,直到小侄女被动画片吸引注意力,才和妈妈说上话:"今晚做了什么好吃的?我也想每天下班都能回家吃饭。"

谭母看着她笑:"学校各式各样的比赛你积极一点,多争取,多表现,以后参加选调考试有加分,等你考回海城就能够每天下班回家。"

谭思佳一开始就不打算一辈子待在清水镇工作,如果有合适的机会能够回到城里,她会努力去考。

"我知道。"

"班主任的工作好开展吗?"谭母又问她。

"还行吧,我最近在了解班上这些学生的特点。"

谭思佳向她说起几个印象深的孩子,母女聊了起来,中间谭父和她的哥哥嫂子也来插上几句话,最后谭母叮嘱道:"好好干。"

谭思佳点点头,她准备挂视频,问:"琪琪呢?让她来和我说拜拜。"

谭母便向谭若琪招手:"琪琪过来,跟姑姑再见。"

谭若琪跑到奶奶身边,小脑袋探出来。谭思佳觉得她这样子可爱至极,真想把她抱怀里一顿猛亲,抛了个飞吻给她:"琪琪,你也跟姑姑飞吻一个。"

姑侄两人腻歪半响才依依不舍地挂断,谭思佳正要回卧室换运动装,忽然响起敲门声。她脑子里第一时间冒出陈非的脸,开了猫眼确认,他果然站在外面。

谭思佳打开门:"来拿你的个人物品?"

"我们聊聊。"陈非见她没有让自己进去的意思,说,"我今晚没有喝酒,你应该知道。"

在火锅店的时候,谭思佳确实听到他对同事说了句"今晚我不喝酒",她沉默了下,才把门彻底打开:"进来吧。"

陈非的目光落在玄关墙角那两个手提袋上,他想到她前几天微信发来的打包图片。意识到那是什么后,见鞋柜往常放自己拖鞋的位置空了,他问:"我穿什么鞋?"

谭思佳面色不改,她指了指其中一个手提袋:"你的拖鞋在那个袋子里面。"

她先进客厅,片刻后,陈非也进来。他身上还穿着脏掉的工作服,没有去坐沙发,拖了只塑料凳坐下,直入主题:"为什么两三年内不计划结婚?"

"我对婚姻没有什么期待。"谭思佳说。

"原因呢?"陈非又问。

"太复杂了。"谭思佳一言概之,她并不打算解释,只是重申自己的观点,"如果你仅仅只是抱着结婚的目的和我谈恋爱,我不能保证你会得到满意结果,等会儿走的时候,你把你那些东西拿走吧。"

陈非一时没有说话,他看了她半晌,将那句他并不仅仅只是想找个人结婚咽下去,转而问她:"两三年不行,四五年呢?"

这是做出让步不会催她结婚的意思,谭思佳愣了愣,反倒有些不忍:"我不希望你因为我的想法改变自己的结婚意愿,四五年太长,你没必要耗下去,真的。"她强调,顿了顿,想起晚上吃饭吃听到的话,笑,"你同事不是要给你介绍漂亮的吗?"

"大家无聊说着玩而已,不要当真。"陈非向她确认,"你真觉得我和你继续在一起是耗时间?"

谭思佳点点头。

"行。"陈非不是死缠烂打的人,他也有自己的脾气,她态度这么坚决,他摆不出低声下气的姿态,站了起来,"那就这样吧,我走了。"

走到门口,他将那两个手提袋拎了起来,想了想,又倒回客厅。

谭思佳奇怪地看着他去而复返。

"你一个人在这里人生地不熟,以后如果有什么事,依然可以给我打电话。"陈非说。

她本来想说学校有很多同事可以帮忙,话到嘴边,改了说辞:"好,谢谢。"

这次陈非真的走了,听到关门的声音,谭思佳松口气。

结婚和谈恋爱不同,一旦要产生法律联系,就由两个人变成两个家庭。谭思佳在上一段感情中与对方家庭的交际体验很不理想,给她带来一些心理阴影,说实话,她再也不想经历。

另一方面,虽然她目前在清水镇小学上班,但她并不打算在这里干到退休。她还是更喜欢大城市的生活,小镇的一切都是落后的,想喝杯咖啡都只能在超市里买雀巢速溶,手机相册存的全是文件资料,日子过得简直乏善可陈。

而且,她的家人和好朋友都在海城,她在这里毫无归属感。

陈非和她刚好相反,清水镇是他土生土长的地方,他在自己的家乡工作,混得如鱼得水,大概率不会走向外面的世界。

当初谭思佳和陈非在一起,除了受他外表气质吸引,那时候前任还在对她纠缠不清,想跟她复合,她为了快刀斩乱麻,主动找上陈非。

其实她心里不觉得自己能驾驭陈非这一款男人,他不属于温柔型,很有自己的棱角,不过倒是有些出乎谭思佳的意料,他愿意迁就她一些过分自我的小习惯。

因为没有把清水镇小学当成职业生涯的终点站,她和陈非恋爱的动机就显得自私,心里认为等到她以后考回城里,这段男女朋友关系就会终止，所以她也不愿意认识他的朋友，不去融入他的社交圈。如果不是那天她给他转停车费引起他的不满，吵了两句被他指出她不负责任的恋爱观，她也不会选择这时候分手，毕竟和他相处起来挺开心的。

若是只谈恋爱，不考虑套上法律枷锁，谭思佳觉得和陈非在一起真的挺开心的。

陈非走后，谭思佳跑了会儿步，等她洗完澡出来，手机里一条前男友的微信，梁宇航问她：在吗？

谭思佳皱皱眉，自从上次告诉他自己有男朋友后，他说了句恭喜就消停了，怎么又给她发消息？还刚好掐在她和陈非闹掰的时间节点。

她对梁宇航的喜欢，全在他父母明显不尊重她时，他却想让她忍让的态度中一点一点消磨干净。他常挂在口头的一句话是"反正以后我们也不跟爸妈住在一起，不用计较这么多"，刚开始她还觉得有点道理，可是即使不一起生活，一年从头至尾节日不少，家庭聚会时被当众教导的滋味很难堪，就那几次的相处，已经很让她窒息了。

她打字：不管有事没事，你以后都别再联系我，不要破坏我现在的感情。

发过去后，梁宇航没有回复，只是隔了一会儿，他在朋友圈里说人生不言弃，按他那点"尿性"，估计仅她可见。谭思佳骂了句有病，点开他的头像，在朋友权限里打开了"不让他看"和"不看他"，眼不见为净。

Chapter2

选择权利

陈非在电梯里翻了一下那两个袋子，里面东西还不少，他和谭思佳算不上同居，只不过隔三岔五去过夜。洗漱用品都是她替他添的，刮胡刀、男士洗面奶、电动牙刷、毛巾浴巾、睡衣睡裤，还有他偶尔会带衣服过来换，脏的那一身洗了就留在他这里，日积月累地，也攒了几套。

到车库后，他把袋子挂在摩托车把手上，没有立即走，而是从裤兜里掏出烟和打火机，低头点燃，抽完一根才跨上去，点火开走。

回到家，陈父陈母刚从外面散步回来，坐在院子里乘凉，小侄女陈梦可也在院子里，骑她的粉色儿童平衡车，见到陈非立刻丢开往他车边跑，张开两只胳膊去抱他的腿。

陈非一把拎着她背后的衣服将人提起来抱在怀里，陈梦可也不害怕，清脆地笑着，搂住了他的脖子。

他家住的是自建房，三层高的楼，参考独栋别墅的造型，修得还算洋气。院子里停着一辆黑色长城，他开五年多了，看起来就是老车,另外还停了一辆七座小客车。

"你别抱可可,你身上多脏,她穿着白裙子呢。"陈母笑看着叔侄两人。

"怕弄脏就不要穿白的。"陈非说着,还是将陈梦可放下来,摸摸她的脑袋,"去骑你自己的车玩。"

陈梦可最听小叔的话,蹦蹦跳跳地去把自己的平衡车从地上扶起来。

陈非取下摩托车车把上的手提袋,陈母问:"你拿的是什么?"

"没什么,一点东西。"他说,进屋将这两袋个人物品放进卧室,洗了个澡才下楼。

陈梦可又跑过去,扭着他撒娇,要他拿手机看《小猪佩奇》。陈非给她打开上次看到的那一集,说:"最多只能看半个小时。"

"好。"陈梦可也不贪心,乖乖地答应。

他也拖了把凳子坐在院子里吹晚上的风,看着天上的月亮,想拍一张发给谭思佳看看。这个念头刚冒出来,他又想起今晚本来是要去求和的,最后却真把分手这事落定,刚好现在手机也在小侄女那儿,于是作罢。

"对了,你大哥说他谈对象了,今年过年带回来。"陈母忽然开口。

当初可可妈妈产后抑郁,一直没能调整回来,在可可两岁的时候坚持离婚,也没要女儿。陈非大哥陈宁在海城跑保险业务,所以这几年都是陈父陈母和陈非在照顾陈梦可,比起爸爸,可可明显和小叔亲得多。

"对方知道他离婚还有个五岁的女儿吗?"陈非问。

"那当然，这么大的事肯定和人家说清楚的，不然就成欺骗人家感情了。"陈母今天在电话里问了陈宁新女朋友的情况，有些忧虑，"比你还小，才二十六岁，不知道她看上你哥什么了。"

陈非倒不觉得多惊讶："大哥经济条件还过得去，长得也不差。"他知道母亲在担心什么，害怕对方当不好可可的后妈，"过年带回来见见人就知道了，她能接受大哥有个女儿的事实，肯定也有心理准备。"

陈母还是愁，她叹了口气，见陈非跷着二郎腿，心里更愁："你大哥都要带第二个回家了，你什么时候才能带一个回来让我和你爸瞧瞧？"

陈非漫不经心道："这不是大哥把我的指标用了嘛。"

"谈对象讲什么指标。"陈母立刻臭骂了他一句，她有些匪夷所思，"看见你那些好朋友都组建自己的家庭，你就一点都不羡慕？"

"谁说我不羡慕？"陈非伸长腿，脑子里又冒出谭思佳的脸，她说她对婚姻没有期待，那，她想要的婚姻是哪种模式呢？

"知道羡慕还不算无药可救。"陈母提醒他，"你自己多上心，抓紧把人生大事落实，趁着我还年轻，能帮你们多带几年孩子。"

陈非哭笑不得："你都当上奶奶了怎么还惦记着这事？只带可可太轻松了是吗？"

"这你别管，我自然有我的规划，等你老老实实结了婚生了娃，可可都上小学了，到时候我又有多余的精力。"陈母信心十足道。

陈非故意逗她："家里又多一只吞金兽，我怕你和我爸那点退休金不够花。"

陈母又骂他:"你的算盘还可以再打响一点,我们是替你们带娃,不是替你们养娃,你要开工资给我们。"

"行。"陈非满口答应,"别忘了给家庭优惠价。"

陈母笑了一会儿,转向陈父:"下个月你们不是组织战友聚会吗?你问问你那些老战友家里有没有合适的闺女,给他介绍一个。"

陈父答应:"我到时候打听一下。"

陈非在旁边没个正形:"麻烦介绍之前先拿照片瞧瞧长什么样,不好看免谈。"

这下不仅陈母要骂他,就连陈父也吹胡子瞪眼:"你以为你自己有多好的条件?人家看不看得上你还是另一回事!"

陈非朝陈梦可招手:"可可,过来。"

陈梦可捧着手机坐进小叔怀里,靠着他的胸膛,眼睛在屏幕上拔不出来。

陈非拿回手机,陈梦可不满地叫出声,他把她抱起来放在腿上,问:"你想小叔给你找个漂亮的小婶还是不漂亮的小婶?"

"漂亮的小婶。"陈梦可的眼睛还追着屏幕,小女孩想也不想,立即做出选择。

陈母插话:"让小叔找个对你好的小婶。"

"人美心善,越漂亮人越好,你告诉奶奶,小叔说得对不对?"陈非拿手机诱惑陈梦可。

陈梦可朝陈母点头:"奶奶,小叔说得对!"

叔侄两人联合起来,陈母不再白费嘴皮。

陈非陪着可可看了一会儿动画片,他掐着时间,半小时一到,就把她交给陈母:"让奶奶帮你洗澡,小孩子晚上早点睡觉才长高高。"

谭思佳没受这事影响，当老师，尤其当班主任，是一件很辛苦的事，她每天工作累得不行，夜里忙完只想倒头就睡，更加想不起陈非。

这天早晨她睡过头，醒来的时候，距离上课只有十五分钟，她匆匆忙忙地洗漱出门。

赶集日，街上车多人多，从车库开出去没多久，在一个三岔路口遇上会车堵车，她想着快迟到了比较着急，倒车让道时疏忽大意，车屁股"砰"地撞上了路边的消防栓。

当初从哥哥那里拿到车钥匙，谭思佳就预言自己肯定会剐蹭几次，心里倒也不太慌。她挂上P挡下去看情况，车尾撞了个坑。

她先给同事打电话调课，看着漫延一地的水，犹豫半晌，拨通陈非的号码。他接得很快，带着疑问语气，"喂"了一声。

"我把消防栓撞坏了，你们公司的人要来现场看一看怎么处理吗？"

"你没事吧？"陈非立即问。

"我没事。"

他又问："哪里的消防栓？"

"转盘口。"

"你先拍几张现场图片，我马上过来。"

陈非到的时候，谭思佳正在和哥哥视频通话。她哥哥看了车子受损情况，叫她拍照片走保险。见陈非来了，她对哥哥说："行，先不和你说了。"

她车子损伤并不算严重，但因为车贵，维修费也高，走保险划算一些。反而是消防栓"哗哗"往外流水，需要紧急维修。

他给领导打电话汇报这事。领导提到赔偿问题，陈非笑道："是我的朋友，自己人，算了吧，我叫华哥过来帮忙，最多半个小时就修好。"

挂了电话，陈非望向谭思佳："报保险没有？"

谭思佳："还没有。"

"我看看你拍的照片。"

她打开手机相册递给陈非，陈非看完将手机还给她，说："这几张定损可以了。你是回海城找4S店维修，还是就近找一家汽车维修店？"

谭思佳比较信任陈非，问："就近吧。你有推荐吗？"

"我朋友就是修车的，一会儿带你去。"陈非向她解释，"他爸是机修厂的技术骨干职工，他从小耳濡目染，技术也没话说，不会坑你的。"

谭思佳点点头："消防栓的钱怎么赔？"

"不用，没报废，修一修就行了，不影响继续使用。只有一点水损，户外维修有水损率很正常。"

既然他都这样说了，谭思佳也没必要坚持。她再次确认："真的不用吗？不会给你的工作造成不好影响吧？"

"不用，不会。"陈非言简意赅。他又看了她一眼，她脸上的气色看起来不太好，问，"没吃早饭？"

"没来得及，今早起来太迟了，急着去上课。"谭思佳担心道，"你就让消防栓的水这样一直流着不管吗？"

"现在开关阀用不上,我同事正在去关转盘口这片的主管道的路上,还要等两分钟。"陈非叫她去买早餐吃,又说,"一会儿你上完课给我打电话,我带你去朋友的维修店。"

事情没有想象中麻烦,而且解决起来比较顺利,谭思佳松口气,诚恳道:"谢谢。"

上完课,谭思佳先回办公室,她把课本和"小蜜蜂"放下,拨通陈非的电话。

"下课了?"陈非接起来先开口问。

谭思佳"嗯"了一声:"消防栓修好了吗?"

"修好了。我在社区门口等你,你把车开过来吧。"

"社区在哪儿?我没去过。"

陈非沉默两秒,换了一个地点:"知道医院在哪儿吧?"

"知道。"

"那行,我在医院门口等你。"

小学和医院之间距离颇远,几乎横跨整个清水镇,一个在这头,一个在那头。谭思佳开车过去,陈非身上那套工装瞩目,他平时很少穿自己的衣服,她忍不住狭促地想,还挺节约服装费。

车子停在面前,陈非拉开副驾驶坐进去,拉了安全带系上,告诉她:"社区办公室就在对面。"

谭思佳朝着他指的方向看了一眼,果然见到醒目的标牌:"平时没注意。你朋友修车店在哪儿?"

"走吧,继续往前面开。"

三分钟就抵达地方。他朋友的汽车修理店规模挺大,占了四间门面,一整片面积大概不小于一百平方米的院坝,门外洗车区域停着两辆车排队。

谭思佳慢慢把车停进空处,洗车的中年女人正要招呼新客,见到陈非从车里出来,笑起来:"阿非,怎么是你?"

"我朋友车的车屁股撞坏了,来找远哥修车。他人呢?"

"在里面换轮胎。"女人的目光落到谭思佳身上,见她气质出众,想来是坐办公室的人,便好奇地问,"这是你们公司的新同事?"

"不是,她是镇小的,谭老师。"陈非说着笑起来,"灵灵现在上一年级了吧?说不准还是她班上的学生。"

"谭老师教一年级几班?"女人立即询问。

"二班。"谭思佳笑了笑。

"灵灵读的就是二班。"女人扭头朝里面大声喊,"李远,你出来一下,灵灵的老师来了。"

很快,从里面走出来一个年轻男人。报到那天,是他送女儿去学校,他见过谭思佳,笑容满面道:"谭老师你好,来做家访?"

"不是,我来修车。"

"车怎么了?"

李远去看车子,陈非跟过去向他说明。他俩从小一起长大,关系铁得很,陈非还是灵灵的干爸。若是换成其他陌生女人,陈非亲自带来修车,李远非得当面八卦两句,但因为谭思佳是女儿的班主任,他不好乱开口。

李远协助谭思佳报了保险,谭思佳将车子留下。她看时间,快到十二点了,于是对陈非说:"今天中午一起吃饭吧,我请客,谢谢你帮我的忙。"

陈非当然不会拒绝："好。"

他的摩托车停在医院附近，修车店距离街上得走一会儿，两人慢慢步行过去。

谭思佳想起来问他："刚才你们说的灵灵全名叫什么？"

"李心灵，有印象吗？"

开学快一个月，班上五十六名学生，谭思佳已经全部认识。她点点头，眼睛弯起来："挺可爱的，昨天放学的时候，她送了我一颗糖。"

"她是我的干女儿，以后麻烦谭老师多费心。"陈非一本正经，"如果有事联系不上她家人，给我打电话也行。"

谭思佳好奇："你朋友多大？"

他听出她的言外之意："我和他是同学，他结婚比较早，二十一岁就当上爸爸了。"

"不是没到法定婚龄吗？"

"结婚证是后来补的。我们这种小地方，老一辈人还遵从以前的习俗，只要摆了喜酒就算结婚。"

谭思佳"哦"了一声。

两人之间有片刻的沉默，谭思佳后知后觉地感到尴尬，她没话找话："你和你的每一位前任分手后都能做朋友吗？"

但是她发现说完，氛围似乎更加尴尬。

陈非不接话，谭思佳便画蛇添足地补充道："就是觉得你挺乐于助人的。"

"小事。"陈非终于开口，"如果前女友主动找上我，不是原则性问题，能帮就帮。你很介意这一点？在你之前的两个女朋友都结婚了,我和她们没有任何联系。"

谭思佳不知道该怎么回应。

陈非淡淡瞥了她一眼,勾唇道:"我俩之前在一起时见不得光,看见装不认识,现在分手了,反而能正大光明地走在一块儿。"

谭思佳不是听不出他话里的嘲意,她没有忍住,问:"你有很多委屈?"

"我就是感慨一下,随你理解。"陈非四两拨千斤,他转了话题,"国庆节回家吗?"

明天下午就放假,谭思佳原计划开车回海城,现在车坏掉,她只能选择坐大巴,说:"回。"

"刚好我有事也要去海城,到时候一起。"陈非漫不经心道。

前两天陈宁给陈非打了通电话,让陈非把可可送到他那里玩几天,和他女朋友培养一下感情。这趟行程确定下来后,陈非就有联系谭思佳的想法,这会儿找到恰当时机。

"不用了。"谭思佳想也不想。

"怕我纠缠你?"陈非戏谑道。

"你会吗?"她把问题抛回去。

他挑眉,不接招:"你觉得我会吗?"

谭思佳决定恭维他:"你不会,以你的条件,想再找个漂亮的女朋友不难。"

这是那天在店里陈非故意说给谭思佳听的话,这倒让他有些哑口无言,片刻后才回到正题:"我要去海城,你要回家,顺路而已,要划清界限也不是你这样划的。"

谭思佳沉默了下,今天因为车子的事情已经麻烦过他,如果有需要就找他，没需要就撂开，自己也挺利己主义的。她说："那我就搭一下你的顺风车。"

陈非低低笑了一声："明天下午你放学联系我。"

中午两人选了一家炒菜馆，陈非带她去的，点了招牌菜，苕粉弹牙，芋头绵软，米豆汤煮得烂烂的，谭思佳喝了两碗。她暗暗记下这家店，以后周末可以来打包。

吃完饭，她去买单，却被告知已经结过账了。她要了一个订餐电话，回到桌前问陈非："你什么时候付的钱？不是说好了我请客吗？"

"点菜时就顺便付了。"陈非收起手机，他站了起来，说，"明晚到海城你请我吧，我不熟悉。"

话说到这份上，谭思佳没有理由推辞，本来想问他到海城做什么，转念一想，大可不必打听他的私人行程。

"你现在回学校还是回家？"

"回学校，下午第一节课是我的。"

"我送你吧。"

"不用了，刚吃完饭，我走一走。"谭思佳婉拒。

陈非也没有勉强，说："行。"

两人在饭店门口分开。回学校的路上，谭思佳接到哥哥谭思凯的电话，问她车子维修的问题："你自己能开回来吗？不能的话，我明天叫个朋友来替你开车。"

"不用，我在这里认识了一个朋友，他的朋友是开汽车修理店的，我已经把车开过去了。"谭思佳说。

谭思凯没什么意见，又问她："明晚要回家吧？几点能到？"

"计划有变,晚饭你们别等我了,我在外面吃。"

"那我给爸妈说一声?"

"嗯。"

"别回来太晚,琪琪早就开始问姑姑什么时候到家了。"

谭思佳不由得笑:"你告诉她,姑姑会给她带礼物。"

谭思凯也笑:"行。"

第二天下午放学,学生走完后,谭思佳正准备联系陈非,他先发了条微信过来:我到了,校门口等你。

谭思佳关了办公桌下的插板电源,又去检查了下教室门窗,一边往外走一边回复他:我出来了。

校门口停着几辆汽车,通过降下来的车窗,谭思佳看见陈非。她走了过去,坐进副驾驶才发现后面还有一个小女孩,于是向陈非投去疑惑的目光。

"我侄女,送她去她爸那里过国庆节。"陈非回头,对陈梦可道,"可可,跟阿姨问好。"

谁知陈梦可开口,却叫了谭思佳一声"姐姐"。

这让谭思佳有些意想不到,虽然被称作阿姨她觉得也是理所应当,但这么大一点的小孩叫她姐姐,她瞬间开心起来:"我到后面陪她坐吧。"

陈非倒也没有纠正陈梦可对谭思佳的称呼。等到谭思佳重新从后面上车,他才启动车子,往海城的方向驶去。

谭思佳打开自己的包翻了翻,拿出那天陈非干女儿送她的一颗奶糖,借花献佛递给陈梦可:"吃糖吗?"

陈梦可看着她,想了想才接到手里,笑容可爱:"谢谢姐姐。"

谭思佳忍不住摸摸陈梦可的脑袋,用上平时与谭若琪说话的温柔又轻快的语调:"不用谢。宝贝你叫什么名字呀?"

她在后排与陈梦可开心地交流,陈非悄悄看了她几眼,过了一会儿,忍不住插话:"你还挺会与小孩子打交道。"

"我哥哥也有一个女儿,我还算有点经验。"谭思佳与陈非的眼睛在车内后视镜里对上。陈非的眼睛很深邃,她第一次见他时就被那双漆黑的眸子吸引,此时莫名一阵心悸,还好陈非立马看回前方路况。

"她几岁?"

"快四岁了。"

"我感觉你喜欢小孩。"

"我挺喜欢的。"想到家中的侄女,谭思佳眼里流蜜。

"那你为什么不期待婚姻?"陈非抛出问题。

谭思佳愣了一下,她眼中的笑意逐渐淡下去:"婚姻的目的不是为了生育。"

事实上,话一出口,陈非就有种犯错的感觉,被谭思佳呛一句,他自知理亏,闭了嘴。

两人之间陷入沉默,还好车里有个小孩,陈梦可打破尴尬,她指着外面的一群羊叫起来:"羊羊!"

谭思佳闻言靠了过去,贴着她的脑袋看向窗外:"在哪里?"

陈梦可往远处指:"在那里!"

"你喜不喜欢羊羊?"

"喜欢！"陈梦可重重点头，她忽然活泼地唱起歌来，"喜羊羊美羊羊懒羊羊沸羊羊……"

谭思佳忍不住笑，等她唱完，鼓起掌来："可可真棒！唱得太好听啦！"

陈梦可有些害羞，脸蛋红红的，弯着眼睛，唇角也翘起来，又显得有些神气。

陈非分了一点注意力放在后座，他听到谭思佳夸张的夸奖，不由得挑眉，心中想，她教学生时也这样善于表扬吗？哪天有机会问问李心灵。

车子上高速，陈梦可感到困了，很快就睡着。谭思佳也想闭上眼睛，这时陈非却开口："抱歉，刚才我词不达意，我并不是说结婚就是为了生育。"

谭思佳从后面看他，她的情绪平静下来，"嗯"了一声，其实她明白陈非不是那个意思。

就算陈非潜意识中非常愿意和她深度探讨婚姻话题，但他清楚此时此刻不是能够顺利展开的时机，于是他说起她的车："车子过两天就能修好，我替你停在车库里？"

"好，谢谢。"

"国庆节最后一天我会来接可可回去，到时你和我们一起吧，顺便把车钥匙给你。"

"你不在海城玩吗？"

"我不玩，明早就回去。"

谭思佳想起来，他的工作性质要求二十四小时处于待岗状态，在镇上活动自由性高，出远门却相对麻烦。她问："最后一天你上午来还是下午来?"

"你想上午还是下午?"

谭思佳当然愿意在家里多待,她说:"下午。"

陈非爽快地决定:"行,那就下午。"

两人之间再次陷入沉默。过了一会儿,谭思佳先开口:"你没有长假吗?"

"差不多。"陈非点点头。

"如果想出去旅游怎么办?"

陈非低笑出声:"规章制度是那么写的,但是公司还算有点人情味,同事之间互相调节一下工作,离开三五天没有问题。"顿了顿,"你想去哪里旅游?"

谭思佳说:"很多没去过的地方都想去。"

陈非接得很顺口:"我没去过的地方也很多,可以一起。"

他这话令谭思佳怔了怔,心里有些慌张,试探性问他:"陈非,你不会想和我复合吧?"

陈非没有立即回答,片刻后,他才模棱两可地说:"你觉得我们有复合的可能性吗?"

他回了下头,但是谭思佳并未看他。

陈非收回目光,想了想,姿态轻松道:"虽然我想结婚,但是也没有那么着急,不会为了结婚而结婚,随随便便找个合适的女人。我现在还喜欢你,心里肯定想继续和你在一起,所以选择权在你,你愿意复合,我随时都可以。你不用考虑以后怎么样,你只需要思考你现在是否对我有感情,今后的一切结果我都能承担。"

他说完这番真实想法后便不再开口,谭思佳则转脸望向窗外,不知道内心有什么具体的心理活动。

抵达市区天已经黑下来,由于节日车多,在收费出口堵了半小时才进城。陈梦可早就饿了,谭思佳带他们去了谭若琪最爱的亲子餐厅。吃完饭后,谭思佳去配套的玩具超市给琪琪买礼物,也让陈梦可挑了喜欢的手办送给她。

餐厅开了两层,有很多游玩设施,谭思佳看时间还不算特别晚,向陈非建议:"既然来都来了,你带可可在里面玩一会儿吧。"

陈非听出她的言外之意:"你呢,要回家了?"

恰巧,谭思佳手机铃声响起。谭若琪用她的儿童手表电话拨给姑姑,奶呼呼地问她怎么还没回家。谭思佳温柔地承诺很快就到,挂断后回答陈非:"侄女在家里等我,她着急了。"

"我送你吧,明天让她爸再带她出来玩。坐了这么久的车,她也累了。"

"她在车上睡了很久,我看现在挺精神的。"谭思佳矮下身子,"你想去玩滑滑梯吗?"

陈梦可早就被那一片蓝白色的海洋球诱惑,脸上露出向往的表情,点了点头。

谭思佳看向陈非:"她想玩,你陪她吧。"

陈非却和陈梦可讲道理:"阿姨请我们吃饭,还送了你漂亮的玩偶,现在她要回家了,我们是不是应该礼尚往来送她回家?滑滑梯可以明天再来玩,对吗?"

陈梦可只犹豫了一下,就同意道:"对。"她主动牵了谭思佳的手,"我们送你回家。"

陈非教小孩明理，谭思佳自己也有侄女，知道重要性，当然不会拆他的台，她笑了笑："好，谢谢可可。"

陈梦可伸出另一只手要陈非牵，她走在中间，一边是谭思佳，一边是陈非，看起来倒像一对年轻父母带着女儿出来玩——谭思佳不经意从玻璃门上看见这一幕，不由自主地冒出这样的想法。

今天陈非终于没穿工装，他衣着简单，白色短袖、黑色长裤，个子高且挺拔，再配上一张棱角分明的帅气面孔，和他走一块儿，尤其被当成他的另一半，事实上挺有面儿，在外形方面，他是能够满足女人择偶的虚荣心。

胡思乱想着到了地库，陈非问谭思佳要地址，谭思佳才回过神："我来导航。"

陈非把谭思佳送到小区门口，停车后，他说："我那会儿说的话你可以好好想想。"

谭思佳顿了一下。她拉开车门，下车后朝里面的陈梦可挥手告别，然后才对陈非道："我回家了，你也快带可可去见她爸爸吧。"

说完，不待陈非回应，她利落地关上车门，转身走进小区。

他注视着她的背影消失在夜色中，才更改了驾驶路线，车子汇入主路，开往大哥住的地方。

对于陈非真诚的剖白，谭思佳有所触动，可是，正因为他太真诚了，她越发慎重，觉得自己只想恋爱的初衷对他不公平，反倒畏首畏尾，不敢应承他的提议。一路想着这事，她脸上不自觉地挂着沉重的表情，直到开门后谭若琪快乐小鸟一样扑进她怀里，软软糯糯地撒娇："姑姑你怎么才回来呀？"

她才舒展开眉目："就这么想姑姑吗？"

"非常想！"谭若琪大声道。

谭思佳抱住谭若琪，笑道："是想姑姑呢，还是想姑姑给你买的礼物？"

"想姑姑！"谭若琪毫不犹豫。

"真的吗？"谭思佳故意说，"我不信！"

"真的！"小女孩挺着胸膛邀功，"姑姑，我给你留了一块草莓蛋糕。"

"谢谢琪琪。"谭思佳把包装精美的爱莎乐高递给她，"拿到客厅拆开看看喜欢吗？"

谭若琪欢呼，她努力地抱起乐高往里面走，高兴地炫耀："姑姑给我买了爱莎公主！"

"你姑姑对你真好。"谭母接了话，大家都笑起来。

谭思佳跟进去，琪琪放下乐高，跑到厨房把蛋糕端出来献宝："姑姑，快吃蛋糕。"

谭思佳吃了蛋糕，一边陪家人聊天，一边陪谭若琪拼积木，直到谭若琪困了，她要求道："姑姑，今晚我要和你一起睡觉。"

终于有人帮忙带娃，哥嫂两人求之不得，把女儿丢给谭思佳，去过二人世界。

夜里，谭若琪睡在谭思佳怀里，紧紧地抱着她，睡得香极了。

谭思佳没什么困意，她将手机调成静音模式，联系好朋友李文珊和杨欣洁：我回来了，明天聚一聚吗？

她俩都是夜猫子，秒回。

李文珊：聚！

杨欣洁：必须聚！

Chapter3

我们之间

定下见面地点，很快结束聊天。谭思佳睡不着，她睁着眼睛，不由自主地回忆和陈非相识后发生的事情。

那时候她到清水镇小学报到，入职培训结束后，正式开学第一天晚上，办公室的老师们组织聚餐。事实上，陈非还没来敬酒前，谭思佳就注意到他了，他在一众中老年人中格外突出。

她对陈非的第一印象，就是他很帅。他头发剃得短，不遮任何五官，眉目漆黑，棱角锋利，有点凶相，给她不好相处的感觉。

但很快，陈非就打破她的想象。他见到余洋老师后，一手拎酒瓶，一手拿酒杯，径直走过来。谭思佳看着他讲场面话，就知道他没有看起来那么高冷，她正不自觉地研究着他，冷不丁地，他的眼神撞过来。他的目光太具有侵略性，她迅速躲避掉他的视线。

不可思议的是，当晚谭思佳就梦到他，她甚至还不知道他叫什么名字。她从梦中挣出来，心脏一阵"怦怦"乱跳，觉得很荒唐——自己和梁宇航分手时间并不太长，难道自己也有无缝衔接的潜力？

过了两天，她从学校提供的教职工宿舍搬出来，租下电梯楼3-17-6号房。这套房子装修好后房东只短暂住了一段时间，因为忘记结清水费，被水务公司停用。还好房东认识里面的职工，他打了个电话，没多久陈非就来了。

谭思佳想要网上缴费的户号，房东还没有去办水卡，就带她到水表房找陈非，请他查询一下。

这是她第二次见陈非。水表房逼仄，里面光线昏暗，更显得他高大，似乎一个人就完全占据整个空间。他打开水阀后，为了避免被门框撞头，躬着背出来，见到谭思佳，目光在她脸上停了一瞬。

房东递了烟过去，他摆摆手，玩笑道："不敢违反公司纪律。"

查了户号，房东先结清欠费，谭思佳才绑定到生活缴费里面。陈非完成工作便要离开，她叫住他："可以给一张你的名片给我吗？遇到管道方面的问题方便找你。"

房东笑了起来："水务公司只负责水表入户前的维修，水表入户后家里的事情不归他们管。"

谭思佳听了正要说"那就算了"，陈非先她一步开口："如果愿意付维修费，也可以管。"

"当然，应该的。"谭思佳说。

他从工作服里摸出一张薄薄的名片递给她，是那种成本极低很没有质感的纸，排版毫无美感，只有两行字，一行写着"24小时为您服务"，一行写着他的名字和电话号码。

这张名片在一个月后派上用场。有天，谭思佳想起来查询水费，平台上显示欠费五百多元，她对这个金额感到惊讶，先打电话给妈妈，确认家里每个月水费不超过一百后，找出陈非的名片，照着上面号码拨过去,告诉他自己认为水费不正常。她解释:"我一个人住,周一到周五在学校食堂吃饭,家里很少开火。"

他似乎处理惯了这类问题,回答她:"你把详细住址告诉我,我来看看情况。"

谭思佳报了房号,他静了静,才说:"是你?镇小这学期新来的老师?"

"对,我上次要了你的名片。"

"我记得。我大概中午一点能来,就打这个电话联系你?"

"好。"

他比口头定的时间来得更早一点。谭思佳跟他一起去水表房查看情况,里面没什么光线,昏沉沉的,他打开手机电筒看了一眼,转头问她:"家里现在用着水?"

谭思佳摇摇头:"没有。"

"表芯正在转,应该是家里哪个地方漏水了,我帮你检查下?"

谭思佳当然很需要这份帮助,并非她没有安全意识,随便让陌生男人进门,他是正经单位的工作人员,可以信任。她笑了笑:"那就麻烦你了。"

陈非很快就找到漏水的源头,马桶水箱里的进水阀坏掉了。他告诉她:"去买新的进水阀换上就行。"

见她露出为难的表情,他问:"你不会?"

"我应该不会。"

"等我十分钟。"

陈非没多久就买了新的进水阀上门,迅速替她换上:"下个月水费就正常了。"

谭思佳再次向他表示感谢,又问:"多少钱?"

陈非拿出进水阀的微信支付记录给她看:"三十块。"

"还有维修费呢?"

"不用,就给材料钱。"

谭思佳主动提出:"我们加个微信吧,我转给你。"

陈非没有拒绝。

两人顺利加上微信好友,他收钱后问她:"怎么称呼?"

"我发给你。"谭思佳说着,把自己的名字编辑到对话框里发送。

陈非存了备注后,准备离开:"如果以后遇到其他的维修问题也可以找我。"

谭思佳想,他倒挺乐于助人的。

陈非也对得起她的评价。

双十一的时候,谭思佳在网上买了一大堆东西,快递并不送货上门,下午放学后她去取件,其中有一面 80cm×180cm 的穿衣镜,体积和重量都令她犯难。

这时候门外驶来一辆摩托车停下,陈非也来取快递,见到她便问:"谭老师,你买的什么东西这么大一件?"

两人职业完全不同,平时产生不了交集,自从上次陈非替她换了马桶水箱的进水阀后,谭思佳就没有遇到过他,再见面他已经穿上冬季套装。

单位定制的衣服并不太讲究剪裁美感,就像读书时候学校统一购买的校服,只有尺码大小的区别。他个子高,身材比例也优越,肩宽,长腿,普通的工装被他穿得很好看。

谭思佳朝他笑了笑:"落地镜。"

"你应该搬不动吧,我帮你送回去。"

菜鸟驿站距离电梯楼挺远的,至少十分钟路程,谭思佳正觉得无计可施,听到他要提供帮助,立刻有种松口气的感受,开心道:"好啊,太感谢你了。"

"小事情。"陈非勾唇,"还有其他快递吗?可以一起取出来。"

"还有点多,我不知道能不能全部带走。"

陈非和菜鸟驿站的老板熟,他向老板要了一个废弃编织袋,将她大大小小包裹装到里面,绑在摩托车的货架上,穿衣镜的纸箱则被他横着固定在搁脚蹬上,然后他骑上车,留足后座空间:"你侧着坐,脚放另一边。"

"你自己的快递不取了吗?"谭思佳提醒他。

"我先帮你把这些东西送回去,一会儿再来一趟。"陈非说。

…………

想到这里,谭思佳回过神,陈非挺大男子主义的,他想为她做什么,很少使用疑问语句,几乎都是很肯定地下了结论,不过,并不让人反感,有时候甚至有些心动。

她又想到他在车里对她说的那番复合的话,只要她愿意,他随时都可以,其实挺具有诱惑性。如果不考虑两人各方面的婚姻适配性,和陈非谈恋爱真的很舒服。

他的外形和作为男人的能力就能满足女人期望,而且在清水镇那个小地方,他好像无所不能,出现任何问题都能找他解决,给她足够的安全感。最重要的是,他看起来脾气不太好,事实上也挺有自己的脾气,但他同时也具备耐心和包容的品质,很容易相处,谭思佳觉得自己和他是合拍的。

黑暗中,谭思佳突然叹了口气。

谭思佳想陈非的同时,陈非也在想谭思佳。

陈宁这套房子装修时没有选择隔音效果好的窗户,楼下街道不时有车子疾驰而过,他一时半会儿有些睡不着,躺在床上无事可做,脑子里便不由自主地冒出谭思佳来。

他对谭思佳的第一印象是她有一双好奇的眼睛,就那样充满探究地盯着他,让他不得不注意。

不久后又见了第二次面,她主动要他的名片。不是陈非自恋,他真以为自己引起她的兴趣。但是,一连隔了几天,他没有收到她的联系,终于觉得自己想太多,不知道在期待什么。

等到真的接到谭思佳的电话,陈非刚开始以为只是司空见惯的用户投诉,问清楚住址后,忽然反应过来——

是她!

他上门替谭思佳换了马桶箱里漏水的阀门,借着材料费的由头,她提出加他的微信,他便顺势问了她的名字,才算真正意义上认识她。

不过两人发生类似朋友间的对话,是在去年冬天他们在菜鸟驿站偶遇,他见谭思佳的快递比她人还高,出于道义帮她搬到家里。

在电梯里,他随口问:"谭老师,你家是哪里的?"

她告诉他:"海城。"

陈非说:"我们集团总部也在海城。"

"你是被分配到清水镇的吗?还是你本来就报考的这里?"

"我是本地人,当年公招时直接选的清水镇。"

谭思佳点点头:"工作单位离家近真好,你的生活幸福指数一定很高。"

他察觉到她话里有思家之意,就问:"你每个周末都回去?"

谭思佳又摇摇头:"没有。之前国庆节回去了一次,平时周末只有两天假,来回坐车时间长,我不乐意折腾。"

"坐长途汽车的确不怎么方便。"陈非表示,"我有时候有事会去海城,可以捎上你。"

当时她应该没当真,随意答应:"好啊。"

有个周末,陈非到海城参加聚会,也不是忽然想起谭思佳,可能他内心深处本就蠢蠢欲动,他发微信问她要不要坐他的车回家。

刚好那会儿是冬天最冷的一段时间,谭思佳准备得不够充分,想回家取几件厚外套,于是带着显而易见的高兴情绪,她回答的"好啊"真心多了。

这次在密闭的车里独处,两人的话题更深入一些,交流了彼此的年龄,以及感情状态。只是谭思佳刚表明她是单身,她接了个电话,说了几句话后,忽然带着通知的语气对手机另一头的人说:"我现在有男朋友了。"

陈非意外地看了她一眼,他以为她在应付难缠的追求者。谭思佳的语气越来越不耐烦:"有什么放不下的……随你信不信,难道我还要介绍你们认识?"

他搞清楚状况,心里想:哦,前男友,还是分得不太干脆利落的前男友。

陈非并不因为听到她通话的内容,就打听她的隐私,他和她还没熟到那种程度，否则太冒昧了。

等她挂了电话，他正准备另起一个话题，她倒不怕冒昧，石破天惊地问他："陈非，你觉得我怎么样？"

陈非感到惊诧，为了避免自己会错意："你是指哪个方面？"

"男女方面。"

陈非用余光扫了她一眼。她的五官组合起来有种古典美，圆润柔和，属于耐看型的。她的性格倒是和长相不太符合，至少，打破了他的观念，出人意料之外的放得开。

不可否认，男女之间是否来电，第一眼能不能记住对方很重要。那晚在火锅店一个短暂的对视，陈非便忘不了她，如果没有听见刚才那通电话，她抛出这样的饵，他肯定不会犹豫，立马就上钩。但既然听见，他不是缺心眼："你好像有烂摊子没有整理好。"

"所以我想彻底解决，只要我开始新恋情，他就会死心。"她说，"你还没有回答我的问题。"

陈非说："你要先回答我一个问题。"

"什么问题？"

"这是你想摆脱前男友纠缠的一个手段？还是你真的觉得我不错？"

谭思佳笑起来，直言不讳："各有一半。"

陈非无语，同时也感到好笑，想来刚才她多半是受到刺激心血来潮，大有一种"你愿意就谈，不愿意就拉倒"的无所谓的态度。

陈非思想有所松动，只要她对前任没有旧情，他不是替代品，或者退而求其次的选择，他其实也是无所谓的。不过，她承认他不错，他很想知道："我哪里不错？"

"脸、身高、性格。"谭思佳言简意赅,"我只了解这么多,其他不错的地方,就看你给不给我深入了解的机会。"

陈非忍不住乐,心情愉悦:"想不到还有这种好事。"

谭思佳善于总结:"看来你对我有那方面的好感。"

陈非勾唇:"我要怎么配合你向你的前男友证明?"

"为什么向他证明?"谭思佳说,"不用证明,我自己知道我说的是真话就行了。"

想到这里,陈非轻轻笑出声。

那天在车里他属于是鬼迷心窍,很容易地点了头,和她发展恋情。也许正因为当时马马虎虎达成男女朋友关系,当她提出确定结婚再见他的朋友,他也没有异议,的确应该先把感情巩固稳定。

他们在一起的时间还很短,去年潦草成为情侣后,没多久她放寒假回海城,再去掉暑假两个月,满打满算加起来,只相处了半年,而且这半年时间见面的场所单一,几乎都是他去她家吃饭和睡觉,在这两件事上,两人很难产生分歧。

虽然吃饭和睡觉构成了他们恋爱的大多数,但陈非开始并没有意识到问题。

上半年他很忙,春耕时,埋在土里的管道常常被农户损坏,他每天都往村里跑。另外,他自己开的公司接到社区修公路的项目,还想办法将政府的两个小工程争取下来,忙起来不分昼夜。

谭思佳也忙,她当上老师的时间不长,没什么经验,只备课一项就需要花很多心思,还要做资料,参加比赛活动,空的时间也不多。

直到谭思佳放暑假,她回海城后,两人只能靠微信联络。他给谭思佳打过几次视频,谭思佳都没有接,有时候她说和朋友在外面,有时候说父母在旁边,有时候说太晚想睡觉了,总之都不方便。她回他消息也很不及时,回复不过短短几个字,"嗯""好""吃了""在忙",陈非终于感觉到不对劲,本来七夕节时他准备去海城见见她,但她没同意,她说那天有家人过生日,她没办法缺席。陈非以为她释放结束的信号,在他看来这是不想见他的借口,若真有心约会,不会抽不出时间。

再后来,就是她回了清水镇后态度一百八十度大转弯,又热情地和他纠缠在一起,如果他不提那句质疑的话,他们依然是男女朋友。

分开以后,陈非把谭思佳的态度反反复复捋了几遍,她不期待婚姻是为什么呢?这晚忽然想到她那位在促成他们在一起这件事上有着至关重要的作用的前男友……有没有一种可能,她在这件事上经历过不痛快?

找到问题的关键,陈非心里反而一松,两个人要想天长日久在一起,没有矛盾反而不真实,这次爆发出来也不是坏事,只要知道她抗拒的缘由,他有自信慢慢解决。

第二日,谭思佳出门聚会,三人约在购物中心见面,先去美食那一层吃午饭。

李文珊和杨欣洁可怜谭思佳在小镇上吃东西没有选择,以她的意愿为主,进了一家西餐厅。装盘精致的菜送上桌后,谭思佳拿出手机:"等一等,我先拍两张照片。"

杨欣洁笑:"这可不是你的风格。"

"人的想法是会变的。"谭思佳面不改色,"我手机容量还剩很多,让我使用一点。"

李文珊立刻摆好姿势:"拍我,本美女帮助你消耗内存。"

"土不土啊,现在谁还比剪刀手?"杨欣洁拿起刀叉,对谭思佳说,"快抓拍。"

李文珊也不甘落后:"先拍我。"

单人的拍完,还要合照,三颗脑袋凑在一起换了好几种表情,美美地结束照相环节。

李文珊问谭思佳:"你什么时候才能考回来?"

"学校要求连续两年考核成绩过了平均分才能参加选调考试,意思是必须在那里待两年,明年满足要求后看看有没有机会。"谭思佳问,"你俩最近怎么样?"

杨欣洁大口吃牛排:"明年晋升不上的话我决定跳槽,有猎头挖我,开的条件比现在好。"

"熬这么久,你也该当个部门小领导了。"谭思佳真心实意地说。她们三人是高中同学,杨欣洁读书那会儿就喜欢竞选干部,她有当领导的企图心,"我们就等着哪天叫你杨总。"

"就是!"李文珊附和,接着说自己的情况,"我准备结婚了。"

谭思佳和杨欣洁同时看向她。

李文珊笑:"他没有正式求婚,有天晚上我俩吃饭时自然而然聊到这个话题,觉得谈了快两年,差不多可以结婚了。"

谭思佳举起酒杯:"恭喜!"

杨欣洁也反应过来,连忙端起手边的酒:"恭喜恭喜!"

三人在空中碰了一下杯子。

李文珊眉眼弯弯的："咱以前说好的,谁第一个结婚,另外两个人都要当伴娘。"

杨欣洁："放心吧,忘不了。"

谭思佳也点了点头："什么时候办婚礼?"

"明年夏天。"

"还有大半年时间,可以慢慢准备。"

"对,我已经计划好健身塑形和医美,要用最美的状态穿婚纱。"李文珊兴致勃勃,"我请你俩打水光针吧,功课我全部做好了,可以约后天下午,无孔针头,三天左右就能够消失,不影响节后上班。"

"行啊。"杨欣洁说,"本来我就考虑尝试一下医美。"

"我也是。"谭思佳朝她俩展示了下自己的脖子,"我最想做的是去颈纹项目,顺便了解一下。"

"那就这么说定了!"李文珊向她们确认。

"有人买单还有什么好犹豫的。"谭思佳说。

杨欣洁赞同："就是!"

国庆节的第三天,三人一起去打水光针。因为是第一次接触医美项目,比较新鲜,谭思佳发了条朋友圈,当然,她把学校的同事分组屏蔽。

陈非是在在晚上睡觉前看见的,医生拿着针往她脸上注射,他点了个赞,又在底下评论:不痛吗?

谭思佳还在纠结是否回复,他发来私聊消息:车子修好了,我明天给你开到车库里面去。

他倒挺会揣摩她的心,知道提这件事她一定不可能装哑巴。

谭思佳：谢谢。

陈非：看见你发的朋友圈了，脸上扎那么多针，不痛？

其实他这算没话找话。

她认真地解释：敷了麻药，只有一点刺痛，但是为了好看，可以忍受。

他又说：你已经够好看了，何必找罪受。

谭思佳：你不懂，这是为了三四十岁也能维持年轻的状态。

陈非低笑出声，打字：这么注重保养，我看你五六十岁的时候也很年轻。

谭思佳无语，他怎么不说七八十岁呢？

她正要丢一串省略号给他，这时李文珊发消息过来：刚刚梁宇航向我打听你，我怎么回他啊？

随即扔来一张对话截图。

谭思佳点开看，梁宇航问李文珊：小佳真的谈恋爱了？这次她把男朋友带出来见面了吗？他人怎么样？

在这件事上，谭思佳没有对两个好朋友讲实话，她告诉她们，自己是假装谈恋爱骗梁宇航死心的。

谭思佳想也不想，回复：他恶心谁呢？你别搭理他。

李文珊：不，我也要恶心恶心他，就回比他高比他帅，各方面条件甩他八条街。

当初谭思佳不受梁宇航父母尊重时，李文珊和杨欣洁没少义愤填膺地吐槽。

谭思佳没有反对：你高兴就好。

过了一会儿，李文珊截图过来：他不吭声了。

谭思佳：OK！

李文珊建议：要不然你真的找一个男朋友吧。分手后你空窗一年多了，也是时候进入下一段恋情了。

谭思佳便不可控制地想起陈非，若单论外形，显然他更甚一筹。虽然他不是非常温柔体贴的类型，但她说过的话、她的一些规矩，他都遵守。

有一件可大可小的事情足以做比较。

谭思佳从小耳濡目染，不收拾醉鬼的一切烂摊子。她记得小时候爸爸喝高了回家吐一地，但是妈妈绝不动手处理，第二天一早她爸酒醒自己收拾烂摊子，一两次后，爸爸养成好习惯，无论多难受都知道忍耐着进卫生间吐马桶里。

以前和梁宇航在一起，他明知道她的规则，和朋友喝得烂醉后，不顾她的喜恶，三番五次打电话要她去接，她为这事发了好几次脾气。但陈非喝多后，她说不喜欢，他就不会纠缠，实在要见她，他也一定保证自己处于清醒的状态。

李文珊又说："你上班那里就没有单身未婚的优质男青年吗？政府、银行、公安局，这些单位里面都可以重点找一找。"

谭思佳有些遗憾："我以后打算考回海城，还是不要耽误人家青春了吧。"

李文珊倒很不在乎："男的怕什么。"

"男人的青春也很宝贵。"谭思佳说。

"那在海城找一个吧。"

"我不想异地恋，开车时间超过一个小时就算异地。而且，我还不知道什么时候才能考回来。"

"感觉你不太对劲!"

谭思佳心里一跳,李文珊的第六感很强,难道有什么地方让她怀疑了:"哪里不对劲?"

"谈了一段失败的恋爱,你不至于就戒男人了吧!?"

谭思佳虚惊一场,戒男人更是无稽之谈,而且说起来,她和陈非来往更频繁一些。毕竟,以前在海城,她和父母一起住,再加上梁宇航家里给他买房时并未询问她的想法,因为感受到被轻视,所以她并不爱去他那里。

"怎么戒?我又做不到清心寡欲。"

"这一年你怎么解决那方面的?"

谭思佳还是决定瞒着,很干脆道:"自己帮助自己咯。"

"哈哈哈哈哈哈!"李文珊笑,"好吧,月底你生日我知道买什么礼物了。"

谭思佳:"你可以问我想要什么,直接送到我'心巴'上。"

"那样没惊喜!"

…………

谭思佳和李文珊聊了起来,与陈非的对话就断在他夸她那一句上面,后来几天谭思佳待在家里度过。

等到假期最后一天下午,陈非来海城接人,见她全副武装从小区出来,戴着帽子、墨镜和口罩,把脸遮得严严实实,开玩笑道:"怎么变好看了还要藏起来?"

谭思佳摘下墨镜:"我是为了防晒,不然水光针白打了。"她在车里没见到陈梦可,问他,"你先来接我?"

"可可只玩了两天就哭着想爷爷奶奶,我提前把她接回去了。"

陈非说。

"那你现在专程来接我的?"谭思佳顿时有些不自在,"你怎么不告诉我?早知道我就不让你来接了!"

"为了不让你不让我来接。"陈非说绕口令似的,他回头看她,"到前面来坐。"

Chapter4
/ 迷茫的心 /

不用陈非多此一举提醒，既然谭思佳是唯一的"乘客"，拥有基本社交礼仪的她当然会坐到前面去，难不成还能心安理得真把他当司机？

她下了车，又重新上车。陈非侧过头看着她系安全带，说："我还没有吃午饭。"

经他提醒，谭思佳意识到自己有所疏忽，从清水镇到海城，开三个小时高速，这会儿还不到中午一点，他上午出发后一直在路上，肯定现在刚到，还空着肚子。

她问："你想吃什么？"

陈非笑："你有什么推荐？这里你熟。"

"附近有家牛肉面不错。"

"就吃牛肉面吧。"

谭思佳给他指路。

到地方后停好车，两人进店，她给他点了一碗牛肉面、一份红烧狮子头和一份腌黄瓜。

她一边扫码结账一边对陈非说:"我请你。"

之前在一起时,她跟他也算得清清楚楚,他付出一点,她就会回馈一点,两人之间很对等。陈非早已习惯,点头:"行。"

谭思佳是吃了午饭才离开家的,这会儿她坐在他对面玩手机。陈非与她培养出一点默契,知道现在她处于拒绝交流的状态,便埋头安静地用餐。

他今天早晨六点就起床做事,挨家挨户跑了半个村查表,又被同事打电话叫去帮忙维修,九点半才匆匆回家换了衣服开车出发,这会儿确实饿狠了,他进食速度很快,不过并不让人觉得狼吞虎咽。

谭思佳会享受,她说这家牛肉面不错,味道一定错不了,陈非最后把汤喝掉大半,放下碗,拿纸巾擦嘴。

她注意到他的动作,眼睛终于离开手机屏幕,移向他,问:"吃饱没?"

其实她也没能够专注看手机,只是为了避免和他对话的表现。事实上,她心里有些乱,清水镇和海城两地距离遥远,一来一回,得开六个小时车,他愿意花这个时间来接她,哪怕即使是为了表现,也有一份诚心在里面,让她不得不感慨。

陈非点了点头。

两人起身往外走,到了车边,他先去车后备厢拿水,拧开一瓶递给她。谭思佳有坚持每天多喝水的习惯,她将水接到手里,喝了两口。

"刚吃完饭就开车你会不会想睡觉?要不要休息一下?"谭思佳问他。

陈非说:"你来开吧。"

"啊?"谭思佳以为自己听错了。

"你还没开过高速,我坐副驾,陪你练练胆。"

"你放心把你的生命安全交到我手里?"谭思佳忐忑。

"放心,你也要对自己有信心。"陈非鼓励道,"很多人刚拿本就敢上高速①,你有什么不行的,如果害怕,只走最右边的车道,一点问题都没有。"

谭思佳蠢蠢欲动,望向他:"那我开?"

"你开。"陈非拉开驾驶座的车门让她上去,"你先调座位和后视镜。"

等到她调好了,陈非才绕到副驾驶坐进来:"走吧。"

从海城到清水镇,谭思佳的注意力全程高度集中,再无暇胡思乱想,陈非也时时观察路上车况,三个小时后,平安抵达收费口。

陈非不常进城,他没有办ETC,车子排在人工窗口等待。

谭思佳戴着口罩,陈非看不见她的面部表情,但他能明显感觉到她的神经终于松懈下来。他不由得笑:"感觉怎么样?"

"我太紧张了,手心里全是汗。"

"让我摸摸看。"

谭思佳没有多想,手掌朝上伸过去,陈非用指腹蹭了一下。过于亲密暧昧的碰触让她心里一紧,理智迅速回归,被蜜蜂尾巴蜇了一般缩回去。

陈非看了她一眼,若无其事道:"多开几次就好了,以后我再找时间陪你跑高速。"

注①:温馨提示:驾驶人在驾驶证实习期内驾驶机动车上高速公路行驶应当由持有相应或者更高准驾车型驾驶证三年以上的驾驶员陪同。

谭思佳没有回应这句话,她盯着前面的车,跟随着缓缓移动。

直到出了收费口,她将车往路边开:"我腿有些软,剩下的路你来开吧。"

这倒不是假话,她下车时身体晃了晃,陈非及时扶了她一把。谭思佳倒也不感到丢脸,好奇地问:"你第一次开高速时不害怕?"

"我也一样。"陈非再次说,"多开几次就好了,找时间再陪你跑高速。"

他有股坚持不懈的劲,关于复合一事,既然谭思佳不主动回话,他就死皮赖脸。当初确定恋爱,省略追求的流程,他现在把这个步骤补上。

谭思佳没开口,两人交换驾驶和副驾驶的位置,陈非调回座椅位置,挂上 D 挡,重新上路。

高速路收费出口距离清水镇只有十分钟车程,虽然时间不长,但用来和他聊聊他提议的那件事刚刚好。

谭思佳心里天人交战一番,最后还是道德感胜出,她说:"陈非,你人真的很不错,我不想耽误你。"

陈非早就料到她会拒绝,镇定道:"既然我真的很不错,你更应该把我紧紧抓在手里。"

刚才在高速公路上驾驶,谭思佳的精神过于紧绷,再加上车内空气不流通,她感到有些热,现在取掉口罩,她的面庞粉红粉红的。

陈非的目光不经意地从她脸上滑过,她打的那个水光针效果真这么显著?她的脸呈现一种白里透粉的状态,十七八岁时,学校里最漂亮的女生体育课跑步后就是这样的。他不由得想,她高中时期,应该很受男生欢迎吧。

谭思佳不知道他的思绪已经跑偏,一本正经地说:"你别抱侥幸心理,就算你真的很不错,也不可能让我改变主意,我有很多愿望清单,结婚在我的人生重要次序中,排名很靠后。"

陈非失笑,也义正词严:"我不明白你为什么总是提结婚这件事,我还没有向你求婚吧?"

谭思佳静了两秒,说:"但你也很介意我短时间内不打算结婚的想法。"

陈非纠正她:"不是介意,是在意。你反复强调这件事,并且要求分开,我想知道里面的原因也很正常吧?我的态度是,有分歧咱们好好商量,逃避解决不了问题。"

"没得商量,我的观点不会改变。"

谭思佳暗暗唾弃自己真虚伪,话到这个份上,她都不愿诚实地告诉陈非,她不会一直待在清水镇,他们没有以后。因为她知道,只要这话说出口,就彻底坐实她不负责任玩弄他的感情,陈非有可能因此讨厌她。她内心深处不希望出现这样的局面。

"我没想改变你,我也希望结婚是两个人你情我愿达成共识。"陈非主动结束这个话题,"行了,你现在不想复合也没什么,我又不会逼你,别有心理压力。"

谭思佳沉默了下,没有忍住,说:"你不提复合,我就不会有心理压力。"

"你有心理压力就证明你对我还有感情。"陈非挑眉,"不然你应该无所谓,反正你擅长拒绝。"

谭思佳没话可说,他心里不舒服,刺她一句也是人之常情。

陈非把谭思佳送到电梯楼车库里,找出车钥匙还给她:"去检查一下你的车。"

"你没替我检查？"

"你自己也看一下。"

谭思佳去看了一眼，肉眼上完全没有损坏过的痕迹，还替她将车子洗得干干净净，看起来崭新。她说："谢谢。"

"谢什么谢，他开汽修店，顾客是上帝。"

"我谢的是你。"

"我就更不用谢了。"陈非说。

这时，他的电话响起来，他接起后告诉对方："别催了，马上就来。"然后看着谭思佳，"李远生日，今晚我就不和你一起吃饭了。"

谭思佳心里想，中午已经请过他，她本来也没有打算和他一起吃晚饭。她点点头："你去吧。"

他没有立即走，问她："你晚饭吃什么？"

"我等会儿自己看着办。"谭思佳说。

陈非是最后一个到的，他见大家还没有开动，问："怎么没开始吃？"

"你这个大人物不来，我们不敢动筷。"一个朋友损他。

陈非笑了一声。他拉开给他留的座位，坐下去说："我算什么大人物，我还等着你把新中学的工程拿下来，到时候你吃肉，也别忘了分我一口汤喝。"

"只要我把这个项目搞到手，肯定没有问题。"对方爽快答应。

今天是李远的生日，晚上朋友聚会，少不了喝酒、唱歌，没带小孩出来。桌上只有一张生面孔，她是李远老婆胡媛媛的新同事，陈非来了,又向他介绍一遍。

吃完饭去KTV。往外面走的时候,胡媛媛叫住陈非:"你等一等,我有点事跟你说。"

陈非奇怪:"什么事?"

胡媛媛说:"我们单独聊。"

他疑惑地看向李远,李远朝他露出意味深长的笑容:"好事,你听听就知道了。"

陈非停下脚步。他落到众人后面,等到大家走远,胡媛媛问他:"你觉得苏言怎么样?"

他愣了一下才反应过来苏言是谁,除了刚开始介绍给他认识时两人说两了句话,他根本没多看对方。

胡媛媛的意思不言而喻,陈非心里装着谭思佳,他当然不接茬:"我有什么资格评价别人。"

"你懂我的意思。"胡媛媛拍拍他的肩膀,"苏言漂亮吧?我想撮合你俩。"

陈非能做李远和胡媛媛女儿的干爸,可见他们之间的交情非比寻常,胡媛媛挺关心陈非的人生大事。

"别吧。"陈非拒绝,"比我小那么多,没有兴趣。"

"小怎么了?结婚合法了。"

提到结婚,陈非就想到谭思佳,不由自主地笑:"真没必要,她不是我喜欢的类型。"

见他油盐不进,胡媛媛问他:"你一辈子不打算娶老婆了?咱们这帮玩得好的老同学就你还单着。"

"我娶老婆的事你就别管了,我自己心中有数。"陈非顿了顿,又说,"谢谢你的好意,我心领了。"

"心领算什么,你最好真领我的情。"

"这种事不能强求,还是算了吧。"陈非看着越走越远的大部队,"我们也过去,再去迟一点,话筒被两个麦霸占在手里,你就没机会唱歌了。"

胡媛媛跟上陈非的步伐,陈非的腿很长,她得迈得大步一些。她仍不死心:"做你的思想工作怎么这么费劲呢?又不是拿刀架在你脖子上,强迫你立刻跟人家在一起,从朋友做起,先聊聊看嘛。"

"你看我像有时间闲聊天的人?"陈非反问。

"知道你是大忙人,但也不至于一点时间都挤不出来吧。"胡媛媛翻白眼,"你也太异想天开了,不聊天怎么培养感情?"

陈非无奈:"我第一次发现你这么努力不懈。"

胡媛媛回他:"我也是第一次发现你这么讲不通道理。"

两人皆无语。半晌,胡媛媛气呼呼地说:"难道你心里还想着前女友?她现在只要发朋友圈就是晒娃,这样你还放不下?"

"你这想象力也太丰富了。"

"自从两年前你分手,身边一直没人,我正常推理,你就是忘不了。"

"谁说我身边没人,我有人。"陈非脱口而出。

胡媛媛立即问:"谁?"

陈非很快反应过来,尽管谭思佳的名字在喉咙里滚了一遍,但他不可能说。

胡媛媛再次误会:"你就嘴硬吧!"

陈非笑了笑,不做任何解释。

到了 KTV 门前，陈非让胡媛媛先进去："我抽根烟再来。"

他今天还没有碰烟，去海城的路上，一个人开车无聊，路上烟瘾犯了，最后生生忍住，谭思佳不喜欢闻。她鼻子太灵，记得有次她说过他车里烟味大，后来他就很少在车里抽。

他点燃一根烟，给谭思佳发微信：你吃饭了吗？

等了一会儿，没收到她回复，这时李远出来找他，他将手机塞进裤兜里。

李远接过陈非递来的烟盒，他自己打开取了一根出来，笑："真不考虑一下？"

陈非也笑："被媛媛派来当说客？"

"我确实是带着这个任务在身上。"李远也无奈，胡媛媛在家里提过好几次，她认为陈非和苏言绝配，一心想找机会给他俩牵线搭桥，所以今晚把苏言也叫了出来。

"任务失败，自己想办法回去复命。"

"你就是这么当兄弟的？一点不管我个人死活。"

"我为什么要管你死活？是你老婆自作主张。况且，我在你们的夫妻关系中也没那么重要吧。"

李远骂他："你真不识好歹，把好心当作驴肝肺。"

"她这么坚持，不会已经跟她同事开了这个口？"陈非想到这种可能，脸色一变。

李远好笑："那绝对没有，她同事不知道，八字还没一撇，不可能让女孩子尴尬。这不是先问问你的意思嘛，你愿意才进行下一步。"

"我的意思是到此为止。"

"你到底怎么想的？苏言真的挺不错，其实我觉得接触一下也没什么。"

陈非说："跟我不合适。"

李远沉思片刻，其实他隐隐约约有一个念头，忍不住问："你是不是对灵灵班主任有想法？"

陈非没有否认，但他有点疑惑，看着李远："为什么这么说？"

"那天你带她来修车我就觉得你小子有点奇怪，人家一辆奔驰车随便在我这种外边的店维修？你俩什么关系，她就那么相信你，你一介绍她就来了？"

"我人品不错。"陈非自夸。

"你和她怎么认识的？"李远好奇，按理来说，陈非和谭老师应该八竿子打不到关系。

"她租了电梯楼的房子，之前房东欠了点费，被停用了，去给她恢复供水认识的。"陈非说。

"怎么，喜欢她？"

现阶段谭思佳不答应复合，陈非也不好承认。他笑骂："我交个朋友不行？怎么只要是个漂亮女的就往那方面想。"

李远和他熟，窥出一点端倪："我懒得揭穿你！"

陈非把烟头杵在垃圾箱铁皮上摁灭，丢进桶里："进去唱歌，房间号？"

"105。"李远也扔了烟跟上去。

陈非推开包厢门，震耳欲聋的音乐声立即放出来。胡媛媛就坐在门边，她的目光越过他，投向他身后的李远，李远微不可见地摇摇头。

胡媛媛仍旧没有放弃。玩到深夜，结束散场时，她交代陈非："阿非，苏言和你顺路，你当一下护花使者吧，把她安全送到家。"

　　"你不是没喝酒吗？你开车送，顺便也送一下我。"陈非毫不客气，"你不安排车送？让我们走路回去？招待不周啊。"

　　李远在旁边笑着对胡媛媛说："你开车送吧，这么晚了。"

　　陈非是最后一个下车的，他下去后还想说句话，胡媛媛没理他，一脚油门扬长而去，留给陈非一脸尾气。

　　陈非在原地站了一会儿，拿出手机看微信消息，虽然谭思佳的"吃了"两字淡漠，但她肯回复，就是好事。

　　此刻繁星满天，他带着一点醺醺然的醉意，举着手机摄像头对着天空，拍下来发给她：我到家了。

　　谭思佳刚睡着就被提示音惊醒，揭开眼罩后拿起来查看，联系人显示陈非的名字。她莫名有些焦躁，不高兴地回复：你要不要看看现在几点了？我刚睡着你就把我吵醒了！

　　第二天一早谭思佳刷牙的时候，忽然想起来，昨天半夜好像对陈非态度很差。她快速洗漱完，回到卧室拿手机点开聊天记录，她埋怨陈非吵醒他，他说：你继续睡吧，我不给你发了。

　　谭思佳那会儿心中郁闷：我今晚本来就入睡困难！

　　陈非便邀请她："要不要出来看星星，今晚星星很多，很漂亮。"

　　谭思佳可没有他那么好的闲情逸致，拒绝他：我想看的话，在阳台也能看。

　　陈非："那我们打电话，我陪你聊会儿天，聊着聊着就睡了。"

　　谭思佳：我会越聊越清醒。

陈非：你想我怎么做？

谭思佳也不知道自己想他怎么做。

其实她每次从家里到清水镇的前面几晚都睡不好，可能由于她并不是喜欢清水镇才来这里，这个地方只是一个相对稳妥的选择，从繁华大城都市来到低楼矮墙的小镇上，她需要带着沉重的心情适应几天。

晚上失眠，虽然也有几分离开家的惆怅，但更多是因为陈非。她不断回想在高速路收费口时，她说手心里有汗，他极自然地触碰她的手掌心，那片刻的暧昧，只要一想起来，心脏就一阵悸动。

心里有两个小人打架撕扯。

一个小人竭力怂恿她，既然喜欢陈非，那就尊重自己的情感，继续和他在一起。

另一个小人冷静地批判她，感情比现实重要吗？明明知道没有以后，不要做不道德的女人。

谭思佳一会儿觉得这一个小人说得对，一会儿觉得另一个小人也有道理，选择了一面，立刻又会想到它的坏处，转而去选择另一面，于是陷入循环，矛盾不已。

就这样胡思乱想着，反复挣扎着，她还记得模模糊糊中是打退堂鼓的小人占了上风。陈非偏要挑战她的意志力，不断动摇她的心。

她知道自己不高兴是气急败坏的表现，最后当然也想不出解决办法，便按灭手机作罢。

谭思佳这时候回看夜里的对话，隐隐懊恼自己的语气太不好。她重新打开他拍的星空，在城市里见不到如此密集又璀璨的星星。她不禁后悔，如果答应他出去欣赏星星的提议，一定是难忘的体验。

因为，后来她独自去阳台看了一会儿，好美啊，让她的心慢慢平静下来，回卧室后很快就进入梦里。

她点进输入框，编辑好"昨晚对不起，我脾气有些坏"，发出去之前，犹豫很长时间，最终拉不下面子，一个字一个字删掉。

那会儿陈非把车子停在候车点等学生，他刚好也点开谭思佳的微信，看见顶部显示的"对方正在输入……"，诧异了一下，不过等待许久，她并没有把消息发过来。

周四，谭思佳只有上午第一节课，这学期的家访任务她还没有做，之前安排本周事项时，提前电话通知了三位学生家长，今天上门面对面沟通。

翻出班级家庭通讯录上面写的地址，她开车去，这三位学生都住一个村。导航只能帮助她抵达大概位置，到地方后，她向附近居民问路，也没费什么周折，顺利找到学生家。

谭思佳把车开进院子，里面已经停了两辆车，一辆公务车，还有一辆是摩托车。她认出摩托车的车牌号，是陈非的。她不由得感到疑惑，他怎么也来这里了？

院里没人，几道声音从两层高的楼房背后传出来，谭思佳带着笔记本往有声音的方向走。一群人聚集在地里，她的目光首先集中在陈非身上，他手里拿着皮尺，正低头和旁边穿米色外套的年轻女孩说话。

陈非今日被领导派来复核安装管道时的占地面积，协同政府房建办的人员一起来做调解工作，他把重新量过的数字告诉苏言："长7.2米，宽4.5米。"

苏言写下来，惊讶道："比之前记录的少两米。"

陈非点点头，第一次量的数据肯定没差，上半年安装管道时，土里已经种上高粱，除补偿青苗费外，为了把事情顺利推进下去，给他们多算了一点面积。

他见苏言刚进镇政府工作，不了解与个别农户打交道的麻烦，低声向她解释："当初量土地时，这家人在医院里住着，是队长在现场帮他们看的。这周开始走打款流程，找他们签字确认，他家和另一家有矛盾，自己觉得两家的地看起来差不多大小，另一家却比他们多两米，心里不舒服，所以闹着不公平，拒不签字。"

苏言明白过来，也小声说："见不得仇人好。"

"农村就是这样，其实两家也没什么大矛盾，日积月累的小摩擦造成的。"陈非笑了笑，"走吧，我们过去。"

他转身便看见谭思佳，愣了愣。

这两天气温骤降，她开始穿薄毛衣了，是桃花开得最浓的那种粉，她适合一切鲜嫩的颜色。

谭思佳却在这时收回视线，因为学生家长发现她，热情道："谭老师来了！"

谭思佳笑了笑，她看着目前的状况，问："你们现在能和我交流孩子的情况吗？如果这会儿没时间，我先去另外两个学生家里。"

"有有有，她爷爷留在这里就行，我和你到屋里坐着聊。"

"那行。"

陈非已经朝这边走过来，谭思佳的目光在他和他身边的年轻女孩身上掠过，然后跟着这位看起来还不算老的奶奶往家里走。

她并没有花太多时间，与家长沟通了孩子在学校的表现，向对方了解学生在家的学习情况，询问他们有没有需要帮助的地方，最后宣传一点相关政策，拍照留存后告辞。

陈非一行人也回到院子里，重新量过土地，还按之前多登记的面积算赔偿，达成和解。政府房建办的人先离开，苏言最后一个上公务车，她笑着对陈非挥挥手。

谭思佳出来正好目睹这一幕，陈非第一时间察觉到她的身影，眼睛直直地盯过来。等到她走近，他开口："家访？"

谭思佳点点头。

"结束了？"陈非又问。

"没有，还要去两个学生家里。"

"他们住在哪儿？"

谭思佳刚才家访时顺便问了另外两个孩子的具体住址，她说："也是这个村的。"

这时候学生的奶奶出来，给指了一个方向："谭老师，刚才忘记告诉你，张星住在对面的竹林后，只有一条小路，车子开不进去，骑摩托车也不行。"

谭思佳用眼睛测量了一下距离，但她无法判断，便问："走路需要多长时间？"

"不远，二十分钟就到了。"

谭思佳心里想，走路二十分钟还不远？

"不过谭老师你要小心一点，她家里的两条狗很凶。"

谭思佳生出畏难情绪。

陈非突然开口："是不是张元家里？"

"对，就是他家，张星是他的孙女。"

陈非了解情况，他也曾经被那两条狗震慑住，他不放心，对谭思佳说："我正好也要去他家查水表，我陪你去吧。"

这位奶奶奇怪："前几天不是已经查过了吗？"

谭思佳向陈非看去，陈非脸不红心不跳："他家查漏了。"

陈非确实没说假话，他负责的片区有四五家用户住得偏僻，平时用水量也不大，他就把查表周期拉长，年底才抄读数。本来这次他不打算去的，现在用这个理由"假公济私"。

车子就暂时停在这个院子里，两人一前一后往竹林走。谭思佳望着陈非挺拔宽阔的背影，问他："你真的是去查表？"

陈非没有回头，反问道："你觉得呢？"

谭思佳当然觉得不是："因为我才去这一趟的吧。"

他大大方方地承认："你知道就好。"

谭思佳心乱。

那夜过后，连着几天陈非没再联系她，她以为他被她的坏脾气赶跑了。而且，推己及人，如果自己被喜欢的人淡漠对待，她自认不管感情多浓烈，也会保持远距离了。

设身处地地想，他应该也灰心了吧？刚刚见到他和别的女生站在一起，尽管知道他们只是进行正常的工作交流，她却隐隐得到论证般认为自己猜得没错，他有了新的社交对象。

他真是懂得拿捏她的情绪，现在又表现出体贴，她会以为他并没有放弃。

Chapter5

/ 昨日旅程 /

谭思佳跟在陈非身后,问他刚才在处理什么事情。

陈非简单告诉她前因后果:"如果不是厂长今天去公司总部开党员会议,他就亲自来协调了。"

她忽然没头没脑地说了一句:"刚才那个女工作人员好漂亮。"

"嗯。"陈非表示认可,不过他接着又说,"我和她不太熟。"

谭思佳心里的一点隐秘不愉立刻被安抚,她悄悄笑了笑,然后向他道歉:"那天晚上,对不起。"

"什么?"陈非一头雾水。

"你和我分享星空,我的反应有点过分。"谭思佳愧疚道。

难道第二天一早她输入后却没发送过来的信息是向他道歉的?陈非说:"没事儿,那晚我喝醉了,分不清东西南北,更没有时间概念,后来你很久才睡着?"

"我听从你的建议,看了星星,一会儿就睡了。"

陈非关心她:"最近睡眠质量不好?"

她脑子一抽，脱口而出："跟你没有关系。"

陈非的脚步顿住，谭思佳也赶忙停下来。他忽然回头，盯着她："我说什么了吗？"

谭思佳撞进他炙热的双目中，脸颊一下子变得滚烫。她正觉别扭，这时候陈非手机响起来，他一边接电话一边继续往前面走。

朋友问他下午有没有事，约他去水库钓鱼。

"我不一定有时间，我没事就来……行啊，晚上吃烤鱼……"

谭思佳继续跟在陈非身后。昨夜下了雨，看得出来这条路没什么人走，石头上长了点青苔，还潮湿着，脚下容易打滑，每一步都走得小心翼翼。即使这样，她仍然溜了出去，身体不受控制地向前扑倒，她急得叫他："陈非，快让开。"

陈非反应也迅速，他自己定住了，任由她撞上来。

谭思佳凭借本能抱住陈非，突如其来的冲击力让两人摇摇欲坠地晃了几下才稳住。

朋友通过电话听到这边动静，好奇发生了什么事情，陈非没有解释，直接挂断电话。在谭思佳心有余悸松开手时转身，他见她脸色发白，问："吓到了？"

谭思佳望着面前延伸得很远的下坡路，这要是摔下去了，后果难以想象："你刚刚怎么不躲？万一你也摔下去怎么办？"

陈非笑，语气轻松："那我就给你当垫背的。我皮糙肉厚，摔下去也没事，如果有事，还能报工伤，休息几天。"顿了顿，他的眼睛落到她的手提包上面，"慢点走，你把包给我拿。"

谭思佳下意识地想说"不用"，但见他的神情不容拒绝，她鬼使神差地将包递了过去。

陈非接到包，再次嘱咐她："走慢点，别着急。"

把她当小孩似的。谭思佳脸庞热了起来，"嗯"了一声。

"你怎么一个人就来家访了？"

"我今天没什么事做，其他老师有课。"

"下次最好还是别单独来村里，多一个同伴更加安全。"

"也不是穷乡僻壤，应该没有什么不安全的。"谭思佳倒没担心过这方面问题。

"如果是刚刚这样的情况，你一个人出事找谁帮忙？"他又说，"村里狗多。"

很快，他这话就得到验证。学生家里养了两条狗，对着陌生人狂吠，龇着两排獠牙，叫出挣断铁链的气势。陈非把谭思佳护在身后，叫了家长出来把两条狗牵到院子另一边。谭思佳进门后对陈非说："你有事就先走吧。"

"没什么事，我等你。"陈非说。

隔了一秒，谭思佳点头："好。"

镇上的学生大多是留守儿童，父母去城市挣钱，将孩子留给老人照顾。少部分老人从单位里退休，对孙辈的教育有一套心得，但更多的是没什么文化的爷爷奶奶，他们当中有些甚至连自己的名字都不会写，沟通起来让人无奈。

此刻的谭思佳就遇到状况。老人的耳朵已经不太灵敏，同一个问题，她需要大声重复两遍，对方才能听清。老人大多数情况下在附和她，或者强调孩子不听话让她尽管打骂，谭思佳只能耐心解释，学校的老师不会打骂学生。

陈非查完水表后，等到谭思佳家访结束，他体谅老人不会使用智能手机通过网上缴费,年纪大腿脚不便,就收了现金带回营业厅交账。

两人原路返回。这次谭思佳走在前面,她很感慨,问陈非:"你大哥在海城买了房,小孩有入读资格,为什么不让可可去海城接受教育?"

她的潜在意思是,大城市的教学质量好得多。

陈非倒不觉得大哥离婚是一件需要注意"家丑不可外扬"的事,他告诉她:"大哥大嫂早就离婚,我大哥在保险公司上班,他工作太忙,没有时间照顾可可,条件不允许。"

得到这样的答案,谭思佳倒很意外:"为什么离婚?"

陈非实事求是:"大嫂生了孩子后身心都受到创伤,但是大哥忙于赚钱养家忽略了她的情绪。"

谭思佳身为女性,即使未婚未育,她也挺能共情他大嫂的痛苦,更问不出"可可会不会想妈妈"这样的话来,于是变得沉默。

陈非突然开口:"我不会那样的。"

"哪样?"

"大哥是前车之鉴,我吸取经验教训。"但具体是什么教训和经验,陈非没有细说阐明。

谭思佳听懂了。她心情有些微妙,不知道说什么好,决定玩笑:"怎么是你大哥吃一堑你长一智?"

"他自己的体会更深。"他转了话题,"你想吃鱼吗?我下午没事的话要去钓鱼,活水野生鱼没有什么腥味,吃起来很鲜。"

"我不会做。"

"不会做不重要,会吃就行了。"

尽管谭思佳听到他在电话里和朋友约好晚上一起吃烤鱼,他现在又隐隐约约有邀请她意思,但因为他没有明确开口,所以她也不会先表示什么。

路上,陈非又接了一个电话,他要去处理工作上的事,谭思佳还有一个家访,两人各自去往不同的目的地。

下午谭思佳到办公室写资料,课间总有学生来找她。一年级的小孩,刚从幼儿园升上来,他们还遵循幼儿园老师教育的方式,事无巨细向老师汇报——谁扯了我的辫子,谁把我的衣服弄湿了,谁把泡泡糖粘桌子上,谁不愿意和我玩……简直令人头疼。若是有两个小孩产生摩擦,那更是天大的事,会有一群同学涌到办公室,麻雀开会一样,你说你的,我说我的,叽叽喳喳,吵成一团。

放学后,等到最后一名学生离开,谭思佳也下班。她刚到家一会儿,陈非就来敲门,是拎着一条鱼来的。

谭思佳望着水里不知自己即将面临生存危机慢悠悠游动的鱼:"你钓的?"

陈非说:"对,钓了七条,收获颇丰,给你送一条来。"

为了观察源水状况,每年春季会投入大量鱼苗,水库有公司管理人员,虽然不乏偷偷摸摸来钓鱼的人,但总体来讲,这样的情况并不多见,水库里鱼多,非常容易钓起来。

"我不会做。"谭思佳为难,而且她哪会处理活鱼?

陈非顺势进她家:"我会,我来做吧。"

他进厨房后,隔了片刻,谭思佳才跟过去。事已至此,她只能接受现在发生的情况。

陈非把衣袖挽了起来,小臂线条结实流畅。他将鱼从水中捞出来，滑溜溜的鱼在他手中挣扎。他看了她一眼："你别进来，我要杀生了。"

"不需要我做什么吗？"谭思佳问。

陈非已经检查过调味料和冰箱里的存货，他安排道："我把要买的东西列清单发在你微信里，你去超市买回来吧。"

谭思佳说："好。"

她换了鞋出门。陈非的不请自来，以及他的自作主张，并没有让她心情变坏。

越是见面，越觉得他具体，越容易被引诱，她心里两个小人的战况出现反转，原来落于下风的那个，也许可以反败为胜。

陈非第一次给谭思佳做饭是在两人刚发生关系的那天。

其实，向陈非提出交往的当天夜里，谭思佳就感到后悔，她太草率。

她对陈非的了解实在有限，除了只要眼睛不瞎就能看见的英俊外貌，她只知道他的工作单位。至于几次接触，他表现出来的乐于助人，也许只是因为他对她有好感，他愿意献殷勤，未见得真的长了一副热心肠。

她太冲动了，不该随随便便去招惹他。虽然长得帅的男人足够吸引人，但男人长得帅并不是挑选伴侣的重要条件，实质内涵更重要，他的学历、品格、经济条件、有没有不良嗜好，还有他的原生家庭，以及两人能不能产生精神共鸣，她对这些情况一无所知。更不要说在她的计划中，她以后要尽自己最大的努力回海城。

大概那会儿在车里她真的昏了头，冷静下来，她想撤销这段恋爱关系。第二日陈非发信息约她出去见面,她答应赴约,路上打好腹稿,拿出低姿态,诚恳地向他道歉,如果他是个有风度的男人,不会计较她的冒昧过失,至少不会奚落她。只不过当她见到陈非,鬼使神差地,她和他一起吃了饭、看了电影,直到在商场分开,这些话始终没有讲得出口。

后来回到清水镇,没过几天,气温降到零下,她早晨醒来发现外面下着雪。在她印象中,海城城区已经超过十年没有降雪,虽然前些年冬天也特意去大雪纷飞的北方玩过,但自己居住的地方下了雪,感觉很不一样。

这场雪应该是从后半夜开始下的,她住得高,推开窗望出去,镇上几排房子的瓦片全部覆了一层白,雪花仍然纷纷扬扬往下飘落,她取了个漂亮的角度,录视频发朋友圈。

海城的朋友们羡慕她能看雪,陈非却是截然不同的态度,他说:如果你想看真正的大雪,我带你去一个地方。

作为南方人,下雪在谭思佳看来很珍贵,他的提议当然打动她。她问他:去哪儿?

陈非回复:不远,开车不到一个小时。

谭思佳说:今天下午我没有课。

他安排:午饭后去。

在学校食堂解决了午餐,因为想去雪里拍照片,谭思佳先回家化妆,换上黑色羊绒大衣,围了条红围巾。等到陈非打电话来说他在车库口等她,见到她,他明显愣了一下,然后说:"你穿得太少了,山上海拔高,会冷的。"

"我贴了暖宝宝,不会冷。"谭思佳的声音里充满兴奋。

陈非罕见地没穿工作服，他穿着一看就很暖和的羽绒服，想来他要带她去的地方气温极低。谭思佳上车后，他把空调温度往上调。

车子往山上开，飞向车玻璃的雪花渐渐密集，越往上走，视野之内的颜色越单一，直到完全被白色取代②。

这地方偏僻，附近零零散散住了几户居民，都是年迈的老人，大雪天气待在家里烤火，没有谁会出门。

道路上的雪积了起来，完全没有脚步和车轮印记，陈非将车速降得更低，慢慢往前开，直到谭思佳叫他停下来。

谭思佳推开车门，她迫不及待地踩进雪里。一条蜿蜒雪路，两边高大的树木穿上白衣，平时看起来荒凉萧条的景象经过大雪的包装，几乎可以用美轮美奂来形容，用眼睛欣赏远远不够，她使用科技影像记录。

陈非没跟着她。清水镇每年冬天都会下几场雪，作为当地人，他并不觉得特别。而且从工作的角度出发，他甚至不希望下雪，暴雪天管道内部结冰无法供水，户外水表也会被冻裂，增加团队任务量。去岁冬时大雪连连，一夜之间坏了上百块水表，他从早跑到晚，人被冻得没有知觉。

他站在车边随意拍了两张照片。谭思佳玩得高兴，她脖子上的红围巾亮眼，雪停留在她的黑色头发与黑色大衣上面，差异明显，使得她像文艺电影里的女主角一样美丽迷人。

陈非不由自主地将手机对准她。谭思佳忽然回头看他，她白皙的肌肤在雪里反光，越发洁净无瑕，双眸亮晶晶的，红唇鲜妍，他心跳加速的同时，快速按下拍摄。

注②：温馨提示：下雪天路面湿滑，在车辆行驶过程中，一定要控制速度，切记不要猛加速、猛刹车，容易侧滑发生意外事故。另外，雪天驾驶车辆上山时最好配上防滑链条哦。

谭思佳也为陈非惊艳。她这会儿才注意到他身上那件羽绒服是长款，个子高的人穿长款极大气，身处白茫茫的天地间，雪花停驻在他的宽阔肩头，更是有种摄人眼球的瞩目。她本来是要让他给她拍照的，开口却说："陈非，我给你拍两张照片吧。"

陈非站在原地，谭思佳也不需要他做多余的动作，她从镜头里发现他的五官真的很优越，完全没有死角。她拍好后向他走去，赞叹："你好上镜。"

他低头看了一眼照片，不置可否，将自己的手机递到她面前："看看我给你拍的。"

谭思佳开心道："你多给我拍几张吧。"

拍了会儿照片，谭思佳提出堆雪人，陈非从车里找了双皮手套出来让她戴。他平时外出工作骑摩托车，冬季寒风凛冽，手套是必备物品。中午去接谭思佳的途中他忽然想起她玩雪会手冷，特意倒回去取的。

谭思佳意外于他的体贴，实话说，他看起来并不会给人注重细节的印象。捏着雪球，她也不知道自己出于什么动机，忽然伸手向他砸去，瞧着他愕然的神情笑出声来。

似乎不管多大年龄的人，玩雪都会变成小孩，谭思佳又团了一捧雪扔向他，迅速跑开。陈非隔了片刻反应过来，站起来追她，两人玩起雪仗。奔跑间，谭思佳脚下打滑撞向一棵树，枝丫上的雪一经剧烈晃动簌簌下落，她惊叫出声，正觉得自己会被大块大块的雪淹没，眼前一黑，她陈非被用力地按进胸膛。

陈非将谭思佳完全护在怀里，他用手压下她的脑袋，弓着背形成遮挡姿态，等到树上的雪不再往下掉了，才放开她。

谭思佳的心脏"怦怦"乱跳，当她抬眼看到他狼狈的样子，又忍不住发笑，伸手替他掸头上的雪。陈非没有动，任由她一点点碰他，当她的手来到他的眉毛时，两人的目光也碰在一起。

视线胶着两秒，谭思佳正要缩回手，被陈非一把捉住。他紧紧盯着她，冰凉的唇压下来，很快就在呼吸交缠间变得滚烫。

可能由于雪地里太冷了，接吻的时候冷冰冰的手碰到对方肌肤，不知道是谁说了一句去车里，陈非没把车子熄火，里面还开着暖气，密闭的方寸之间温暖至极。他把她抱在腿上，两人都脱掉碍事的外套扔到副驾，吻得激烈。

两人的体温逐渐恢复，并变得热，于是身上的衣服又少了一件，他们都感受到了对方的渴求，浅尝辄止一番急停下来。成年男女在发生关系一事上既没那么看重却又格外慎重，可以意外发生，不可以发生意外。

两人抱在一起没动，彼此都呼吸急促，忍受欲望折磨，等到那阵难耐舒缓下来，穿上衣服，下车把未完成的雪人堆出来，又拍了会儿照片，趁着天色还未暗下来返回。

两人在车里对刚才差点就发生的事只字不提，因为他们达成了"避人耳目"的协议，清水镇太小，陈非不论去哪家餐馆都与老板熟识，他们不打算一起吃晚饭。他把她送到电梯楼，她第一次邀请他："你要不要上去坐坐？"

陈非目光很深，他说："你先上去，我一会儿上来。"

谭思佳不是思想保守的人，陈非具有男性魅力，否则他们第一次接吻不会用"激烈"来概述。

在空无一人的山林深处，车外雪色浪漫，车内狭小的空间让他们必须紧紧抱在一起，若是当时条件具备，两人都不会停下来。

谭思佳先上楼。在雪地里待了两小时，她急需洗一个热水澡。因为陈非过会儿来，她特意将手机带到卫生间，不过并没有用上，陈非到的时候，她已经把头发吹得半干，打开门见到他拎着一个大号超市购物袋，里面装得很满，大葱小葱冒出头来。

她讶异："怎么买这么多菜？"

"做顿饭给你吃。"陈非站在玄关，他放下袋子，从里面取出一双崭新的拖鞋，拆了标签换上。

谭思佳心中一动，再次为他细节方面的妥帖吃惊，她确实没有考虑到这一点，家里并未打算待客，没有准备一次性拖鞋或者鞋套。而且，她以为他说一会儿上来，是去超市买某种小东西。

她有些狐疑地望着他："我还不饿。从山上回来你不冷吗？先洗个澡吧，别弄感冒了。"

她不需要太直白，这样拐弯抹角提一句就足够。陈非果然上道，说："好。"

他买的是布拖鞋，脱在卫生间门口，光脚进去。洗澡的时候，他忽然看见地漏盖上有一小把掉落的长头发，捡起来扔进垃圾篓，细细洗了一遍手。

陈非去超市之前，他的购物清单只有一样计生用品。当他走到超市，见门外货架上刚运来一批蘑菇，忽然就觉得去她家里陪她吃饭也不错。这天是送货日，肉类蔬菜都新鲜，水果卖相也不错，陈非挑了很多，当然，最后没有忘记此行最初目的。

他并不是急性子，尽管明白她有邀他过夜的意思，但先吃饭铺垫一下,似乎更水到渠成。不过,既然谭思佳叫他洗澡,他从善如流。

洗完澡,陈非套上毛衣和裤子出去。谭思佳坐在客厅沙发上看下午拍的照片,他走向她,径自伸手拿过她的手机放到茶几上,她便向他望来,凝视了两秒后,他们开始接吻。

谭思佳又坐到陈非大腿上,他在这时候是最符合外表气质的,充满侵略性。外套很快就脱掉,混乱中,谭思佳提出:"去床上吧。"

她率先进卧室,陈非跟进去时,见到随意堆在床边凳子上的睡衣,眼神一暗。他不由得望向已经躺下的谭思佳,她也直勾勾地望着他,在欲望一触即发的对视中,陈非将她从被子里拉出来,用自己的身体覆盖。

她刚惊呼一句"冷",陈非就堵住她的唇……

结束之后,他依然吻她的唇,问:"饿了吗?"

房间里没开灯,黑沉沉的,时间已经过去许久,谭思佳点点头:"有点饿了。"

陈非下床,他将她塞进被子里,一边穿衣服一边说:"你休息一会儿,我做好饭叫你。"

谭思佳这会儿也不想动,说:"好。"

她在床上躺了半个小时,才起身去卫生间,舒舒服服洗了一个澡,将床上用品换下来丢进洗衣机。

陈非做了两菜一汤,尖椒炒肉、清炒平菇、番茄豆腐汤。谭思佳坐到桌前,拿起筷子说:"你什么时候学会做饭的?"

"小时候我爸妈工作忙,他们没空管我。"陈非替她盛了一碗汤,"不过现在他俩退休了,我很少自己动手,你尝尝,不知道厨艺有没有退步。"

谭思佳捧着汤喝了一口,朝他竖大拇指。

陈非说:"本来想做排骨和鱼汤给你吃,但要花点时间,你饿了,我简单弄两道快手菜。"

"下次你再给我做。"谭思佳理所当然。

他笑了起来:"没问题。"

后来,陈非常常为她做饭。谭思佳对厨房的事一概不感兴趣,她网购了一个小型洗碗机,也算与他分工合作。

谭思佳把陈非需要的东西买回来送到厨房,她打开客厅电视,渐渐有香味飘了出来,勾得她嘴馋。

屏幕中播放着最近大热的剧,她却集中不了注意力,思绪飘到陈非身上。

她现在对他的了解深了一些,品行上没问题,普通大学毕业,智商方面不会拖后腿,虽然抽烟喝酒,不过若需要他戒,她相信他能克制。至于经济收入,他干几份工作,小镇上也没什么大额消费,应该有一些积蓄。他还有加分项,厨艺就是最有代表性的一点,综合来看,假如他愿意去海城发展,假如他父母的性格也过关,他似乎没什么不可忽视的缺点。

谭思感到可惜。

首先,第一个假设就没法成立,即使是最亲密的爱人,她也不能够自私左右他的职业。她永远忘不了当初前任父母极力主张她考教师编制时的画面,那会儿她心里有多不舒服,现在她就不能够去要求陈非。己所不欲勿施于人,是初中就学过的。

"叹什么气?"陈非忽然出声。

谭思佳被他吓一跳。她回过头，疑惑道："我叹气了吗？"

陈非很肯定，"嗯"了一声。

谭思佳自己倒没发现，她不纠结这一点，问他："可以吃饭了？"

陈非点头："刚才我在厨房叫你，你没有听见。"

谭思佳口是心非道："可能我看电视太投入。"

陈非没有多说什么。整个用餐过程中，他的话不多，没有提任何感情上的话题，吃完饭就离开，顺便帮她丢了两袋垃圾。

陈非走后，谭思佳独自坐了会儿，思考他为何按兵不动，但她没有琢磨出什么，最后放弃，上跑步机锻炼。

陈非从谭思佳家里离开，又去朋友家，约好了晚上喝两杯。

自从那天谭思佳说了一句她有心理压力，他便不再提复合，他决定顺其自然地与她相处。

清水镇虽小，但谭思佳并非本地人，她的朋友圈子不在这里，没有关系网连接，不刻意制造见面机会，两人也不会经常偶遇。

月末，陈非给镇小送水费发票。去的路上，他就在想会不会遇到谭思佳，心里觉得概率不大，他去财务室，而她有可能在上课或者在办公室。

不过，他想错了。他远远就看见谭思佳站在镇小校门外，正和一个年轻男人交谈着什么。

Chapter6

/可不可以/

今天是谭思佳的生日,爸妈提前给她寄来礼物,一只漂亮的黄金手镯,哥嫂送了她心仪的那款Gucci包。

谭思佳的父母虽不算大富大贵,但也有点财产,他们至今按月给她零用钱。父母从来没有给她生存压力,所以她上学时,可以做成绩普普通通的快乐小孩,工作后拿几千块的工资,也并不焦虑未来。

哥嫂都在外企工作,哥哥已经做到管理层,年薪丰厚。而且他擅长金融理财,替谭思佳管理基金,赚到一些钱。嫂子与哥哥是青梅竹马,谭思佳也是她嫂子爱护着长大的,所以谭思佳完全泡在蜜罐里。

要论经济条件,梁宇航家不如她家,不过他父母莫名有种高人一等的优越感,加上谭思佳并未将家中具体情况一五一十透露,父母说的那些结婚陪嫁多少钱的话更是只字未提。她又不傻,从梁宇航父母购房就看得出来他们对她有所防备,似乎很害怕被她占什么便宜。

谭思佳和梁宇航分手,谭父谭母刚开始觉得有点可惜,谭思佳在家里被娇惯出一些无伤大雅的小脾气,两人自由恋爱,谈了比较长的时间,而且梁宇航考进机关内,必须遵纪守法,婚后不敢在外面胡来,虽然金钱方面可能欠缺一点,他们平时多补贴,女儿也能保持一贯的生活水准,不会受什么委屈。

只不过他们也明白,谭思佳有一些脾气,她经过独立思考后下了结论的事,一般不会更改。谭父谭母发表看法后尊重她的决定,她做任何选择,他们永远都是可靠的后盾。

父母给任何人生建议,他们出于真心为她考虑,但梁宇航在她生日这天找来,自以为是地说出差不多的言论,简直可笑。

梁宇航打来电话时,谭思佳刚下课,她盯着手机屏幕上来电显示,犹豫了一会儿后,选择接听。

谭思佳没有先开口,梁宇航第一句祝她生日快乐。

她走到楼梯角落,说:"谢谢。"顿了顿,又说,"其实我收到你的祝福并不会高兴,只会造成我的困扰,你完全没有必要打这通电话。"

手机另一头沉默了片刻,梁宇航才重新开口:"你到校门口来一趟,我有话和你说。"

谭思佳立即皱眉:"你来清水镇了?"

梁宇航"嗯"了一声。

"我和你没什么好说的,我不见你。"

"你不出来,我就登记名字进学校找你。"

这让谭思佳想到他以前喝醉酒后死缠烂打要她接他回家的事

情,真是令她痛恨,最后又不得不妥协,毕竟,她不想他问到办公室来,将自己置于八卦中心。和他分手后,她已经很久没有这种心情糟糕的感受,现在又被制造出来,让她忍不住骂人:"你是不是发神经?"

梁宇航坚持:"我等你出来。"

谭思佳把课本放回办公室。她走到校门口,见到梁宇航。梁宇航和陈非真不是一种类型,他无论什么时候都衣冠楚楚,但陈非从不靠衣装。

梁宇航望了过来,谭思佳在他说话之前开口:"你想说什么?"

他拉开旁边的车的车门:"找个地方坐着聊。"

谭思佳冷冷地说:"别浪费时间了,有什么话你抓紧说,我一会儿还有课。"

"那在车里坐着说?"梁宇航又建议。

谭思佳说:"不,就在这里,你长话短说。"

梁宇航的神情很复杂:"小佳,你别总是拒我于千里之外,我们心平气和……"

"停。"谭思佳冷静地打断他,"梁宇航,我俩分手一年多了,还讨论以前的是非有意义吗?我希望你也向前看。"

"你现在已经考上老师编制,我爸妈不会再对你有什么意见。"梁宇航的眼神带着几分期盼,"等你满足工作年限后,他们找找关系,争取把你调回海城。"

谭思佳的脸色瞬间变得又冷又臭,如果想动用关系,她家不缺人脉。但是,她凭自己的努力能够做到的事情,并不愿意为此让父母欠人情。不过,她不需要和梁宇航阐明这个观点,她说:"你觉得只是工作的问题吗？他们能在工作上要求你的另一半，以后一定还会有其他不满意的地方。我以为经过这件事情，你会得到启发，看来并没有，你自己也好好反思一下，难道你觉得全是你父母的错，你自己一点也没有责任吗？你真的很多此一举，我的态度已经足够明确，你已经被我排除在人生以外。"

她觉得言尽于此，对梁宇航说："你回海城吧。"

梁宇航见她转身要走，不由自主地伸手拉她，他脱口而出："其实你根本没有什么新的男朋友吧？我们那么多年的感情，你不会轻易放下的。"

这时一辆摩托车疾驰而来停下，发出巨大的声音。谭思佳躲开梁宇航的手，她见到陈非，脑子一热，朝他走过去，神态亲昵道："你怎么来学校了？"

不止梁宇航愣住，就连陈非也短暂地愣了愣。

陈非还没有回答谭思佳，梁宇航已经有了猜测，心里一沉，语气也跟着沉下去："他是谁？"

谭思佳已经挽上陈非的胳膊，她告诉梁宇航："我男朋友，陈非。"

梁宇航看向陈非的目光顿时充满审视意味，陈非淡淡地看了他一眼，问谭思佳："不给我介绍？"

"你不用认识。"她把陈非的胳膊抱得更紧，"你来学校找我？还是有其他事？"

陈非扬了下手里装着发票的文件袋："我找财务。"

"那进去吧。"谭思佳说。

陈非当然看见梁宇航动手拉谭思佳的那一幕，他心情算不上愉快:"我先进去,你们好像还没有聊完。"

"聊完了,我和你一起进去,我马上还要上课。"接着,谭思佳再次对梁宇航说,"你回去吧。"

梁宇航目送两人走进学校,他的眼睛死死盯着陈非,直到看不见了,才拉开副驾驶车门,把里面的蛋糕拎出来,丢在垃圾桶旁边。

一进学校,陈非就将谭思佳的手从自己胳膊里取出来,他面无表情:"我是你想利用就利用的工具?"

陈非毫无预兆地翻脸,谭思佳没有任何防备,她错愕了一瞬,张了张口想解释不是这样的,一时又发觉无从说起。

陈非是有性格,不过,突然翻脸的事很少干,更何况这几年进了水务单位,做服务性质的工作,很多时候脾气上来了也懂得隐忍不发,但这会儿真没控制住。

他怎么能不恼火?她拒绝他复合的请求,却在另一个年轻男人面前换了张柔情蜜意的脸叫他"亲爱的",这样的状况让陈非想到他们刚在一起的情景,他不蠢,看来她那笔烂账还没处理好。

这个历史遗留问题就这么难搞?需要借助外力才能解决?今时不同往日,她一而再,他当然觉得受冒犯。

本以为谭思佳会解释两句,他也希望她就这事申辩一下刚才的行为动机,但她只给了他四个字:"不好意思。"

陈非黑漆漆的眼睛紧盯着她:"你就没有其他要说的?"

谭思佳真不知道该怎么说,对于梁宇航的突然到来,她既意外又心烦,想摆脱他的心情太迫切了。见到陈非,她不经过任何思考判断将他拉入局中,她确实自私地利用了他。

"他是我前男友。"

陈非猜也猜出来了，不过，他故意纠正："应该是前前男友。"

谭思佳被他怼得词穷，半晌后，说："总之，谢谢你刚才没有让我尴尬。"

"你没其他话说我们就各忙各的。"陈非拿出手机，他一边调出镇小财务张老师的电话，一边对谭思佳道，"我送完票还有别的工作。"

谭思佳听着他拨通电话开口，问对方是否在办公室，他大概得到肯定答案，说现在把发票拿过去让他签收。

两人在教学楼分开。

谭思佳回到办公室，刚坐下就收到梁宇航的信息：你就在这种小地方找了个男朋友？看他身上穿的工作服款式，只是一线基层职工吧？

谭思佳心里涌出一股怒气，她脸色变得难看，冲动促使着她痛斥梁宇航：你真的太没有礼貌，不会尊重人吗？你以为你是谁？你有什么资格点评他？你说这种话，和你爸妈当年逼我考教师编制有什么区别？太让我讨厌！本来我认为，分手后即便不做朋友，也不必做得太绝情，情义不在仁义在，但你总是给我制造困扰，我会删掉你的所有联系方式，咱们从此以后千万别再有任何一点瓜葛了。

发送过去后，她一气呵成删除梁宇航的微信，拉黑他的电话号码。尽管如此，她心里依然不痛快，压了一层又一层的乌云。

其实，自从那天陈非拎着鱼上门给她做了一顿饭后，谭思佳就有所动摇。他愈按兵不动，她愈心神不定，甚至会着急地想，如果他再开一次口，她会答应复合。以后她考回海城，她不会要求他也跟她去，他们会不会有以后，也是未来才需要考虑的事，何必早早挣扎？

她在等陈非的再一次求和信号，没想到梁宇航会在这个时候找来，又这么不巧地被陈非撞见，她还弄巧成拙让他误会，把事情变得一塌糊涂。

又上了一节课，李文珊在微信里截图取件码发给她，并说：生日礼物到了。

谭思佳兴致不高，回复：我一会儿去取。

李文珊发过来一个"狗头emoji"：宝贝，希望你今晚可以尽情体验科技的魅力。

谭思佳无语。

下午放学后，谭思佳在食堂吃了晚饭才离开学校，顺便去取快递。除了李文珊送她的礼物，杨欣洁也寄了礼物来，和她自己在网上买的东西一齐到了，还没来得及拆，谭母打视频过来。她把几个快递放到桌上，接通妈妈的视频。

谭母问她今天吃生日蛋糕没有，她说镇上只有两家蛋糕店，她去看了一下，蛋糕做工粗糙，奶油不新鲜，上面点缀的水果不是草莓就是芒果，光瞧着就能把人酸倒牙，她没有买。

"等你放假回家，再订一个你上次说好吃的'黑天鹅'。"谭母问她，"晚上没请同事吃饭？你可以邀请大家陪你一起过生。"

"我没有告诉同事今天是我的生日。"谭思佳转移话题，"今晚家里什么餐饮标准啊？"

"你哥弄了几只帝王蟹回来，蒸着吃。他也给你寄了，清水镇的物流要慢一些，还没送到。"

"我根本不会做呀。"谭思佳撒娇。

"我教你家常的做法,很简单。"谭母给她讲了几句,又料到她记不住,"过会儿我把材料和步骤编辑成文字发给你。"

"好。"

知女莫若母,谭母察觉谭思佳情绪不高,试探着问:"今天班上的学生惹你生气了?"

"没有。"谭思佳摇摇头。

谭母说:"那我怎么看你不太开心?"

谭思佳也不否认:"有点烦心事。"

"什么事?"谭母关心。

"梁宇航今天到学校来找我,他说他爸妈有关系,可以把我调回海城。他居然想用这个条件来诱惑我和他复合,我感觉他现在变得好功利主义。"谭思佳只告诉母亲其中一部分原因。

谭母失笑,女儿人生顺遂,只在前一份工作中受了些人际关系的挫折,本质上她还很单纯。

谭母说:"那你不应该感到心烦,你要高兴才对。你们分开以后,他在你面前暴露出又一个缺点,只能证明你做了一个正确的选择,你毫无损失,为什么不开心呢?"

谭思佳倒没有想到这一点,她觉得有道理:"也对。"

女儿笑了,谭母倒有些忧虑,想起近两年发生了一件非常轰动的由于男女分手导致的社会事件,她问:"梁宇航的心理状况是健康的吧?"

谭思佳理解母亲这话的意思,说:"他不是偏执型人格。"

谭母嘱咐她几句拒绝对方的注意事项才挂断通话,她找剪刀出来拆快递。

杨欣洁给她买了套野兽派睡衣，李文珊送的果然是科技产品，一个粉色的电动小玩具。

谭思佳并不保守，虽然她没有用过这类产品，但既然收到情趣礼物，她也不介意尝试，打开说明书翻看了几眼，放在床头充电。

按惯例跑了会儿步，谭思佳打开电脑写党主题演讲稿，下月底要上台比赛，只是她静不下心，对着空白文档没什么思绪，敲不出来字，脑子里开始想陈非。

外面天色慢慢灰下来，房间里没开灯，陷入一片昏暗。谭思佳忽然觉得自己很孤独。今天是她的生日，尽管收了不少礼物，但身边没有人陪伴，冷冷清清的，状况惨淡。

她在书桌前呆坐到眼前完全变成黑漆漆的一片，按亮手机屏幕，打开她和陈非的微信对话框，编辑了一条消息向他示弱：今天是我的生日。

这时候陈非正准备吃饭，他刚拿起筷子，看清内容后，沉默了两秒，问她：吃饭没？

收到陈非的回复，谭思佳情不自禁地松了口气。

今天这事她的确做错了，其实她并不是拉不下脸说对不起的人，不知道为什么这会儿开不了口。她继续示弱：食堂今晚的菜不行，我没吃多少。冰箱里囤了牛排，我煎牛排煎得好，不过一个人吃没意思。

陈非还有什么不懂的。他心中再窝火，她一句今天是她的生日就有了豁免权。他问：你这是在邀请我？

谭思佳：我邀请你，你来不来？

陈非：十分钟。

陈非把碗里盛出来没动的饭倒回电饭煲里，对父母说："我突然有点事，出去一趟。"

陈母奇怪："什么事这么着急？吃完饭再去不行？你吃得快，花不了几分钟。"

"我不吃了。"陈非说。

他骑摩托车去电梯楼，站在3-17-6号房前敲了几下门。没一会儿，谭思佳从里面打开。

等他换上一次性拖鞋进门后，她才告诉他："我忘了牛排还没有解冻，今晚吃不了了。"

她究竟是真忘了，还是找了个借口把他叫来，陈非不发表看法，只问："你这里有什么其他能吃的？"

"速冻水饺。"

陈非用她冰箱里的食材做了道黄瓜拌煎蛋，煮了一包水饺，大部分都是他吃的。

吃完饭，把餐具放进洗碗机，他便要离开，谭思佳开口："你还在生气吗？"

陈非说："我不知道今天是你生日，现在准备礼物也来不及。晚上九点了，我该走了。"

"别走了。"谭思佳顺着陈非的话留他，"我们和好吧。"

尽管这是陈非想从她口中听到的答案，但白天发生了这样的情况，他并不感到顺心如意。他问她："你又要把谎言变真相？"

谭思佳怔了怔才反应过来，上次她说过不喜欢圆谎那种感受的话，他以为她故技重施。

她连忙说:"不是的。我这几天认真想了很多,只要你不着急结婚,我愿意和你继续谈恋爱,只是还没找到合适的机会告诉你。上午我承认利用了你,但是如果我没有和你在一起的想法,我不会说你是我男朋友。我没办法向你证明这个解释的真实性,但我真的没有骗你。"

陈非定定地看了她好一会儿,在她要泄气放他离开时,他终于开口:"我相信你。"他倒不认为她在骗他,得到了还算合理的理由,他抓住机会,提自己的条件,"和好可以,我要求公开谈。"

谭思佳想了一下,说:"行。"

达成一致,陈非便留下来。他的个人物品上次全部打包拿走,洗澡后,他只好裹着浴巾去她卧室。

两人刚复合,很需要修补之前发生的不快,上了床,他们自然而然地抱在一起接吻。

陈非看到了她床头上的小玩具,谭思佳充满电后忘了收起来,她红着脸说那是好朋友送的生日礼物,她还没有用过。

他颇感兴趣地拿到手里研究,并用到了她身上。

热潮退去,激情冷却,房间里慢慢变得寂静,黑暗中谭思佳和陈非未着寸缕地相拥,两人一时半刻都没有睡得着。

尽管刚才他们经历了一场毫无保留的爱欲,但他们还欠缺一次语言深入交流。

过了许久,谭思佳忍不住说道:"你怎么不问问我关于前男友的事?"

如果陈非说他不想知道,那他就太虚伪。因为一个已经是过去式的男人，她产生情绪波动，他做不到大度。只是不好开口，假如那是她的一道伤疤，盲目揭开，他不确定会不会让她又痛一次，所以才闭口不提。

现在谭思佳主动表现出倾诉欲，他顺势问："他今天来找你做什么？祝你生日快乐？"

谭思佳"嗯"了一声："他应该有找我复合的意思。"

陈非说："他消息够灵通的，这么快就知道你恢复单身了。"

谭思佳听在耳里，觉得他有几分讽刺意思。她感到心虚，本来想说梁宇航不相信她有男朋友，话到嘴边及时刹车，这样解释他更有资格表达不满，毕竟他今晚强调将恋爱关系公之于众的诉求，她还是别踩雷了。

"我和他没有任何联系，他今天来学校，我也非常震惊。"

"那他真够不道德，思想太滑坡了，妄想插足你我感情。"陈非故意说。

谭思佳被逗乐，笑道："就是。"又说，"我思想品德端正，跟他不是一路人。"

陈非就想到今天见到的那个年轻男人，外表非常光鲜，即使陈非不懂时装，也看得出来他那身衣裤质地精良，且是经过认真搭配的。从这个方面来讲，他是精致讲究人，和谭思佳是一类的。短短的两分钟时间，陈非还注意到停在旁边的车，也和谭思佳那辆一个品牌。陈非不由得考虑，自己那辆破车是不是应该淘汰了？

"你们因为什么分手？"

"以前我在杂志社上班，杂志社名气不大，销量也不好，想转线上，投了不少财力人力进去，但是水花不大，没什么发展前景，他爸妈看不上我那份工作,要求我进事业编制。"

陈非完全不认为谭思佳会在职业规划上做出妥协,他说:"外部因素占比应该不多,最主要还是你的个人意愿。"

"对,主要是我综合权衡后,自己想考老师编制。"谭思佳也承认,她继续说,"我讨厌他爸妈没有边界感,给我画条条框框,没有分寸,不尊重我,加入那样的家庭,可以预见,以后一定会有非常多矛盾,没办法长久生活,最终必然分开。我和他爸妈有分歧,他没有解决冲突的能力,抚平不了我在他家里产生的不良情绪,我必须提前规避风险。"

陈非体会得到谭思佳的理智,但他还是好奇地问:"你对他的感情呢?"

"我和他是大学校友,同一届,不同专业,通过室友介绍认识。谈恋爱的时候感情很好,否则我也不会愿意见家长,大部分问题都是见家长后出现的,他的家庭氛围给我的体验感太差,他的表现让我失望,把恋爱积累的感情分扣光了。"谭思佳客观地讲述。

陈非作为听故事的人,发表评论:"他应该阻止他父母对你发表意见,坚定不移地支持你。"

"这点是最基本的,他没有做到。"谭思佳说,"我和他的事情一点都不复杂,他到现在都还没有意识到我和他分手的中心原因。复合只是他一厢情愿的事,他的行为我保证不了,但我能保证我自己每次都明确拒绝。"

陈非心里舒坦了。

现在她在他怀里,他忍不住吻了她额头一口,勾唇说:"我爸妈就不会管这么宽。"

谭思佳没接这话,她也想了解他的感情史:"你上一段恋爱是怎么分手的?"

"我的分手原因也很简单,两个人在一起不开心的时间变长了,感觉在消耗彼此,好聚好散。"

"不是异地恋吧?她也在清水镇工作?"

"以前是社区会计,她结婚后辞职了。"

"她结婚邀请你没有?"

"没有。"

"我还不知道你大学学的什么专业,你怎么会选择水务公司?"

"给排水,勉强也算得上对口。"

"我第一次听,应该比较冷门,你当初怎么会报考这个专业?"

"我家里有长辈在水利系统,多少了解一点。"

…………

两个人还肌肤相贴,陈非体温高,谭思佳感到热,她从他的怀抱里退出去,找了睡衣穿上。

陈非今晚只能裸睡,他也不太习惯什么都不穿,试探道:"明晚我把我那些东西重新拿到你这里来?"

谭思佳想起来一件事:"我哥给我寄了帝王蟹,明天应该能到,晚上你早点来。"

陈非笑了笑。

这会儿聊天的氛围太好了,他不由自主地想多了解一点,问:"你哥哥的经济条件应该很不错,他是做什么的?"

"外贸,他年薪是很高,都是同样的基因,但他的能力远超我。"谭思佳笑,哥哥厉害,她只会感到自豪,有时也能沾沾光。

"大你很多吗？"

"七岁。"

"那他肯定很宠你。我和我哥只差了两岁，他不让着我，我也不服他。"陈非笑着说道，"有一次我俩还因为谁洗碗的问题打了一架。"

谭思佳也觉得好笑："你能打得过你哥？"

陈非说："他比较瘦，我更能吸收营养，长得壮一些。"

"你俩打架，你爸妈帮谁？"

"看谁有道理。如果两个人都没道理，两个人一起遭殃。"

"你小时候很顽皮？"

"反正不是三好学生。"

他跟她讲了几件童年趣事，渐渐困意袭来，他长臂一伸将她搂入怀里，她没有推开他。

次日早晨，谭思佳睁开眼睛。

这次陈非没有先离开，她还靠在他胸膛上，他拥住她的臂膀结实有力，她油然生出幸福的感觉。

她一醒，他也跟着醒了，然后紧紧地抱住她。

谭思佳问："你今早不去送学生了？"

陈非说："休息一天，你要去学校了？"

"嗯，去看看早读，我先起床了。"

"那我也不睡了，一起去吃早餐。"

"好。"

谭思佳在卫生间刷牙的时候，陈非也跟了进来，昨晚他脱下的衣服就丢在里面没拿出去，现在把这一身重新套上。

她从镜子里看他,嘴里含着泡沫问:"你怎么每天都穿工作服?公司要求?"

陈非站到她旁边挤牙膏:"有这条规章制度,而且工作服耐脏,穿坏了也不心疼。"

两人并排刷牙,漱干净口又洗脸。两人共用一个水龙头太挤了,谭思佳叫陈非让开,陈非没动,胳膊推胳膊的,最后发展成他们抱着接了个长长的吻,直到后来一起走进热气腾腾的早餐店,碰见熟人搭上两句话,陈非的心情分外畅快。

Chapter7

/ 只道寻常 /

清水镇就业机会少,留下来的大多数是老人,有部分老头儿老太太按月领养老金,他们早起后愿意出来坐在店里舒舒服服地吃份滚烫早餐。

这家店占了两间门面,陈非从旁边那间端了两碗粥过来,刚放在桌上就遇见认识的人,简单地招呼两句。

除了至亲朋友,也不是谁见到陈非和一个年轻女人单独坐一块儿都会打听他们的关系。

小镇的正式单位就那几个,圈子小而紧密,像陈非这样的基层人员,与外单位的碰见了一起吃饭的可能性也大。毕竟,一看谭思佳就会猜测她要么是政府的,要么是学校的,要么是医院的,她年轻漂亮有气质,不年不节的时候出现在镇上,一定是由于她的正式单位在这里。

这会儿和陈非说话的是一家药店老板,不算很熟,对方很快就买了早餐带走。陈非取了两笼包子和两个卤蛋过来,他向谭思佳推荐:"这家的卤蛋卤得很入味。"

谭思佳不想弄脏手,男朋友在这种时候就该用来使唤,她说:"你给我剥一下壳。"

陈非刚把卤蛋剥出来递给她。农业办公室快退休的老领导也进店吃早餐,陈非见到主动道:"李主任,你今天怎么也到外面吃早餐?快来这里坐。"

这位李主任和陈非厂长的交情极好,陈非也通过他办了一些事情。对方和陈非的关系很熟,点餐坐下后,见谭思佳是张陌生面孔,问:"你们单位进新同志了?我没有听说谁要退休。"

陈非所在的单位虽然没有事业单位系统那么严格,但是不会随随便便进人,一个萝卜一个坑,除了不同片区可以互相调换,只有老同志快退休了才会安排新职工。

"最早退休的是厂长,他后年十二月。"陈非笑说。

"对,他就只比我晚一年,今明年把你培养起来,最后一年他就清闲了。"

厂长的确向陈非透露过这层意思,但事情没个准数,陈非也不是轻佻的人,他当然不会顺着接话,只是说:"你们单位人多,事情分配得下去,我们人少,很多工作都需要厂长带领。"然后,他迫不及待地介绍,"李主任,她是我女朋友,谭思佳。"

谭思佳之前默默吃着早餐没开口,听到这里,配合着陈非朝李主任露出笑容,然后在对方的询问下,告诉他自己是镇小的老师,简单交流几句。

吃完早餐,谭思佳和陈非分开,她开车去学校,他骑摩托车回家。

陈非刚到院子里就碰上陈母要送陈梦可去幼儿园,见到他就问:"你昨晚忙什么去了?夜不归宿。"

"忙着去见女朋友。"陈非语气很随意。

陈母压根儿不相信,以为他吹牛,就说:"你最好是说真的,别哄你妈好玩。"

陈非笑笑,他不急着向母亲证明,假如她要他带人回家,谭思佳可没有答应见家长,循序渐进的道理他还是懂。于是,他转了话题:"今天我送可可去幼儿园吧,我这会儿没事。"

"那你送吧。"陈母把书包递到他手上,"开车,别骑摩托。"

"知道。"

谭思佳上课前收到李文珊的消息,她发了一个坏笑的表情,问:科技体验感如何?

谭思佳:我要去上课了。

李文珊继续问:难道你没有试一下?

谭思佳回:[省略号.jpg]

李文珊:你不要辜负我的一片心意!

谭思佳想到昨晚陈非握着那个玩意儿在她身上使用的场景,一阵脸红心跳。她不是言而无信的人,让好朋友知道陈非也没什么,于是说:双人效果简直绝了,你和你男朋友试试就知道究竟如何。

李文珊既惊且惑:双人是什么意思?

谭思佳带着一点恶劣心思,她偏要让李文珊胡思乱想一会儿,答非所问:我要忙了。

等她四十分钟后看手机,李文珊已经联合杨欣洁把这话拆开分析透彻，两人给她狂发消息，叫她有情况从实招来，不要逼她们跑来现场搞侦查。

谭思佳翻着聊天记录笑了一会儿，回复她们：通知一下，我脱单了，在镇上找了个男朋友。

李文珊"哇"了一声：宝贝，你这么快就想通了！国庆节的时候我给你提建议，你还说以后要考回海城，不要耽误人家的青春。

谭思佳无声笑笑：我承认之前是我嘴硬。

那两人好奇，问谭思佳和对方怎么认识的、怎么在一起的，谭思佳简单概括，有次在外面吃饭看对眼了。

她们一听就开始激动，嚷嚷着那他一定很帅，要看照片。

谭思佳本来想说没有，忽然又记起来去年冬天他带她去看雪时拍了几张，便找出来分享。

陈非的颜值得到两位好朋友的一致认可，她们都赞叹他好帅，鼓动她元旦节带回来见面，自告奋勇要替谭思佳把关。

谭思佳没答应也没拒绝：到时候再说吧。

到了下午，谭思佳果然又收到一条取件码消息，是哥哥给她寄的帝王蟹。她放学取回家拆开，那帝王蟹体型大得惊人，她拍了一张照片发给陈非，问：你什么时候下班？

陈非回了语音："还有半小时。你会处理吗？不会就放着等我来弄，别扎手了。"

谭思佳还是给他发文字：我戴手套。我妈给我发了详细做法，看上去好像不难。

陈非声音带笑："那我今晚尝尝你的手艺。"

谭思佳回复：只能成功不能失败，这么贵的蟹不能在我手上浪费了。

陈非又笑："我相信你的决心。"

他旁边还有同事，听到他说话很不对劲，猜测道："你是不是谈女朋友了？"

陈非特别乐意承认，神采飞扬地说："谈了。"

同事说："可以啊你小子，闷声不响干大事。"又说，"下次带家属的聚餐，你也带出来给兄弟们见见。"

陈非爽快地说："行。"

工作结束陈非先回家，谭思佳给他打包的那两袋个人物品拿回来放在卧室里没有动过，他准备拎上出门。还没踏出房间，他忽然想起早晨谭思佳问他为什么总是穿工作服，又想起她那个打扮得很齐整的前男友，是他太不修边幅了？

陈非去洗了个澡，然后打开衣柜决定找套好看的衣裤。他这几年确实没给自己置办什么服装，也不太会挑款式。他个子高身材好，长得也不赖，随便怎么穿都觉得上身效果不差，但这会儿挑剔起来，连换几套都觉得一般，最后选择穿黑色毛衣搭配蓝色牛仔裤。

谭思佳还没见他这么穿过，见到他后，眼前一亮。

她刚要说话，陈非说："我转账给你，你帮我买几套衣服吧。"

谭思佳觉得陈非很奇怪，认识这么久以来，没见他认真打扮过自己，大概仗着先天的外形优势为所欲为，今晚他明显捯饬了一下，而且，他叫她给他买衣服，不是一件，是几套！

她问："什么意思？"

"我已经两三年没买新衣服,没什么穿的。"陈非拿出手机给她转钱。

谭思佳还是感觉不解:"你大多数时间都穿工服,有必要吗?"

陈非一本正经道:"我决定从现在开始注意形象,在外面配得上你。"

谭思佳顿住。

"你有品位,帮我搭配一下。"

"那你等会儿记得量三围,我空了给你买。"

帝王蟹已经蒸好了,谭思佳照着妈妈的配方调了蘸料,两人坐下来吃饭。

一只蟹八斤重,腿部肉多,陈非自觉动手给她剥壳。

谭思佳等着他把蟹腿递过来,问他:"早晨听你和李主任讲话,你们厂长要退休了?你是他培养的接班人?"

面对谭思佳,陈非没什么需要避讳的:"还有两年退,他和公司有这个想法,叫我先写份入党申请书交上去。"

谭思佳笑了笑:"你这么年轻就能当厂长,以后应该还可以层层晋升吧?"

"不一定,看有没有机会,也要看上面有没有人。"陈非说着,把肥美的蟹肉放进她碗里。

谭思佳"哦"了一声,表示了解。

"对了,你想不想回家?"陈非问她。

"怎么了?"

"这周末厂里要去公司总部的仓库运一车材料回来,如果你想回家,我就和厂长说我去跑这一趟。周五晚上就去海城,星期天下午再回来。"

"你能去两天？"

"有一天是因公外出，我再请一天假。"

对谭思佳来说，这完全是回家的诱惑。她说："好。"

陈非提前声明："不过我开货车，乘坐体验没那么理想。"

谭思佳诧异："你能开货车？"

陈非："我有B2驾照。"

谭思佳又问："你们公司配了货车？"

陈非说："租一辆，公司报账。"

吃完饭，谭思佳才看手机，陈非进厨房收拾，她确认他的转账金额后，过去问："你要买三万块的衣服？"

"买点有档次的吧。换季了，你也看看你自己有没有想添置的，不够告诉我。"陈非低头擦拭着燃气灶。

其实三万块的服饰消费，谭思佳并不会觉得夸张，她也有几个大牌包。虽然陈非不会没钱，但他那个小工程公司的盈利应该没多少，每年能有二十万净利润就算发展得好，所以她才会觉得在衣服上花的预算超标了。

"完全足够，秋冬的外套贵些，上限三千块，也能参加重要场合了。"谭思佳想了一下，说，"我先买，看看花多少。"

陈非接话："你有什么喜欢的别客气。"

谭思佳认为陈非口气太大，她既有点开玩笑的意思，也想试试他愿不愿意向她说出真实的经济状况："我喜欢的东西，钱少了可办不到。"

陈非想也不想地说："那我把银行卡给你吧，你绑定在你手机里用。"

之前谭思佳和他分得很清楚,陈非心里不舒服,如果她愿意花他的钱,他反而高兴。

"你银行卡里面有多少钱?"谭思佳直接问他的资产。

陈非说了一个数字,比谭思佳预估的存款要多些,她想,如果他以后想在海城买房,可以好好挑一挑。

谭思佳说:"你攒着吧,以后花大钱的地方多着呢。"

陈非听了美死了:"放心吧,老婆本我肯定拿得出来。"

谭思佳没有顺着说什么,转身回卧室换运动服。

陈非把厨房整理妥当出来,见到她的装扮,说:"今晚别在家里跑步了,咱俩出去走走?"

"你今天挺闲的,下班还算早,也没有接到用户的电话。"

"嗯,要不要到外面溜达一圈?"陈非又说。

谭思佳忍笑,陈非的心思真的很明显。在他殷切的目光注视下,她点头:"也行。"

换了鞋出门,谭思佳把钥匙扣给他:"你取一把钥匙放在你那里吧,以后过来别敲门了,但是得提前告诉我。"

这相当于给了他自由出入她家的权利。陈非立即收下钥匙,然后他牵住她的手。

谭思佳转头看陈非,陈非直视着电梯楼层显示屏,假装没有注意到她的视线,她又笑了笑。

来清水镇一年多,谭思佳第一次晚饭后出门散步,没想到夜里外面会有这么多人,陈非那点小心思得到满足也是意料当中的事情。

先后遇见几拨认识的，陈非如愿以偿地公开了他有女朋友这件事。他面上容光焕发，还以为别人看不出来他心花怒放，谭思佳懒得拆穿。

后来他们逛到了球场，陈非去附近的文具店买了一副羽毛球拍，两人打了半小时羽毛球才打道回府。

谭思佳洗澡的时候，陈非接到他妈妈的电话。小镇没有不透风的墙，他今晚拉着谭思佳的手大大方方地逛了一圈，很快就有人把这消息传到他妈妈的耳朵里。

这可不是陈非有意为之，只要不下雨，陈父陈母每晚都会带着陈梦可出去玩一会儿，在小孩子多的那个活动广场。为了不撞上他们，陈非刻意绕了道。

陈母是在回家的路上碰见熟人，熟人对她说家里办酒记得通知，都把她弄糊涂了，办什么酒？距离她和陈非他爸的七十岁生日还有好几年呢。她没敢往陈非那儿想，他那双眼睛长在脑袋顶上，前不久他爸爸参加战友聚会回来给了他某女生的电话号码，叫他加对方微信聊聊，过几天问他情况，他说他忘了。忘什么忘！他就是不愿意！

结果熟人说："当然是你家老二的结婚酒。刚才我们在水泥厂那边遇上他和他女朋友，两个人手拉手感情好得跟什么似的。"

陈母就想起来早晨他说昨晚去找女朋友了，他真没信口开河？回到院子里，她就急忙拨他的号码，问："你今晚也去找女朋友了？"

陈非心中有数，他简单说了谭思佳的基本情况，告诉陈母："刚谈上，你保持淡定，最好当作不知道，不要吓到人家。"

"你妈是老虎吗？我为什么会吓到她？"

"我的意思是你不要多打听,也不要想着偷偷看她,还没发展到见家长那一步……"

等到谭思佳洗完澡,陈非已经把他妈妈激动的心情安抚下来了。他也去洗了个澡,出来后,谭思佳拿着一圈软尺让他张开双臂:"我给你量量。"

陈非张开了双臂,但是他问:"不脱衣服?"

他穿的是谭思佳给他买的睡衣,桑蚕丝面料比较薄,量出来的数据不会存在多少误差。

谭思佳无所谓:"随便你,想脱就脱吧。"

陈非便解开扣子。他的身材经得起近看细看,健康的肤色野性十足。男色当前,她忍不住上手摸他线条流畅的腹部。他低头笑看着她雪白的手在自己身体上调情:"不是量腰围吗?怎么开始占我便宜了?"

谭思佳支起一根食指戳他的肌肉块,硬邦邦的,反问道:"我没权利?"

他很大方,捉住她的手往自己胸膛上放:"归你个人所有,来吧,你想干吗就干吗。"

她的手被陈非握得紧紧的,于是抬眼看他:"是你自己心思不正吧。"

陈非也正望着她。两人视线交汇,一秒钟后,他俯身吻下来。谭思佳被陈非吻着往后退,小腿接触到床边的瞬间,就由他半推半抱着摔进柔软的床上。

两人接了一个气喘吁吁的长吻,然后他的头埋到她颈侧。谭思佳身上散发着甜丝丝的香味,诱惑着他继续。

他将她的双臂捉在掌心里，谭思佳觉得自己就像一尾砧板上的鱼，无论怎么挣扎也逃脱不出待宰范围。

虽然已经入了秋，纠缠一番，出了不少热汗，谭思佳要去洗澡，并抱怨："你今天的工作量太不饱和了！"

陈非懒洋洋地说："是你先在我身上乱摸乱碰的。"

谭思佳把地板上的软尺捡起来扔给他："那你自己量吧！"

陈非笑着把数字测出来，谭思佳记在手机里。

陈非向厂长提出申请，让厂长把这次到公司总部仓库运材料回来的任务交给他，他周末想顺便去海城一趟。

厂长也是年轻过的人，哪能看不出陈非的真实意图，以前有这种活，虽然安排到陈非头上时，陈非绝没有二话，可也不会积极主动揽过去。听说陈非有对象了，八成是想和女朋友一起去市区看看电影吃吃烛光晚餐，这点心眼子他还能看不明白？

陈非单身时，厂长还让家里那位出去打听合适的女孩子，不过都没缘分。现在陈非终于谈上女朋友，厂长乐见其成，他原本定的人选不是陈非，这会儿改变主意让陈非去海城跑这趟。

周五下午，陈非开着一辆货车去接谭思佳，她第一次坐这种大车，高角度视野还挺不一样的。

两人在路上商量好一起吃晚饭。货车不太好找地方停，陈非把车开到公司仓库的园区里停好，和谭思佳打车去餐厅。

他们吃了顿烤肉，因为晚上都不开车了，坐在一起喝了点酒。从店里出去，谭思佳脸蛋微红，她问他晚上睡哪里，是不是去他大哥家。

陈非:"不去,他和女朋友一起住,我就不去打扰了,不方便。"

谭思佳之前听他提过,他大哥是离过婚的。她八卦道:"可可能接受他女朋友吗?"

"多相处一段时间就好了,暂时还比较陌生。"陈非想起国庆节带可可来玩,她第一次见谭思佳就愿意让谭思佳抱,和大哥女朋友相处了两天,都不要人家牵手,真不知道小孩子的友好标准是什么。

他又说:"我住酒店。要不然你跟我一起吧,明天睡醒再回家。"

谭思佳考虑了一下,反正她还没有告诉爸妈这周末回来,点点头:"好。"

陈非在手机上订的酒店,他选了家环境好的,价格偏高,入住体验理想。

晚上,两人又在雪白的大床上掀起热潮。

因为脱离了工作环境,第二日两人睡到上午九点才醒。在酒店的餐厅吃了早餐,谭思佳回家前对陈非说:"我不管你了,你自己找地方消磨时间,明天下午出发的时候再给我打电话。"

陈非说:"行,我约朋友。"

下午四点的时候,陈非给她发了室内攀岩的照片,说他和大学室友在一块儿。

室友毕业后没有从事专业相关的工作,他借着家里的背景跑去做园林工程,混得挺好,今年和好几个地产公司签了合同。

攀岩结束,两人聊天,对方问陈非:"你真打算一直待在你老家?不觉得在小地方生活,日子很没劲吗?"

陈非仰头一口气喝了大半瓶水,他说:"不觉得,我从早到晚忙得要死。"

"那你投入的时间成本和赚到的钱不对等，小镇上的工程能有多大利润？如果你有想法来海城，我给你介绍项目。"

两人大学时关系最好，这些年也没断联络，所以室友才有此一说。

陈非笑了笑："你了解我，我没有很高的物欲。"

"你不为今后考虑？以后结了婚，老婆也愿意跟你一起待在小镇？还有小孩，教育问题最关键，有能力的话，总要选师资力量好的学校吧。"

室友是已婚有娃人士，他老婆很挑剔，最近正在全方位考察幼儿园，他跟陈非侃了一通这事，劝陈非提前做好心理准备。

陈非本人的确没有什么物欲，今天晚上他一个人住酒店，就换了家环境相对普通的。睡前，他想了一下室友说的话，觉得有几分道理，不过这事还需要细细琢磨。

清水镇虽然赚不到非常多的钱，但他有关系网，不缺活，到海城来建立人脉，不是一朝一夕就能办到的事。而且谭思佳在镇小工作，如果他来海城发展，三个多小时的车程，相当于和她异地恋了。

陈非躺在床上想多了的时候，谭思佳正在泡澡。

哥嫂婚后搬出去单独生活，谭思佳顺理成章地拥有家里其中一个卫生间的所有权，在里面装上她喜欢的大浴缸。她最喜欢在浴缸里放满水后丢一颗沐浴球进去，撒玫瑰花瓣，点上蜡烛，打开一部电影，躺进去松弛惬意地享受时间，把自己泡得软绵绵香喷喷，就会觉得生活很幸福。

第二日李文珊约她出去做SPA护理，刚在脸部抹上精华，她的电话就响起来。

是陈非打来的。他开的那个小公司每次接到工程后找本地的临工干活，刚才出了点意外，有个工人因操作失误伤了右腿，已经送到镇医院，他问谭思佳能不能提前回清水镇。

谭思佳还没有享受到专业的服务，她说："你先回吧，我现在有事走不了，下午坐末班车回去。"

做工程，安全生产排在第一位，陈非确实急着回去看看情况，这事不小，他得及时处理后续。

陈非没有勉强："那你晚上到了告诉我。"

谭思佳说："你着急也别把车开太快，注意安全。"

因为她的嘱咐，陈非松快几分，他答应她："我知道，事情已经发生，着急也没用，我去看看伤得多严重，主要是谈赔偿。"

谭思佳做完SPA，在网上订了下午四点的车票，到清水镇时，天色完全黑透。

陈非已经把事情解决好了，他给工人买了意外险，医药费可以报一部分。比较庆幸的是，受伤的工人虽然胫骨断裂，但不是粉碎性骨折，不过至少也得在家休养半年，经过商量，另外赔了对方六万块的营养费和误工费。

两人在微信上就这事聊了聊。出现这样的状况，按理来说陈非应该不会有什么好心情，但他和谭思佳说到这些时，没有带任何一句批判对方的话，这让谭思佳感受到他的担当。

这个月谭思佳全力准备主题演讲赛，晚上陈非来她这里睡觉，他当观众，拿着稿子听谭思佳演讲，在她偶尔忘词时提醒。

比赛前一天，晚饭后，谭思佳将陈非按在沙发里坐着，她站在电视机前面，进行最后一次"排练"。

陈非盯着她，眼里笑意盎然。

谭思佳对这个演讲赛很看重，是区教育系统组织的，如果最后获得名次，对她今后参加选调考试有助力。她准备充分，稿子改了三次，每晚闭上眼睛的前一秒也想着词，现在不能够说倒背如流，但脱稿表达完全没有问题。

他给谭思佳录下刚才演讲的视频。谭思佳讲完，坐到他身边，拿起手机一边检查一边评价自己的不足。

陈非认为她吹毛求疵，他就觉得她通过初赛没什么悬念，肯定能层层通关，进入总决赛拿奖。他给予她高度评价，然后拉她去卧室："今晚早点睡吧，休息好才是你的首要任务。"

第二天一早谭思佳打扮得正式，头发梳顺后用抓夹固定，穿了一件黑色羊绒大衣，将扣子从头扣到尾，中间的腰带系起来，使她看起来挺拔利落。

演讲比赛当场评分，上午演讲结束就宣布结果。谭思佳的内容不是最精彩的，但她胜在表现力突出，在台上流畅的语言表达、从容不迫的姿态，以及她的形象气质太吸引人，毫无意外进入半决赛。镇小只有两名教师得到下一场比赛的资格。

这个上午，她和陈非陆陆续续发了几条消息，结果一出来，她立即告诉他：我进复赛了。

过了会儿陈非忙完工作看见，回复：晚上庆祝一下。

谭思佳：怎么庆祝？

陈非：吃家庭版火锅怎么样？我们喝一杯吧。

他只给出一个选项就契合谭思佳的心意,她高兴道:行。

夜里两人面对面地坐在餐桌前,桌上摆着十几盘洗净切好的菜,中间用电磁炉煮着汤锅,陈非倒了两杯酒,递给谭思佳一杯。

两人一边吃一边喝。谭思佳告诉他比赛时她记住的一些事情,聊着聊着就聊远了,她第一次向他提到好朋友杨欣洁和李文珊,说了许多和她们发生的事情。

她想到那天做完SPA去购物,她进了男装店给陈非挑衣服,李文珊听她向导购报了他的身材数据后的暧昧反应,不由得笑:"如果元旦节你没什么其他的事,可以和我一起回海城见见她们。"

陈非想也不想地说:"我没事。"

只不过,他没什么事儿,反倒是谭思佳因为学生课间玩闹出了事情没有回得了海城。

十二月上旬,谭思佳通过半决赛,成功挤进多位重要领导观赛的总决赛,并取得二等奖的名次。这是她进入清水镇小学后,拿到的分量最重的一个奖。她将这个好消息分享给家人和好朋友,他们都表示元旦节替她庆祝。

越临近元旦节,谭思佳越感到心情愉快。

自从与陈非复合,她纠正了自己对于未来不必要的后患顾虑,和他公开恋爱,对他的了解更加深入一些,她内心更坦然。虽然为演讲比赛付出了很多,但结果理想,她没什么烦恼的事。

距离元旦节还有一星期,这天课间,一大群学生涌进办公室,跑到她的办公桌前,七嘴八舌地反映情况。一片混乱中,谭思佳什么也听不明白,她朝学生们做出一个噤声的手势,然后让平时说话条理清晰的李心灵来讲。

李心灵在家里听爸爸说过，班主任谭老师是她干爸的女朋友，干爸前些日子也告诉过她，可以无条件信任谭老师。她的确感受到谭老师比较喜欢自己，这会儿被谭老师点名，便挺着胸脯告诉对方，刚才楚琳琳上完厕所回教室，黄启辰抱着王子轩在走道上转圈，不小心撞到楚琳琳了，楚琳琳哭得很厉害。

谭思佳赶紧去看情况，楚琳琳还在哭，而黄启辰和王子轩不知所措地站在一边。

她蹲下去关心楚琳琳，小女孩说嘴巴疼。

"你张开嘴老师看看。"谭思佳温柔道。

楚琳琳张嘴给她瞧，牙齿好好长着，也没有流血。谭思佳放下心来，安抚好楚琳琳的情绪，让两个男生向楚琳琳道歉，又对他们课间打闹的行为进行了严肃教育，直到上课铃响才放他们回教室。

她本以为这个事情就这样结束了，没想到第二天一早楚琳琳的爷爷找到她，他说他孙女的两颗门牙被王子轩、黄启辰撞掉了，要求他俩的家长进行赔偿，一共两万块。

楚琳琳再张开嘴，昨天还好好的牙齿果然没有了。她处于换牙期，这两颗牙齿本就有些松动，昨天被撞了一下，今早刷牙时就掉了。

谭思佳将黄启辰和王子轩的家长叫来学校。整个沟通过程非常不顺，由于两位家长一人同意承担责任一人不同意，事情变得僵持起来，谭思佳只好上报领导，校长介入后也无法达成和解，最后楚琳琳爷爷打派出所的电话，他要求让警察定论。

因为学生家长的要求，把协商时间定在元旦节当天，而谭思佳作为班主任，必须在场阐述情况。

Chapter8

/ 求证过程 /

谭思佳不太喜欢向人诉说正在遭遇的坏事，有些事情告诉家人和朋友，他们也没办法给出解决方案，除了让大家跟着担忧，毫无作用。处理好后倒可以拿出来聊，反正都过去了。

楚琳琳牙齿事件，她并未对陈非提起。只是这件事对她的情绪影响很大，让她第一次产生离开清水镇的迫切感。

尽管去年报考清水镇小学之初，她就清楚这里不是她职业生涯的终点，不过，因为招聘公示中硬性要求的两年教学期未满，她不感到着急，也允许今后在选调中出现失败，大不了下次再考，持之以恒。

谭思佳在城市里出生，她不太能适应物质贫乏的小镇生活，远离家人朋友，诸多不便，但叫她公正评判，镇小也并非糟糕透顶。

教学工作虽辛苦，但只要能保障进度，自己自由安排时间，灵活性很高。

办公室的老师们都很友好，彼此之间也会存在竞争，却没什么钩心斗角，她作为新教师，得到不少指点。

班上的孩子们也很可爱，他们非常纯真。去年她带了一个班，课堂上让孩子们用"我多想"造句，一个女孩站起来说"我多想摘下天上的星星串成项链，送给我的妈妈"，让她印象深刻。

另一方面，谭思佳深知班上的学生一大半来自农村，他们的父母外出务工挣钱养家，小孩平时跟着文化程度不高的祖辈生活，家访的时候，和某些学生的爷爷奶奶沟通，她会由衷地为小孩的家庭教育感到担忧。而这种社会环境因素，不是谭思佳能够改变的。

她以往只感受到这些家长知识水平低下和思想落后，经历楚琳琳牙齿事件，她第一次体验到他们的不讲道理。

不愿承担责任的王子轩家庭情况困难，他爷爷为了逃避赔偿，将过错推到班主任的头上，责怪谭思佳没有尽到监管义务，提出应该由她来承担。

那时候还没有请警察介入，谭思佳被扣了一顶锅，火气翻涌，她竭力忍耐下去，才没有使自己的表情太难看。她想，若是城区的家长，虽然也不乏素质相对低一点的，但他们知道逻辑，即使对老师不满，也不会胡搅蛮缠，他们擅长利用投诉渠道，谭思佳宁愿被投诉，因为她不怕被投诉，好过有理说不清。

由于无法解决矛盾，最后给派出所打电话，定于一月一日上午九点在学校党建办公室进行调解。

陈非还不知道这件事，为了元旦节见她的朋友，他特意理发，将指甲修剪得整齐干净，穿什么衣服不用考虑，谭思佳替他买回来几套，她在时装这方面的审美没话说。

放假当天，临出发时，陈非换下工服，黑色高领毛衣搭咖色羊毛夹克，一条深蓝色的直筒牛仔裤，一双黑色马丁靴，将他个高腿长的优势显露无余。

他正准备开车去镇小，谭思佳打来电话，他接通："放学了？我现在来接你。"

"我正要告诉你计划有变，元旦节不回去了。"谭思佳告诉他。

"怎么了？"陈非问。

谭思佳只能将这件事告诉他："班上的学生出了点状况，家长之间有纠纷，协商不下来，打了报警电话，明天警察出面进行调解，我也得参加。"

听到报了警，陈非关心道："有学生受伤了？"

谭思佳将事情的前因后果简单概括："两个男生课间打闹，把另一个女生的两颗门牙撞掉了，女生家长要求赔两万。"

"应该在换牙期吧？"

"幸好在换牙期，还长得出来，不然就远远不止两万了。"

陈非问："学生家长没为难你吧？"

谭思佳沉默了一下，说："涉及到钱，他们争吵得比较厉害。"

陈非提醒她："你解决不了的事情报给上级处理。"

谭思佳说："校长也解决不了才报的警。"

令谭思佳头疼的是，就连警察出面也没能一次性将这事处理完成。

王子轩的爷爷居然不让王子轩承认撞到楚琳琳，不过小孩子诚实，挨了骂也没撒谎。黄启辰的家长刚开始还愿意赔一半的钱，见楚琳琳的牙齿能长出来，于是反悔。而楚琳琳的爷爷当着警察的面放话，如果他们能接受他找人把王子轩和黄启辰的牙齿打掉，他就一分不要。

这场闹剧一直拖到学校放寒假都没有结果,警察来学校协调了三次不成,期末考试成绩出来后,所有老师都放假回家,谭思佳不得不留在清水镇,陪同三个学生以及他们的家长到派出所进行最后一次调解。

所长亲自出面,镇小校长也到场,定了王子轩和黄启辰一人一半责任,将赔偿费降到一万二。鉴于学生家庭情况困难,学校出于人文关怀,用贫困生补贴的办法替他们出六千,另外六千,两家一家一半。

从派出所出来,谭思佳感到精疲力竭,在这件事上花了太长的时间和太多的精力,即使终于画上句号,她也一点高兴不起来,尽早考回海城的想法越发坚定,她真的不想再与这种无法沟通的家长交流。

这一天,陈非也去了清水镇某个村委会办公室协调补偿款纠纷。以往不需要他做这种事,但公司前不久发了份人事任命红头文件,将他提为厂长助理,如果他不犯错误,几乎可以说是板上钉钉的下一任厂长,他得跟着学习怎么处理这类情况。

处理纠纷并不是什么轻松差事。

就拿这次的情况来说,别看补偿金额不到两万块,但是,因为损毁的土地涉及八家农户,当他们想得到多一些的赔款,便很有凝聚力,拦着不允许水务公司抢修,派代表到村委会办公室提要求,一直协商到下午三点才达成一致意见。

在村委会的见证下,陈非将补偿明细制表,然后赶去参与抢修,天色黑下来收工。他拿出手机看时间,这会儿,电视台已经开始放《新闻联播》。

傍晚五点的时候,谭思佳给他发了微信,问他什么时候下班。

他没回复,谭思佳便没有继续发消息,更没有打电话追问。陈非编辑文字:刚忙完,我半小时后到。

今天气温只有2℃,同事在旁边说太冷了,他提议去喝碗羊肉汤暖一暖。大家都赞成,陈非则说:"你们去吧,女朋友做了饭在等我。"

同事问:"小学不是前几天就放假了吗?谭老师还没回海城?"

"她明天回。"

上午从派出所出来,谭思佳就将最终结果告诉陈非,并决定明天回家,她和他说好今晚一起吃饭。

前段时间陈非给她煲了一次鸭掌排骨汤,小火慢炖半天,熬得非常软烂,鸭掌和排骨入口即化,汤鲜到掉眉毛,谭思佳很爱。

其实她不太喜欢在学校食堂用餐,中午还好,和学生一样,拿自己的碗去窗口排队打饭。下午放学后,学校只有教职工,师傅做两大桌菜,有些年纪偏高的男老师不太讲究,把筷子伸进菜碟翻来翻去地挑拣,真的挺倒胃口。

陈非似乎比较享受做饭,在没有紧急情况的前提条件下,他的工作时间更自由,自从拿到她家的钥匙,他常常提前让她点菜,所以这段日子谭思佳中午和晚上回家吃饭的次数挺多。

麻烦事告一段落,放了寒假没有工作,谭思佳计划下午精心准备几道菜,其中就有鸭掌排骨汤,晚上和陈非一起好好吃一顿,明天她回家,他们将分开一段时间,春节后才能见面了。

中午她就在外面随便吃点,天气寒冷,选了一家每桌都配置烤火炉的面馆。正因为如此,面馆生意不错。等了十分钟,她的牛肉面送来。

谭思佳本来看着手机,余光瞥见来人身穿警服,她感到诧异,抬起头看见一张熟悉面孔。这次因为学生家长的纠纷,派出所派了两名警察协调,其中就有眼前这位年轻警察。

对方先开口:"谭老师没回家?"

谭思佳"嗯"了一声,她没问他什么,不过眼睛里流露出疑惑。

"煮面的是我妈,我今天不在所里吃饭,刚回来,顺便帮个忙,这碗面我请。"他笑着,爽朗地解释,然后转头朝大锅炉的方向喊了一声"妈",叫她不要收谭思佳的面钱。

不过谭思佳离开的时候主动扫了贴在墙上的二维码,按照菜单上的标价结账。

从面馆出来,谭思佳去超市买了食材,下午待在厨房研究,先把材料备好。由于陈非没有回复消息,她知道他忙起来不看手机,也理解他的工作性质,到客厅开着暖风机看了一会儿学科专业书。

等到陈非进门,餐桌上摆得很丰盛,他往厨房走,谭思佳正在做最后一道菜。她穿着奶咖色的长外套,黑发随意地束在脑后,这一幕画面格外温柔。

陈非想从背后拥住她,但他身上的工作服脏兮兮的,于是作罢。他靠在门边看她,直到谭思佳发现他回来了,她夹了一片荷兰豆喂到他嘴边,让他尝尝咸淡。

除了鸭掌排骨汤,谭思佳还做了四道菜,冬笋肉丝、啤酒鸡、荷塘小炒、虾仁蒸蛋,网上教做菜的视频讲解得很细致,她跟着一步一步地做,成品不差。

吃完饭,陈非才去洗澡。出来后,他对谭思佳说:"明早我弄点新鲜蔬菜放你车后备厢带回去。"

陈父陈母种了不少菜,陈非经常从地里摘了带到谭思佳这儿,她一吃就分辨出和超市买的不一样,原汁原味,维生素含量丰富。

谭思佳有些顾虑:"不合适吧。"

"你觉得带回家不好向父母交代?"陈非一语中的,毕竟他们还没到接受家长检验那步。他支招,"你告诉他们这是在当地买的就行了,从农村回城市不带点土货怎么行?"

谭思佳被他逗乐:"那行吧。"

因为分别在即,明天谭思佳回了海城之后,要等到二月中旬开学她才来清水镇,陈非心里挺不舍她的,说:"要不然你玩几天再回去吧?"

"玩什么?"谭思佳反问。她的表情明晃晃表明清水镇没什么好玩的,处理完纠纷,她没有立即收拾行李回家就很看陈非的面子了。她邀请他,"你可以和我一起去海城,海城有很多好玩的。"

陈非倒是想,不过这两天走不了。他有些遗憾,说:"我有空去找你。"

谭思佳点点头:"好啊,但是你得提前给我打电话,方便我安排时间。"

陈非说:"听起来你回去后行程挺忙的。"

谭思佳不置可否:"当然。"

陈非问:"都有哪些行程?"

谭思佳笑:"吃喝玩乐。"

他也跟着笑:"我觉得我会被你抛在脑后。"

谭思佳想到自己暑假时的所作所为,不由得心虚。她主动道:"要不然我们每天晚上聊会儿视频?"

"这可是你说的。"陈非提醒她,"你别忘了。"

谭思佳脑子里冒出一个诡异的想法:"我怎么有种自己给自己布置寒假作业的感觉?"

陈非伸臂将她拖到怀里,带着几分挑逗说:"我是你的任务?"

谭思佳抬手搂他脖子:"你真会理解。"

两人笑着,呼吸越来越靠近,然后进行密不可分的共享。谭思佳这段时间情绪挺压抑的,今晚她尤其主动,她需要释放情绪。

过了许久,陈非拥着谭思佳,掌心温柔地摩挲她的肩头,哑声说:"明早你多睡会儿,我开你的车先出去一趟。"

谭思佳明白他要干什么,软着嗓子"嗯"了一声:"你别弄太多菜了。"

陈非说:"好。"

第二天谭思佳睡醒,陈非已经把车开回地库。她当时没有检查车后备厢,到海城后打开一看简直要晕过去,里面鸡鸭鱼俱全,水灵灵的大白菜、带着泥土的萝卜,以及码得整整齐齐的土豆、芋头、大冬瓜,还有腊肉和香肠,恐怕她家今年的年夜饭都不用再去买食材。

谭思佳拍照片给陈非,并且连发三条消息。

谭思佳:[震惊.jpg]

谭思佳:今早你几点起床的?执行效率挺高啊,没想到筹备物资搞后勤,你也是一把好手。

谭思佳：这么多东西吃不完坏了多可惜。

谭思佳看着被塞得满满当当的车后备厢陷入思考，凭她一己之力，肯定无法将这些东西全部搬上楼。她想叫爸妈支援，但是怎么开口呢？

如果只有几斤菜还能理解，她不是没有图新鲜的可能，但这完全是置办年货的架势，太不符合她的性格了，恐怕只有三岁的谭若琪小朋友才会毫不犹豫地相信这是她姑姑买的吧？

她可真够"心血来潮"的。

谭思佳还在犯难，陈非回复她：到家了？

昨晚事后，他避到阳台抽烟，顺便给已经联系好的熟人打电话，让对方在早晨八点前把土鸡土鸭处理好。钓回来的野生鱼，他找承包鱼塘的朋友要了活鱼运输打包袋，确保到了海城它还活着。至于腊肉、香肠，早在十二月末，家里买了一整只肥猪，大半的肉都用来烟熏火烤。

当时请客吃饭，由于时机不恰当，谭思佳未去他家，陈非被同事朋友狠狠调侃了一通。大家打趣他魅力不行，交了女朋友却带不回家，之前高调宣扬有什么用。

陈非并不受他们的激将影响，他能感觉得到，谭思佳为他有所让步。

"忍气吞声"这个成语和谭思佳毫无关联，大概她从小生活在富足且被丰沛爱意包围的家庭中，工作以外，她有些自我。不过，人有两面性，她的包容性很低，其实也很高。

比如，她不喜欢闻烟味，如果陈非在她的个人空间里让她被迫吸了二手烟，她一定发脾气。但是，离开她的范畴，她并不进行干涉，主张那是他的自由。

包括喝酒也是，还有前面有一阵他很闲，连着几天被朋友约出去钓鱼也是这样。

在恋爱关系中，陈非能清楚地意识到，谭思佳没有丝毫管教他和约束他的想法，给了他作为一个有着独立思考能力的成年男性很充分也很基本的尊重。

她当然足够漂亮，闪闪发光，但陈非更爱他们相处以来的舒适度。所以同样的，他完全接受谭思佳那些"自我"的要求，在她的领域中，不让她感到不适，这很有必要。

让陈非比较意外的是，公开恋爱后第一次带她参加朋友组织的聚会，去之前他考虑不周，忘记叮嘱朋友们少说不合时宜的话。这些选择留在清水镇发展的朋友，全都不是穿西装打领带的精英人士，他们的观念非常遵循小镇的人情社会属性，聊天的一些话题，无法避免会让一个让接受过高等教育、来自繁华城市的年轻女人反感厌恶。

当他的朋友在初次认识完全不熟的情况下，以过来人的身份，鼓动她和陈非结婚生娃的好处："陈非爸妈可以帮你们带娃，他妈妈是九十年代中专生，那时候的中专生含金量很高，辅导小孩的义务教育完全没有问题。你俩只负责生就行了，多幸福啊。"

陈非以为谭思佳会当场翻脸，这些话她可不爱听。如果她发作，他不打算阻止，心里想着，让这些朋友了解了解她的性格也好，以后就知道不要随便教她做事。顶多他会有点没面子，在谭思佳不在场时，取笑他找了个脾气厉害的女朋友。

陈非觉得谭思佳最厉害的点在于，当时他知道她一定不高兴，也在等着她开口反驳,但是她居然能保持微笑,还能委婉道:"有既能出钱又能出力的爸妈,相信陈非以后养小孩很轻松。"

陈非上道,立刻接话,用开玩笑的口吻告诉朋友,他对这事没有发言权。

后来聚会结束,陈非很感动,他觉得谭思佳在外为他考虑面子问题,他很郑重地说:"如果我的朋友让你感到不愉快,你不用顾忌我和他们的关系,想说什么说什么,做你自己。"

话说回来,陈非替谭思佳张罗土货,他并没有什么目的,也大不可必邀功,表现出这是他的一点心意。他只是认为农村这些食物的口感远胜在超市里买到的同类产品,而且他准备起来很容易,想到了就去做了,不存在刻意讨好她父母的想法。当然,如果能在未来发挥一点增加印象分的作用,那属于意外之喜。

他对谭思佳说:"不费什么事,鸡鸭你们自己处理起来比较麻烦,所以全都拔干净毛去除内脏部分,如果这两天不急着吃,装在保鲜袋里冷冻,可以放一段时间。那些蔬菜吃不了可以送人,绝对绿色有机原生态,城里很难买到差不多的品质。"

谭思佳本来要说"谢谢",想到陈非不喜欢她跟他客气,便回道:"好。"

犯了会儿难,最后谭思佳觉得没必要编瞎话,以她对爸妈的了解,他们不会指手画脚。

母女心有灵犀似的,谭母来电,问她到哪儿了,她求助:"已经到车库了,你和爸爸下来一趟,东西太多,我拿不了。"

谭父谭母见到后也很意外,女儿竟然也会关心粮食和蔬菜?不对劲。

谭思佳一句话让他们更加诧异，她说："这些是我男朋友准备的年礼。"

将这些年礼拿回家，坐在客厅的沙发里，谭思佳向父母交代陈非的基本情况，同时也没有隐瞒自己的内心想法："我不确定最后能和他走到哪一步，但是我确定我现在非常喜欢他，和他在一起很开心。"

谭母挺接受，她看了陈非的照片，夸谭思佳眼光好："长得好看，个子也高。"又说，"谈谈恋爱挺好的，在上班那个地方有人陪你说话、陪你吃饭，不错。"

谭父也说不错："谈恋爱本来就是一个求证过程，有可能成功，也有可能失败，最后出现什么结果都很正常。"

谭母征求谭思佳的意见："你是不是应该准备一点回礼？"

谭思佳点头："我回送什么呢？"

谭父便说："水果就可以。"

谭思佳在网上订了车厘子和草莓，陈非收到后也给她拍了照片。这几天两人很少用文字沟通，发照片上瘾了。

陈非准备的那些食材变成餐桌上的菜，谭思佳拍照发给他看。清水镇飘了点雪，陈非也分享给她。她去做头发做美甲，随手拍下来传过去，年底他饭局多，每餐大鱼大肉，也往她微信里发。

睡前两人视频通话，陈非才开始讲照片中的事情，夸她妈妈的厨艺，夸她新发型好看，夸她指甲颜色漂亮。谭思佳也会问他雪还在下吗、今天谁请客呢……他们的对话没有重要课题，全都是寻常小事，居然也说不完似的，舍不得挂。

周六这天，谭思佳约了李文珊、杨欣洁聚会。每做一件事她都要拍张照片，杨欣洁先注意到这个情况，过了一会儿，见她不知收敛，忍不住问："就这么爱吗？"

"爱什么？"李文珊先接话。

杨欣洁朝谭思佳努努嘴："就没见过她这么喜欢拍照。"

李文珊叫她不要大惊小怪："热恋期嘛。"

谭思佳收起手机，她觉得自己挺无辜的："我发几张照片而已，没有冷落二位吧。"

杨欣洁摇摇头："冷落也没关系的，我和珊相互取暖就好了。"

李文珊哈哈大笑："嗯！就是就是。"

谭思佳无语。

晚上，三人吃火锅。动筷前，杨欣洁见谭思佳没有拍照，问："你还拍不拍？"

谭思佳本来不打算拍的，但杨欣洁的表情那么故意，她改变主意，一本正经道："拍。"

看着谭思佳发微信，李文珊突然好奇道："你喜欢他什么？"

谭思佳放松道："馋他肉体。"

李文珊谴责她："你不讲实话。"

杨欣洁却认为有可能，她问李文珊："你没看过舒淇那段经典采访？"

"嗯？"

"我给你找找。"

杨欣洁很快检索出一个短视频。

视频里头，主持人问舒淇，人在异乡容易发展感情吗？

她是这么回答的："会吧，因为人闷的时候，就会想要找个男人来玩一玩,感情。"

李文珊笑不可抑,得出和热评里相同的结论:"'感情'两字多余了。"又说,"有道理有道理。"

杨欣洁说:"是吧,思佳在那个鸟不拉屎的小地方多闷啊,碰见单身帅哥的概率只有0.1%,她撞大运把唯一的那个美好肉体挖掘到了,找他排遣寂寞打发时间是情理之中应该的。"

谭思佳忍不住纠正她:"清水镇也没有那么差吧,你至于说鸟不拉屎吗?"

"哟!还爱屋及乌上了!"

"就是,你自己之前告诉我们那里条件落后的呀。"

谭思佳挑另一个毛病:"0.1%的概率有什么数据支撑吗?你做过背调吗?别砸自己的专业招牌。"

"就这样简单一件小事还用做背调?想也想得到。"杨欣洁不屑一顾,"在一个人口总数不足五万的小镇,绝大多数年轻人留在城市发展,剩下那部分要同时满足单身且帅的条件,就相当于鱼和熊掌不可兼得,0.1%都算我口出狂言了,你这纯属是天上掉馅饼。"

李文珊竖大拇指。

谭思佳哑口无言。

其实杨欣洁说得没错,谭思佳和陈非相遇,真是占了点天时地利的巧合。

在清水镇,陈非是婚恋市场中的稀缺资源,而能够与他达到及格线以上匹配度的女性,早已走向更广阔的天地。谭思佳不归属于小镇,她和他在那里都是"异类",所以才互相吸引。

"你们相信命运吗?"李文珊突然发问。

杨欣洁持否定态度:"不信,我只相信选择,选择决定结果。"

谭思佳一时没有说话。

李文珊望着她:"你呢?"

过了一会儿,她回答:"比起命运使然,我也更相信选择。"

"你俩对浪漫过敏?"李文珊觉得没意思。

"我们实事求是。"谭思佳顿了下,笑道,"当然了,你婚礼致辞的时候说命中注定,我们还是会很相信的,还是会感动落泪。"

晚上和陈非接视频,他拿着手机躺在床上,角度任性。

谭思佳总在一些莫名其妙的瞬间觉得他帅得惊人,比如此刻,不由自主地截下画面发给他。

陈非没有从视频界面退出去,挂断后他才看见这张图,不过,他的目光聚焦点却在图右上角的小框屏幕中,手动放大看谭思佳的脸,虽然画质变得模糊,但他依然久久凝视着,露出痴汉般的笑容。

另一边,谭思佳结束通话后,陷入深深的迷茫。

她刚开始喜欢陈非,的确是受到外在部分吸引,但她也没有那么肤浅,和他在一起只为了满足欲望。若只是为了解决性,他们都是可替代的。

经过亲密相处,谭思佳越了解陈非,越对他产生情感需求。

她介意的事,他都做得很好,有一种润物细无声的周到,慢慢渗透到她心里,将她的理性融掉。

谭思佳知道,陈非爸妈是知道她的,刚开始她暗暗担忧,如果夜里散步的途中偶遇他们怎么办。她碰到很多人,他的朋友、他的领导同事,甚至还有他的某些长辈,但唯独没有遇见过陈父陈母。

这很不寻常。她不认为他们不对她感到好奇，清水镇那么小，想创造碰面的机会太容易了，她想，一定因为陈非在家里特意叮嘱过，在她没有意愿见家长前，保持互不打扰的陌生距离。

面对他的朋友，只有第一次聚会被唐突，不过陈非表现得很好，没有因为所谓的面子而袖手旁观，他甚至明确地向她表达，她可以得罪他的朋友——这多么难能可贵。谭思佳扪心自问，可能自己都做不到这一点。

所以，她对他的喜欢不断升华。她曾暗暗推翻自己之前的决定，要不要开诚布公地和他谈未来，问他是否愿意到海城发展。有几次，话到嘴边，她最后还是没能说得出口，她不能那么自私。

一旦她将这个问题抛出来，她的私心完全暴露，即使选择权在他，她也摆不脱情感绑架的嫌疑。谭思佳拿不定主意，而且她感到恐惧，她愿意承担陈非放弃清水镇一切的后果吗？无论怎么给自己勇气，谭思佳克服不了心理压力。

海城固然有着天高任鸟飞、海阔凭鱼跃的施展空间，同样的，有能力的人大多往城市聚聚，竞争者多牛毛，陈非贸然闯进去，会不会被撞得头破血流呢？想来想去，他还是更适合小镇，挣钱的渠道广，更重要的是，他还不到三十岁就快被提拔为厂长，在这个基层管理位置沉淀几年，不说前途无量，更上一层楼是必然的。

谭思佳害怕陈非选择，尽管他的心性人品通过了她的认证，但他现在处于顺境，假如他来到海城发展不利，处于劣势时也毫无变化吗？谭思佳没什么信心，"都是因为你"这样的责任转移，她不愿背负。

她也害怕他不选择她，虽然和好的时候，她不是这样想的。她不会留在清水镇,她成功考回海城的那一天,是不是就意味着他们走到分岔路口?

那会儿李文珊问她相信命运吗?她和陈非之间一定有命运的推动,才让他们有机缘走进彼此人生,结果有好有坏,是由选择决定。

谭思佳在这道是非题面前困惑了,她感到矛盾重重,找不到突破口,只能先将工作和感情彻底区分,专注当下和陈非恋爱的感受。

如果用天气来形容,他们现在是风和日丽的。但这只是假象,随着时间往后推移,这个无法沟通的问题不知会酿出什么风浪,她无法确定到时自己能不能承受住它的威力。

谭思佳做了一晚上的噩梦,次日早晨多睡了会儿,醒来微信里有陈非的消息:我明天来海城体检,中午一起吃饭?

Chapter 9

飞奔向你

这晚谭思佳梦境混乱，一会儿是她选调考试失败，一会儿是她和陈非说了回海城的事情，两人因想法不同产生争吵，一会儿他们又甜蜜得如漆似胶，第二天早晨醒来，她睁开眼睛感到恐慌。

手机里有一条来自陈非的微信，对话框里，上一条信息显示他们昨天中午十一点通话时长 38:05，继续往上翻，每个深夜都留下通话时长超过 30 分钟以上的视频记录，还有许多有来有往的照片分享。谭思佳看着这些，清楚地知道自己的心态产生变化。

最开始时，她很确信和陈非不会有以后，后来经历分手和好，即便她给结果打了一个问号，想着他们会有未来吗，但并不持乐观态度，而现在她感受到自己想和他在一起的强烈欲望。

谭思佳站在她自己的角度，无法开口与陈非聊职业规划，比起可以遵从内心的情感，在事业上的抉择必须保持理智，爱的确重要，却没有收入关键，一旦在经济方向行差踏错，对人生的影响几乎是致命的。所以尽管谭思佳知道闭嘴不提可能是错误的做法，但她真的有很大压力,现在不是沟通的时机,她甚至根本不知道这个时机会不会到来。

陈非要来海城的消息发得很及时,某种程度上缓解了她的不安。谭思佳想到能够和他见面,想到他们可以面对面说话,想着真实的拥抱和有温度的吻,就觉得心里的担忧能够减少一点。

谭思佳回复:我想吃花胶鸡。

陈非说:那就去吃这个。

公司发了体检卡,要求所有职工在3月31日前完成健康检查,指定海城第一人民医院。几个同事商量春节后天气暖和一点再体检,陈非不参与他们的集体活动。机会送上门来,他可等不了,当然选择刻不容缓去海城。

收到谭思佳肯定的答复,陈非立即按照体检卡上的操作流程进行网上预约。第二天天未亮,在浓墨重彩的黑中,陈非开车出发。

两人说好了,陈非做完体检单上的项目来接谭思佳出去。谭思佳提前告诉她妈妈,她中午不在家吃饭,精心打扮一番,等待陈非打电话叫她下楼。

十点半,陈非告诉她只剩两项检查,把心电图和五官科的检查做完就结束。十一点,陈非来电,谭思佳不禁感到雀跃,接通后问他:"这么快就检查完了?"

"还没有,可能还要等半个小时,前面排队的人多。"陈非解释。

谭思佳心里划过一点淡淡的失落,外界因素不是他可以左右的。她说:"没事。"

到了十一点半,谭思佳还在家里,谭母疑惑:"不出去了?"

谭思佳也很疑惑,为什么这么问?她肯定道:"要啊。"

谭母便提醒她看时间:"快十二点了。"

谭思佳说:"陈非还没体检完。"

谭思佳打扮好已经在客厅坐了一个半小时,谭母了解女儿,她并不喜欢等人,今天有点反常,不仅没有不高兴,还挺有耐心的。谭母心里这样想着,却并未表达什么看法。

还好陈非没有晚得太离谱,十二点刚过两分钟,他就说他到小区了,谭思佳到厨房跟谭母说了句她出门了。

在小区门口见到他那辆黑色长城车,谭思佳径直走过去,拉开副驾驶的车门。

陈非转头望着她坐上来,脑子里产生的第一个念头是她今天真漂亮,他第二个想法是亲她,并且快速付诸实践,"咔哒"一声解开安全带,倾身过去。

谭思佳心中一悸。她没有因为抹了口红而拒绝这个吻,他的嘴唇非常柔软,带着热度和力度在她唇上辗转,她双臂紧紧地抱住他宽阔的背,与他亲密的呼吸相依。

分开后,陈非替她扣上安全带,问:"饿了没有?"

谭思佳伸手打开前面遮阳板上的化妆镜检查口红有没有蹭到周围,她一边用纸巾擦,一边说:"有一点,但是在可以忍受的饥饿范围。"

陈非笑:"我今早五点就出门了,以为不会太晚,去年十点才到医院,两个小时不到就检查完了,没想到今天这么慢。"

谭思佳说:"你应该没吃早饭,你不饿吗?"

抽血和B超要求空腹,所以体检单上的流程先安排这两项,查完就可以去吃医院提供的早餐,陈非并不挑剔,但他觉得浪费时间,没有去吃。

他启动车子:"我也饿了,一会儿多吃点。"

谭思佳昨天就预订了餐厅,他们到店就上菜。陈非先给谭思佳盛了一碗汤,她拿勺子喝了一口,满足地弯起眼睛:"你也试试。"

陈非又往她碗里放花胶和鸡肉,然后才给自己盛汤。谭思佳看着他,期待他的反应,陈非咽下去后点点头:"好喝。"

这家店在海城名气颇高,皆因为它的食材和味道都让人惊艳。

吃完饭,谭思佳问陈非:"下午你回去吗?"

陈非反问:"你有其他活动?"他又说,"我不回去也行,但如果你有事我就回去。"

谭思佳想到元旦节那次取消的聚餐,便提议:"那我问问我朋友晚上有空没,叫她们出来一起吃饭?"

她以为陈非会同意,陈非却道:"下次吧。"

"你不想认识她们?"

"以后总会认识。"陈非牵她的手,"咱俩单独待会儿吧,明天我回清水镇后,要等到开学才能见到你了。"

谭思佳听了心里软绵绵的,笑着说:"那好吧。"

"下午我们去干点什么?"陈非问她,"看电影?"

"春节档那几部期待值高的还没上映,这两天的排片都不好看,别浪费这个钱了,现在电影票挺贵的。"谭思佳拒绝了这个提议。她花钱主要判断值不值,今天中午两人一顿吃了九百多,她没觉得心疼。她想了想,问他,"你今天起那么早不累?要不要找个酒店午休一下?"

陈非一定是对此有所误解,才会在刷卡进门后就吻她,他一边将卡插进卡槽,灯亮的瞬间,她反而闭上眼睛,投入到热吻当中。

谭思佳背脊完全贴着墙,身前是陈非高大的身躯,他双手捧着她的脸,吻得急迫而深入。感受着他炽烈的爱欲,她忽然觉得豁然开朗。

随着在一起的日子变长,她的心态不断变化,也许到了某一刻,他们之间也有水到渠成的时机,现在的纠结都是自寻烦恼。为什么一定要对将来设限呢?

她原本就有专注当下和陈非恋爱的想法,一瞬间想得更通透,珍惜情感强烈的现在。这样想着,谭思佳彻底放开。

衣服落地,陈非一把抱起谭思佳。在酒店里发出一切声音都心安理得,谭思佳开启身体音符键,任由他触发,自己也沉醉。

他们整个下午都在床上度过,后来睡了一觉,醒来楼外灯光璀璨。房间里的灯也亮着,陈非凝望着谭思佳的脸陷入思考,那会儿情潮汹涌没有反应过来,她为什么会问他爱她吗?

谭思佳睁开眼睛就撞进一双深邃的眸子,不由得面热。

陈非这会儿专注看着她,面对面地躺着,他问她:"你那会儿怎么了?"

在这种亲密无间的时刻,谭思佳意外他会这么问,他似乎察觉到了什么。

陈非静静地等着她开口。

谭思佳也想开口,但她没有勇气克服心中重重考量。她摇摇头说:"我妈知道我今天出来见的人是你,所以你要在晚上十一点前我送回家。"

"现在还早。"陈非望着她,不知道是不是他的错觉,刚才有一秒钟,她的眼睛似乎湿润,很快那点水光就消失,没有留下痕迹。他越想越觉得奇怪,"为什么问我爱不爱你?"

"有什么问题?"面对陈非狐疑的神情,谭思佳镇定地说,"这可是公认的女朋友最喜欢问的问题之一,也许以后我还会问你,假如我和你妈同时掉进水里你先救谁?"

她这样解释,陈非也觉得合理。他想,可能因为这是她第一次主动"索取"爱的表达,他才会感到意外。

陈非认真地看着她的眼睛,说:"我爱你。"

他好突然!

谭思佳心跳加速,随即她读懂他的表情,他在让她知道他爱她。

这会儿太有倾诉的氛围,谭思佳担心自己受感动情绪影响将心里话脱口而出,便毁坏气氛:"说这种话你会不会觉得肉麻?"

陈非说实话:"有一点。"

他不是感性的人,在说情话这方面,语言表达也仅限于通俗直白的爱了,他更倾向于付诸行动,"吃了吗""想我没""冷不冷""累不累"这些问候语的确可以表达关心,但更多时候都不如实际的解决方案可靠。

"以后还是少说这种话吧。"谭思佳心道,被大大方方地示爱,多听几次,她肯定迷糊。

陈非笑了笑,放开她:"晚上吃什么?"

谭思佳拥着被子坐了起来,她穿上酒店为客人准备的白色浴袍,说:"等会儿出去看看附近有什么餐厅吧。"

陈非也下床:"行。"

洗澡后换回自己的衣服,两人下楼去找吃的。吃完饭,陈非送谭思佳回家，到了小区外，昏暗夜色掩盖，他们在车里接吻。

车子停了将近十分钟才驶离，第二天一早陈非回清水镇，在微信上告诉谭思佳他到了。

谭思佳回复：OK！

这天谭思佳收到大学室友的结婚邀请，对方给她发的电子函，婚礼日期很近，定在腊月二十九，除夕前一天。

她和三个室友的关系算不上特别亲密，但也处得可以。毕业后，随着时间往后推移，联系越来越少，好像近两年大家在朋友圈都没什么分享欲了，所以谭思佳并不了解她们各自的生活状况，突然收到喜事通知，倒也不惊讶，毕竟到了这个年龄，有二胎都算正常，隔壁宿舍全都已婚，她们宿舍进度条很慢，目前只结婚了一个。

谭思佳在微信上恭喜对方，室友说：思佳，你一定要来参加我的婚礼，我们宿舍四个人很久没见了，正好借此机会聚一聚。

当初梁宇航就是通过这位室友认识她，他们是朋友，没什么意外的话，他会到现场。自从拉黑梁宇航的一切联系方式后，谭思佳并不想与他有任何时间和空间上的重叠，更别说参加同一场婚礼，碰到他不可避免。

谭思佳犹豫不定，但是结婚这么重要的人生大事，室友情真意切邀请，她若找借口不去，没什么不可抗力因素，多少有些伤人心。

思前想后，她过不了情谊那关，给出肯定答复：我一定来见证你穿婚纱的样子。

谭思佳提前和另外两个室友商量好礼金金额，约好婚礼当天十点半左右到酒店。由于春节的缘故，道路上车流庞大，谭思佳被堵了许久,她到得最迟,新娘子已经挽着父亲的手臂准备上台了。

大厅里坐满人,谭思佳努力寻找另外两位室友。好在她们也在等她,抬起手招了招,她弯着身子避开摄影机,迅速坐上她们给她留的空位。

这一桌都是大学同学,梁宇航没被安排到这里,谭思佳松口气。她把目光投向台上,专心观看婚礼仪式,期间拍了两张照片发给陈非:今天参加大学室友婚礼。

仪式结束大家闲聊,话题的中心思想离不开钱和感情,除了室友,其他人谭思佳都不怎么熟,她不太参与。

忽然,有个男同学问谭思佳现在是否单身,谭思佳看了过去,在桌上的人起哄之前说:"不是单身,我有男朋友。"

对方豁朗道:"还以为这次我会有机会,我得到的信息太不及时。"

谭思佳笑了笑,并不把这种风趣的话当真。

旁边室友在桌下捏她的手,问:"怎么不把男朋友带来瞧瞧?"

"他人不在海城。"谭思佳说。

"外地的?回去过年了?"室友随口打听。

谭思佳倒不是认为陈非出身小镇有什么说不出口的,她只是觉得解释起来麻烦:"差不多吧。"

后来开了宴,新人敬酒敬到他们这桌,新娘悄悄对她说:"刚才梁宇航问我你来不来。"

谭思佳笑容不改:"我和他翻篇了,他见过我男朋友。"

新娘露出诧异的表情:"这倒没听他提。"

谭思佳不欲多谈,转了话题:"新婚快乐,你今天真漂亮。"

"谢谢。一会儿吃完饭安排了娱乐活动，我们再好好聚一聚。"

"行。"

吃完饭，谭思佳去上卫生间，洗手出来遇到梁宇航，她不打算理他，被他叫名字，她也没有停下步伐。

梁宇航跟在她身后，她不想在同学面前被纠缠，不得不对他怒目相视："你有完没完？"

"我为我那天不恰当的话道歉。"梁宇航说，"我不是瞧不起你现在的男朋友，只是为你的未来生活质量担心。"

谭思佳没给他好脸色："跟你有关系？"

"……你和他最近怎么样？"

"感情挺好的，发展顺利的话，今年就可以结婚了。"谭思佳胡言乱语，"就不必通知你了吧？"

梁宇航皱眉："你真的想好了吗？要一辈子待在那种小地方？你的消费观应该不会适应。"

谭思佳眉头皱得更厉害："要你管我。"

梁宇航沉默了一会儿，连续在她这里碰钉子，被针锋相对，他无计可施，已经知道不可挽回，叹口气："无论如何，我希望你过得好。"

谭思佳说："我当然会过得好。"

她已经没心情在这里待下去了，给几个室友都发了信息：家里有点事，我先走了，下次找时间单独聚。

到了车库，她给陈非打电话，过了很久他才接，她问："为什么不回我微信？"

陈非那边有电焊的声音，他说："在抢修。马上过年了，春节期间必须保障供水正常,我没看手机,晚上找你。"

谭思佳静静地坐着,没有急着启动车子,陷入长久的自我审视。

梁宇航当然没有资格对她进行指手画脚,但在某种程度上,他了解她——

她是个现实的女人。

关于未来的生活质量,在爱上陈非的过程中,她已经做出评判,因为她明确问了他的经济状况。

谭思佳不由得想,如果陈非说出来的数字达不到她的预期呢?她是否会给他减分?是否会打退堂鼓?尽管她并不需要通过伴侣实现财富积累,她的消费能力也不取决于对方的收入。

而且,哪怕得到正确答案,谭思佳仍在"考题"中暗藏玄机——他来海城的几次,出去吃饭和住酒店,她没有表现出会过日子的居家品格,她以一种不足为奇的态度享受高价服务,如果陈非对此有异议,他们必定产生分歧,若要她为了一个男人而降低生活水准,她做不到。

那么,陈非能察觉到她的试探吗?

他不是粗心大意的人,在她问他存款的时候,应该就能敏锐意识到什么。他完全不在意吗?他对她就没有要求?难道他不希望她不物质,和他在一起只是因为纯粹地爱他吗?

谭思佳突然发现一个问题,她只在乎自己的要求,却没有考虑陈非的需求。他有没有一套 ABCD 标准答案?他是因为她满足了他的条件而爱上她的吗?如果她不满足呢?她与他的理想型相悖呢?他还会选择她吗?

她本来很确信自己爱上了陈非，但这些问题冒出来后，又开始怀疑自己的真心。她已经无法证明如果陈非不符合她的那些世俗标准，她还会不会不可控制爱他？她甚至是希望自己能够失去理性。

手机发出的短促又连续的消息提示音，让谭思佳吓了一跳，她从思考中回过神。

陈非发了几张照片过来。郁郁葱葱的山林深处，庞大水流冲天而起，看起来不是普通漏损，抢险现场中部分人员没穿工作服，他们不是水务公司职工，应该是临聘的。

他说："进度比较慢，估计晚上十点钟左右才能修好了。"

春节处于凛冬时节，山里气温更低，谭思佳担心道："你冷不冷？"她看照片里的地点前不着村后不着店，又问，"还没吃午饭？"

陈非回："盒饭快到了，就是太冷了实在受不了，我到车里吹吹暖气，等着吃饭。"

谭思佳顿时觉得他饥寒交迫好可怜，现在才下午一点，距离他预计的收工时间还有八九个小时，在户外冻这么长时间，明天从除夕开始正式过年，他千万别感冒了。

这个念头一冒出来，谭思佳顿时坐不住了，发热的头脑驱使着她去了最近的一家百货超市，买了一些暖身贴和暖足贴，导航清水镇，开车上高速。

她怀着急切的心情，汇入快车道，一路踩着油门。幸好她的目的地只是个比较偏远的小镇，畅通无阻。对向车道堵得厉害，尾灯亮了长长一连串，她居然没有忧虑回程怎么办。

抵达镇上，她给陈非打电话。陈非看着屏幕上的来电显示心里一紧，他下意识地担心她是不是发生什么紧急的事，今天谭思佳有些不同寻常。听到谭思佳说她到清水镇了,要他共享实时定位,他大感意外:"你怎么来了?"

谭思佳告诉他:"我给你送暖宝宝。"

陈非的声音难掩惊喜,他说:"我微信发位置给你。抢修的地方没有路,你到附近后,看见一辆破长安和一辆红色哈弗就停下来,慢点开车。"

谭思佳跟着导航往山路里开。大约半小时,她再一次拨通陈非的电话:"我到了。"

"你就在车里等我。"

陈非来得很快。他跑着来见她,喘着气,胸膛剧烈起伏,漆黑的眸子亮晶晶的。

谭思佳叫他上车:"车里暖和,上来坐会儿。"

"我的鞋太脏了。"陈非摇头,他半个裤腿上都是泥。

"没事。"谭思佳说。

"这两天洗车要等很长时间。"陈非坚持道。

谭思佳看他露在外面的皮肤被冻红,赶紧把暖宝宝拿出来给他贴。

陈非不急,她突然到来已经驱散所有寒意,他心中火热又澎湃,手撑在车门上,俯下头,从车窗探身进去吻她。

他的唇冰凉,触碰到她的鼻子也很冰凉,谭思佳想,他今天一定被冷得够呛。

陈非吻得很深,他几次想抚摸她,想到自己双手冰块一样,又硬生生忍住。

谭思佳没有这种顾虑,她伸出温暖柔软的双手捧住他冷冰冰的线条坚硬的脸,他的体温慢慢升了起来。

半晌,陈非放开她,他深深地看着她:"我无论如何都想不到你会来。"

谭思佳脸热,不愿承认自己太冲动,说:"我今天没事做。"

"你结婚的那个大学室友没有安排什么娱乐活动?"陈非这才注意到她光鲜亮丽的穿着,她一身出席宴会的隆重打扮,却出现在这个寂静之地,简直不可思议。他双目含笑,戏谑道,"看来她招待不周。"

谭思佳将他的脸往外推,她自己也下了车:"你把外套脱了。"

她替他在肩部和腰部贴了两张暖身贴,又盯着陈非脱鞋贴暖足贴,然后说:"我买了很多,可以分给你同事用。"

陈非说:"好,替他们谢谢你。"

谭思佳将袋子递给他:"那你工作吧,我回去了。"

陈非问:"回海城?"

谭思佳"嗯"了一声。

"今晚别回了。"陈非留她,"明早我送你。"

"明天除夕了,你来回跑多累。"谭思佳说。

"我不累。"陈非想也不想,"你现在回去也是来回跑,别回了,我还以为要等到开学才能见你。"

他的语气太恳切,谭思佳无法拒绝:"我没带钥匙。"

她租房的钥匙,陈非将它和自己家的钥匙挂在一起,拿出来给她:"我下班过来。"

谭思佳点头,问他:"暖宝宝发热了吗?"

"刚贴上就发热了。"

"那就行。你们也太惨了,这么冷的天气出来抢险,而且还在年关这个时间点。"

"不惨,要不是发生这种情况,你也不会来。"陈非心情愉悦。

谭思佳笑:"你赶紧去忙吧。"

陈非看着她将车子掉头后才回到维修点,肩背、腰腹以及脚心的热源持久驱寒,同事们也很感激谭思佳送来的暖贴,陈非心里非常骄傲,这是他的女朋友,他女朋友真好。

夜里收工的时间比陈非预估的还迟一点,将近零点才干完,他让同事送他到电梯楼。谭思佳给他开门,她拉他进去,说:"去厨房喝一碗姜汤,然后到卫生间洗个热水澡。"

门"砰"的一声合上,陈非将谭思佳困在门板与他的臂弯之间。玄关没有开灯,客厅的光透过来,被他高大的身躯遮挡,谭思佳只觉得眼前一暗,她张口:"你……"

陈非猛然低头封住她的嘴唇,一个绵长的吻结束,他嗓音低沉:"还在等我?"

谭思佳黑亮的眸子柔得要滴水似的,她的心跳得很急:"我睡了你进不了门。"

陈非脱鞋,他将脚心的暖贴撕下来:"这个还是热的。你晚上吃的什么?"

"我炖了排骨汤,还有什锦虾仁,热给你吃点?"

"今天怎么对我这么好?"

谭思佳无语:"不吃就算了。"

陈非失笑:"辛苦你给我热一下,我饿了。"

谭思佳说:"那你喝碗姜汤快去洗澡,然后出来吃饭。"

陈非动作很快，洗完澡他到厨房取筷子，问谭思佳："你要不要吃？"

"我不吃。"谭思佳坐在餐桌前陪他。

她捧着一杯热水喝，问："你会不会觉得这份工作很辛苦？"

"有时候，但无论做什么工作都有辛苦的一面，比起朝九晚五固定在办公室上班，我更适应现在的状态，有时间做其他事。"陈非说完才夹了块排骨啃，随即夸她做得好吃。

"你有什么梦想吗？"谭思佳又问他。

陈非抬眼："想谈谈心？"

谭思佳随意说："闲聊。"

"年后如果能接到大工程就更好了，多挣点钱。"陈非停了停，意有所指，"攒老婆本。"

"你之前不是说拿得出来老婆本？"

"我想给你提供更好的生活条件。"

谭思佳笑："你怎么知道你未来的老婆一定是我？"

陈非幽默："我做的梦是这样的。"

"梦只是梦。"

"是你自己问我梦想。"陈非气定神闲，"现在这样就很幸福了，加班的时候知道被爱的人惦记着，回到家你果然在等我。"

"今天是例外，你知道我平时没有这么体贴。"谭思佳下意识地辩解。

陈非却挑眉："所以我已经成为你的例外？"

谭思佳默然。

"说说你的梦想吧。"陈非看着她。

以后的梦想不可知，谭思佳目前最大的梦想是顺利考回海城，但她不敢不慎重，要是他能和她心意相通就好了。

他瞧出她的为难："不想说？"

谭思佳也不愿意骗他："我可能还没有准备好说出来。"

陈非理解，那她的梦想一定是个目标，有部分人在办成一件事之前保持绝对的守口如瓶。

他开玩笑："不会等到实现了才告诉我吧？"

谭思佳再次默然。

他正色："有什么需要我帮助的地方吗？"

她摇了摇头："你帮不上忙。"

陈非倒不觉得伤他男人自尊，他笑了笑："你准备好的时候就说出来吧。"

谭思佳"嗯"了一声，接着她突兀道，"我在婚礼上碰到梁宇航了。"

陈非慢慢收回筷子，他想起来了："结婚的室友就是介绍你们认识的那个室友？"

她点点头："对。"

"没发生什么不愉快的事吧？"

"我以为你会问他有没有找我复合。"

"我记得你说过，你每一次都会明确拒绝他，而且我觉得我比他好。"陈非信任她，同时他也很自信。

谭思佳一下子就乐了："快吃饭吧。"

陈非收拾好厨房，他刷了牙回卧室，谭思佳已经躺下，他从后面拥上去。

"你不累吗？"谭思佳忍着颈侧肌肤泛起的痒意。

陈非低笑出声："不累啊。"

谭思佳说："我生理期，还是早点睡吧。"

陈非顿住。

他起身关了灯，重新躺下来抱她，将她严丝合缝地扣在怀里，认命说："好吧，睡觉。"

其实他今天也很疲惫了，闭上眼睛很快陷入黑甜梦乡。

次日清晨，谭思佳醒得很早，陈非大概太需要休息了，他睡得很沉。她静悄悄地起床，简单洗了把脸，换上衣服下楼，驱车回家。

陈非给她打电话的时候，她已经在高速路上开了半个小时，用蓝牙接通后听见他问："你走了？我们不是说好我送你吗？"

"谁跟你说好了？我可没答应。"谭思佳弯着眼睛，"送来送去多麻烦，我又不是不会开车，你好好过节吧，不要想着折腾自己了。"

陈非便笑："你看你多体贴。"

一定是因为车里暖气开得太足了，谭思佳的脸才会发烫，她没有接话。

"你到哪儿了？"陈非问。

正好前方有指示牌，她说了一个地名。

"到家给我发消息。"

"好。"

进城遇到堵车，陈非问时，她就拍了张照片发给他。晚上的年夜饭也发照片，初一那天谭若琪穿得像个福娃娃，实在可爱至极，她忍不住向他分享。

陈非分两次转账过来,他说一个是大朋友的红包,一个是小朋友的红包。

谭思佳收款：我带琪琪出去玩的活动经费搞定。

过了几天她给陈非发照片,一大一小在游乐场玩得十分开心。

春节过得很快,谭思佳比学生提前一周返校,她下午四点才从家里出发,到清水镇天已经黑了,陈非准备好晚饭,她进门洗手就能上桌。

小别胜新婚,吃完饭下楼走了一圈回来,两人闹了大半夜。

新学期开始的几个星期谭思佳都很忙。开学前集中学习培训,做大量的准备工作。学生正式上课后,除了教学任务,还要整理各种资料计划、开各种会、策划组织学生活动,杂事多,从早到晚连轴转,睡眠不足的状态下,她感觉自己很快就会熬成黄脸婆。

陈非见她辛苦,但她的工作他也确实提供不了什么帮助,所以他挺识趣的,不会在她没空的时候提出性生活。

三月草长莺飞,一个周末,陈非觉得她这段时间精神太紧绷了,建议她放下工作:"我带你出去看看花。"

Chapter 10
/ 内心指南 /

周六天气很好,虽然晴空万里,温度却很适宜,不会让人觉得晒。

陈非经常往村里跑,很多偏僻的地方他都去过,他找到一个绝对无人打扰的地方,带谭思佳春日野餐。

原本这天没安排工作,清晨陈非也不打算出门,六点时接到一通陌生电话,对方要去的地方比较远,他想到跑这趟能赚两百块就同意了。

九点回到镇上,谭思佳正在做出游前的准备,她做了三明治和寿司当便当,水果种类丰富,熟食是昨天傍晚在卤肉摊买的,还有他们喜欢的饮品。

陈非进厨房,他挽起衣袖洗手,问她:"早上吃清汤面怎么样?"

"我多放青菜,面少一点。"谭思佳说。

吃完早饭,谭思佳才去收拾自己。春节结束她又去打了一次水光针,所以尽管这段时间睡眠不太够,她的皮肤状态依然维持得很好，脸上没什么疲态。她化妆的程序比较简单，主要做防晒工作，为了契合今日出行主题，穿了蓝色裙子。

从家里出发时已经十点，开了一个小时车抵达目的地。沿途谭思佳几次发出惊叹，这是她在清水镇度过的第二个春天，去年她没有好好认识这个地方，原来三月的乡村这么美，油菜花漫山遍野，秾李秾桃，梨花如雪，一切都那么生机勃勃。

车子停在一大片长满青草的空地，旁边有幢两层高的红砖房，已经人去楼空，主人早年种下的梨李却未停止生长，更因近年没有得到修剪打理，在花期开得格外肆意。

谭思佳想到了"梨花李花白斗白"，想到了"千树雪"，想到了"不虚此行"，她顿时觉得心情开阔，举着手机跑去记录春光。

陈非打开车后备厢，将野餐垫拿出来铺上，摆放好食物，他脱了鞋坐上去，也拿出手机，摄像头对准雪色间的一抹蓝，然后打开欣赏，自认为技术一流。

他拍到满意的照片就躺了下去，双手垫在后脑勺下，闭着眼睛享受暖洋洋的日光。

谭思佳完全沉醉在洁白花海中。她忽然冒出一个念头，如果小镇永远四季如春，永远有灿烂鲜花修饰它的萧条荒凉，其实这里很治愈。

过了一会儿，陈非睁开眼睛，谭思佳已经不在视线中，她看到远处田野里金黄一片，就朝着那边走过去。

陈非找到谭思佳。谭思佳心情很好，眼神亮晶晶地看着他，问他怎么发现这么美的地方。

他笑："星期二到这边查表看见树上结花骨朵，我就知道周末一定全部开了，来看看花会放松一些。"

谭思佳赞同："太放松了，有点桃花源记那种感觉。我刚才发照片给李文珊、杨欣洁，她们下周末也想来玩。"

陈非当然表示欢迎，说："不过梨花和李花很快就会谢，下周末只能看油菜花，我们可以安排别的活动，河边烧烤也挺有意思的。"

"那我向她们传达一下，她们想看花，如果没有花看，不一定愿意来。"

"也可以这周来，现在出发不晚。"

"太临时起意了吧！"

"错过这周，就得等到明年了。"

"我问问她们。"

谭思佳发起群通话，杨欣洁和李文珊听到花期只有一周，下周来只能看落花残蕊，那和吃剩饭有什么区别？两人当即决定下午启程，叫陈非顺便也把他说的河边烧烤安排上。

挂断后，谭思佳望着陈非："今晚去河边烧烤来得及准备吗？"

陈非点头："下午早点回去。"

两人返回草地。谭思佳拿了瓶橘皮乌龙喝，她分了双一次性手套给陈非，两人面对面坐着吃东西。

谭思佳看着花团锦簇中的红房子，感慨道："有点理解到诗和远方是什么样子的了，在这种远离人群的地方建一个院子，种满花，再养只小动物，幸福指数应该挺高的。"

陈非"嗯"了一声："那你会喜欢我家，院子里种了很多月季和三角梅，花期长，从四月开到十月，过段时间我爸妈要出门旅游几天,他们不在的时候,你可以先去考察。"他又问她,"你喜欢猫还是狗?"

"都挺喜欢。"

"那就不做选择了,都养,猫狗双全。"

他用闲散的语气说着,脸上惬意的神情很吸引人。谭思佳望着他的眼睛,不由自主道:"你对当下的生活一定非常满意。"

她再一次想,如果陈非在城市里发展,钢铁森林残酷,他绝没有现在松弛。

陈非不置可否,反问她:"你有不满意的地方?"

谭思佳没有正面回答他这个问题,她提出一种假设:"如果留在海城收入更高,你还会选择回清水镇吗?"

陈非想了想:"说实话,我在金钱方面的野心不大,没有经济负担,想买的东西可以想买就买,想去的地方可以想去就去,能保障我们的健康,有一笔足以应付意外发生的积蓄,这样的人生已经很不错了。也许在海城可以拥有更多的名利,与之而来的是焦虑和痛苦,那不是我期待的。"

虽然谭思佳认同他的话,但是她继续问:"你有没有想过,是你物欲太低,同时清水镇生活成本也很低,没有地方花钱,所以你才认为你实现了财务自由。如果你想要一套五百万的房子,这不在想买就买的范畴里面吧?你会因为选择了清水镇而克制欲望吗?"

"不会。"陈非斩钉截铁,他对上谭思佳认真的目光,"虽然五百万的房子不能想买就买,但是我想,我是个有斗志的人,既然想要,那就定目标定计划,努力去追求,我也不害怕走出自己的舒适圈。"

谭思佳说:"不过这不是你的追求。"

"这是你的追求?"陈非问她。

"你应该看得出来我比较物质,消费能力强,不是能过苦日子的人。"谭思佳坦然承认自己现实。

陈非说:"本来生活就是衣食住行就需要靠物质维持,我有能力创造富足的生活。"

谭思佳问:"听起来你愿意为爱人牺牲?"

陈非并不这样认为:"这不算牺牲,富足的生活也是我的目标,而且对我只有好处。"

"你在金钱方面野心不大,但是你也想要富足的生活,不自相矛盾吗?"

"富豪和富足还是有一定区别。"

谭思佳笑了起来,她摘掉一次性手套,双手撑地后仰着,眯着眼睛感受阳光,心也被照得透亮,似乎未来一切顾虑都能迎刃而解。她感叹:"今天天气真好!"

陈非看着谭思佳慵懒的模样,他感到前所未有的心动,挪过去拉着她躺下。两人安安静静地晒着太阳,被温柔的阳光晒得昏昏欲睡,心脏软绵绵的。

陈非今早六点就起床,他感到困,懒洋洋地对谭思佳说:"我想睡了。"

谭思佳"嗯"了一声,春天的阳光太暖和,她也困意重重。

"睡吧。"

这个地方太安静了,安静到只听得见风声,两人浑身舒坦,闭上眼睛很快睡着。

谭思佳先醒,她转头就看见陈非那张英俊面孔,心脏袭来一阵强烈悸动。金黄色的阳光令他的皮肤更健康,浓密的眉睫越发漆黑,下巴上冒出来的短胡茬显得性感,她忍不住拿起手机拍他。

心满意足地将这美好的一幕拍照留存,她翻身趴在草地上,支起手臂双手捧脸,笑着欣赏陈非的睡颜。她突然冒出一个念头,如果到了六七十岁他们已经退休的时候,还能像这样躺在一起晒太阳,那就太好了。

感受着温柔的日光和微风,空气中浮动淡淡花香,喜欢的人在身边,谭思佳心中盈满幸福。至少在这个瞬间,她回到海城的热情大幅度消退。

陈非说他愿意为了她的要求做取舍,她又怎么愿意见到他上枷锁呢?她希望他的人生永远像现在这样适意悠闲。

谭思佳重新评估未来状况。

如果考回海城,她有双休和寒暑假,拥有大把时间和他团聚。本来就有很多恋人或夫妻因为工作原因聚少离多,他们不是个例,只要她和陈非感情甚笃,异地只会让他和她更加珍惜在一起的时光,更爱彼此。

如果不考回海城,虽然她自始至终觉得城市才是她的归宿,但是,实现在市区的小学上班的目标后,她就一定会感到快乐吗?市区学校卷得厉害,她身处教学环境落后许多的镇小都这样辛苦,回到海城只会有过之而无不及,她不禁问自己,她的抗压能力有那么强吗?小镇学生的家长的综合素质固然欠缺一点,但他们大部分质朴,工作中不可避免会发生一些难以忍受的事,解决了就好了,她去年末那段时间的确太情绪化,现在都有点忘记那种抵触心理了。如果留下来,能够与陈非朝夕相处,她一定能像今天这样发现小镇更多的美丽之处,夏天有繁星,秋天有麦浪,冬天有雪,因为陈非,她慢慢会爱上这个地方。

谭思佳这样想着,她凑到陈非面颊边,轻轻地亲了他一下,然后叫醒他:"我们差不多应该回去了。"

陈非依旧睡意蒙眬,他犯懒,将她拉到怀里搂住。

谭思佳笑:"提醒你一下,李文珊、杨欣洁要从海城出发了。"

她从他怀里爬起来,陈非没放手,她的头发丝垂下来扫在他脸上,泛起一点痒意。陈非心猿意马,在太阳底下待了这么久,谭思佳的脸变红,她的嘴唇也红嘟嘟的,他长臂一伸扣住她的后脑勺,翻身把她压在地上,然后低头吻她。

谭思佳很快抬起手臂勾住陈非的脖颈,深深沉醉在大好春光之中。

不知过了多久,陈非替她整理了一下凌乱的裙子,躺回去平复身体里躁动乱窜的荷尔蒙。

谭思佳坐了起来,等到他自己分散注意力恢复正常,两人一起收拾东西放回后备厢,开车返回清水镇。

谭思佳向陈非建议:"你可以叫上你的朋友一起,我朋友喜欢热闹。"

陈非打了几个电话,把人数定下来,他到超市购买食材回来洗切腌制。

李文珊、杨欣洁傍晚抵达清水镇。今日的夕阳格外温柔,将河水照得波光粼粼,风吹起涟漪,谭思佳站在烧烤架边看陈非生火,听到车子的声音,向路边望去,见到杨欣洁那辆黑色宝马,对陈非说:"她们到了。"

陈非也看向停下来的车,从驾驶室和副驾驶室分别走出来一位年轻时髦的女人,谭思佳扬起手臂朝着她们挥舞,她们快步跑来,三个人激动地抱在一起,他在一旁能感受到她们浓烈释放的友情。

结束拥抱,谭思佳向她们介绍陈非。李文珊不着痕迹地从上至下打量他,对他的五官、身高、气质快速打分,她很满意:"终于见到本人了,思佳经常和我们提到你。"

杨欣洁附和:"是的,早就想见见你。"

谭思佳笑着告诉陈非她们俩谁是杨欣洁谁是李文珊,让他对上号。

陈非真诚道:"我也一样,早就想认识一下谭老师的好朋友,欢迎你们来清水镇玩。"

他继续生火,杨欣洁客气地问:"有什么需要我们做的吗?"

谭思佳说:"不需要,你们去河边玩吧,说不定还能捉到螃蟹,加个菜。"

"河里面真的有螃蟹吗?"李文珊很感兴趣。

陈非正对着炭扇风,他抬起头,肯定地说:"有,可以去试试运气。"

杨欣洁牵了谭思佳的手,她对陈非说:"我们把思佳也带过去了。"

陈非笑:"你们去吧,我一个人就行。"

谭思佳问他:"媛媛他们什么时候到?"

陈非说:"估计不用多久。"

她们往河边走,他听到李文珊问:"还有其他人?"

谭思佳说:"陈非的朋友,晚上在这里弄篝火,人多才好玩。"

她果然了解她俩,李文珊开心地表示:"我喜欢这个环节。你们还记不记得大学毕业旅游,我们在海边参加陌生人的篝火晚会,天南地北地聊,长了很多见识。"

杨欣洁和谭思佳同时想起来,她们还记得当时发生的趣事,蹲在河边,一边小心翼翼地搬起水里的石头找螃蟹,一边聊了起来。

不远处陈非生起火后开始烤鱼和鸡翅,他听见谭思佳的笑声,于是不断地向她看去,心里想,原来好朋友的到来会使她这么放松,她的心情好,他的心情也好,他情不自禁地勾起唇角。

李文珊意外发现陈非在看谭思佳,小声示意:"你男朋友好关注你。"

谭思佳回头,陈非已经收回目光,她站了起来对两人说:"你们自己玩,我过去帮帮他。"

陈非见谭思佳回来,露出疑惑的神情。谭思佳从折叠桌上拿了两根肉肠放到烧烤架上,说:"你刚刚在看我?"

"你和她们在一起很高兴。"陈非说。

"当然了。"谭思佳说,"有时候她们比父母还了解我,和她们待在一起很舒服。"

"那我呢?"陈非问。

"你什么?"谭思佳转头。

"我和她们比,我更好还是她们更好?"

谭思佳失笑:"友情和爱情是两个不同的维度,你有你的更好之处,她们有她们的更好之处,没法比较。"

陈非故意表现得失望："我以为你会说我更好。"

谭思佳乐了："你真幼稚。"

很快，陈非的朋友们也来了。夕阳消失后，天色很快暗下来，点燃一堆熊熊火焰，大家围在一起吃烧烤。

谭思佳听着陈非的手艺被杨欣洁、李文珊称赞，看着他撑起了场子，让他的朋友和她的朋友能够愉快地交流，氛围其乐融融，她的目光透过火光，看着他独自站在烧烤架前忙活，深觉他也很耀眼，一举一动都散发着魅力。

陈非的那些朋友，她和最初通过修车认识又是她学生家长的李远、胡媛媛夫妇最熟。胡媛媛坐在谭思佳旁边，谭思佳喝了一点酒，醺醺然地问她："陈非一直都是这样好脾气吗？"

胡媛媛想到曾经的一点乌龙，她点点头，随即又笑说："但是他也很有性格，在原则性问题上绝不退让。"

什么是原则性问题呢？陈非的底线在哪里？谭思佳想，有机会可以和他聊聊这个话题。

这天晚上多玩了一会儿，镇上的住宿条件不好，谭思佳没有给两个好朋友订旅馆，安排她俩跟她一起睡，三人已经很久没有彻夜长谈。

陈非把她们送到楼下。他刚离开，李文珊和杨欣洁就迫不及待地发表她们对陈非的看法。

杨欣洁夸奖："你男朋友长得真是没话说，既上得厅堂，又下得厨房。"

李文珊点头："我也这么觉得。今天他给我的整体印象挺不错，比较稳重,处事周到,看起来是个好男人。"

但是两个人也很有分寸,不会过多地评价陈非。其实谭思佳知道,无论陈非表现如何,第一次见面,她们绝不会泼冷水,但能够听到她们真心实意的称赞,她非常开心。

这段时间大家都忙,杨欣洁终于晋升,职位越高责任越多,她几乎每晚加班。李文珊筹备婚礼到了中期阶段,与婚礼团队进行各种对接沟通,也挺不容易的。她们积攒了一些话题,三人躺在一张床上畅谈到凌晨四点,若不是白天还要出去看花,恐怕会聊到天亮。

睡了一上午,十一点醒来,手机里有一条来自陈非的微信消息,他说:起床通知我。

谭思佳回了电话,接通后,她听见他笑:"醒了?"

谭思佳也笑:"晚上一不小心聊过头了。"

"这会儿都快中午了,要不先吃饭吧?我订家馆子。"

"我问问她们的意见。"

李文珊和杨欣洁说不饿,刚起床没什么胃口,而且她们下午要回海城,为了节约时间,直接去野餐。

陈非已经准备好食物,他到楼下接人,把她们载到目的地后,他因工作上的事情离开了三个小时,又返回来接她们,傍晚送杨欣洁、李文珊离开。她们来也匆匆,去也匆匆,离开的时候,拍到了美丽的春日出游照片,满意而归。

短暂地放松了一个周末,谭思佳继续投入紧张工作状态中,尽管对于考回海城的决心有些动摇,但行动上却不敢懈怠,她和语文组的同事组队报名教师教学能力大赛。

因是团队赛,且准备时间不足一月,谭思佳每天都在学校待到很晚,她和陈非聊一聊的想法搁置下来。

四月中旬提交作品后,她终于松了一口气。她给陈非发消息:晚上有事吗?没什么事的话,我们好好吃顿饭吧,感觉很久没吃火锅了。

陈非转了一份红头文件过来,是公司的人事任免通知。谭思佳仔细阅读,她从十几行信息中快速找到他的名字,他被任命为厂长。

他回复:好,庆祝一下。

谭思佳的第一反应竟然不是开心,她的心不由自主地沉了沉——他刚实现晋升,从逻辑上来讲,短时间内坐在这个位置上不会变动,基层管理岗沉淀几年,绩效突出便可往上提拔,在系统内还有很大的发展空间,他不会,也不应该放弃现在的机会。

随即,她又觉得自己狭隘自私,她应该为他感到高兴,发了三个"庆祝emoji"过去:今晚必须喝两杯!

陈非回复:行!

下午放学后,谭思佳去了趟超市,买点新鲜蔬菜,冰箱里囤了海鲜丸类和牛羊肉卷,到家开了瓶春节后从她爸那里顺来的红酒。

陈非到家时,她已经准备得差不多了,他到厨房洗了手,接过她手中的菜刀切蒜泥。

谭思佳看着他,问:"我记得之前你说你厂长明年才退休,怎么这么早就把你升起来了?"

"他一人兼多职,想先卸一部分责任下来,公司答应了他的提议。"陈非说。

谭思佳已经在备菜的过程中调节好心情,她笑:"新官上任三把火,你准备怎么大展拳脚?"

"厂长已经做得很好,我打算沿用他的标准,保证在各种上级部门来检查的时候能够100%合格。"

制作好蘸料,两人坐到餐桌前,陈非下了一些丸子和肉卷到锅里,等待煮熟的过程中,谭思佳举起酒杯:"恭喜你升职,陈厂长。"

热气腾腾中,两只杯子碰撞,发出清脆的声音。陈非笑着任她打趣,喝了酒后,他问她:"今天想放松一下?"

"阶段性放松一下。"谭思佳看着他,"你刚上任,接下来应该会忙一段时间吧?"

"嗯。"陈非点头,"下周上级单位联合执法检查。"

"职责越大,承担的风险越大。"谭思佳见羊肉卷熟了,她夹到碗里,裹上充分混合了蒜末葱花的香油,送到嘴里发出惊叹。

谭思佳总是认为自己有物欲,陈非却觉得她的满足感很强,学生送了她一朵路边摘的野花、今天的天空一碧无际、一口美味的食物,这些都会令她由衷地快乐。

大概人逢喜事精神爽,此时的陈非格外眉目舒展,他解释:"风险不算大,每天例行常规水质检测。"

谭思佳点点头,又问他:"那你要不要请客?"

"我打算明天晚上单独和厂长喝两杯,感谢他提拔,等老领导退休的时候再请所有人吃饭,为他践行。"他顿了一下,"到时候提倡带家属,你也去吧,你还没有参加过我们的团队聚餐。"

谭思佳怔了一下,明年的事,现在做约定为时过早,不知道那时候她还在不在清水镇。她没有正面答应:"毕竟那是你们的团队聚餐。"

陈非说:"没什么,大家经常带家属,都成惯例了。"

"我们的团队聚餐就没有这个惯例。"

"你们太多外地老师了,情况不允许。"

"有道理。"

陈非忽然有些歉意:"本来想着等你放暑假,我找同事帮忙顶几天,陪你出去旅游一趟,现在看来出不了远门。"

谭思佳意外,她不记得和他讨论过出行计划。

她疑惑道:"旅游?"

"我记得你说有很多地方没去过。"

谭思佳努力想了想,隐约有点印象,那会儿他们处于分手期,她只是随口一提,没想到他放在心里。她摇摇头:"没事。"

陈非问她:"暑假想去哪里玩吗?"

谭思佳简直想脱口而出,将她对于未来的想法告诉他。她想说本学年考核合格,她想试试选调,暑假报个培训班,看专业书,做真题卷,尽自己最大的努力备考,要是能顺利回到海城教学,他们今后就得分居两地。

不过,谭思佳忍住了,现在说出来,氛围将急转直下,没必要在庆祝他升职的时候说现实问题。最开始时,她一直站在自己的角度思考问题,慢慢克服许多对于未来的顾虑。但好像只要大脑没有停止运作,就会不断产生新的担忧,她把自己代入陈非的角度,他能够接受三年五载的异地吗?他明确表示过,他不追逐名利,如果他根本没有晋升野心,也许就在厂长这个岗位上干到退休了,那么他会说服她留在清水镇吗?

她拖延症犯了,心里想,还有很多时间,以后再找机会讨论未来吧。

谭思佳整理好情绪："我还没想,今年可能不出去,文珊的婚礼在暑假,她没时间,我和欣洁两个人玩着差点意思。"

上次见面后,陈非也接到了李文珊邀请他参加婚礼的口头通知,他知道这件事。他说:"如果你想出去玩,我提供旅游基金。"

她急需摆脱复杂的想法,用最简单的惊喜来覆盖烦恼:"真的?"

陈非表示:"虽然我提供不了陪伴,但是给你出资没问题。"

她又要和他喝酒,夸他:"主动给女朋友花钱的男人最帅了!"随即又问,"你这次升职涨了多少工资?"

陈非一口酒差点呛在喉咙里,他转头咳嗽两声,说:"应该有一千块,下个月发工资才知道。"

谭思佳再一次举起酒:"加薪必须喝一杯。"

陈非轻笑出声,仰着脖子一饮而尽。

夜里陈非多喝了点,当然,红酒度数不高,对他而言,远远不至于醉。到了睡觉时间,他从后面抱她:"我今晚要点升职奖励不过分吧。"

他不强调升职还好,一提到这两字,谭思佳暗暗头痛,关于前途和感情有数不清的想法,真够令她苦恼。

陈非却不是她肚子里的蛔虫,她不将这件事拿出来和他讨论,他就永远被蒙在鼓里。他用手指挑开谭思佳的头发,含情脉脉地摩挲,谭思佳本来没什么兴致,她不想做出反应的,但是他很专心,她很快就败下阵来,转身回拥住他。

陈非升职后有一个好处,一个月里,他至少去海城开两次会。他去之前都会问谭思佳有没有想带的东西,无论用的吃的,只要她提需求，他一定替她办到。

有次散会时间延迟，晚上八点离开公司总部后，他还不忘驱车一小时，去买她指定那家店的蛋黄酥，回到清水镇已经零点，他还没有吃晚饭。谭思佳告诉他："如果时间不允许不买也行，我不会为这种小事生气。"

陈非回答："又不是摘天上的星星，跑腿就能实现的小事，我不想让你失望。"

那一刻，除了感动，谭思佳豁然开朗，他在小事情上都不愿让她失望，在大事情上也不会违背她的心意。她终于明确决心——期末通过本学年年度考核后，与陈非开诚布公讨论一下以后，也听听他的想法。

她做出决定后，整个人轻松下来，却完全没有想到，选调这件事会由第三个人口中透露给陈非。

周二上午，陈非去了一趟镇小。尽管当上厂长，他也没有将以前的工作全部丢开，送发票这样的小事也不费什么功夫，依然由他自己完成。

从财务室出来，走到操场，遇见他的小学班主任余洋老师，他主动向对方问好。

每位老师都有不少得意学生，对余老师而言，陈非算一个。因陈非就在本地发展，闲谈时提到他的次数更多。陈非和学校前年新来的谭老师谈恋爱不是秘密，余老师也免不了打趣两句，说以后要喝两人的喜酒。

陈非笑："一定的，要不是您，我可能没有机会认识她。"

余老师奇怪道："我没给你们牵线吧？"她想到年前的一件事

情，对陈非说，"之前派出所的陆晖倒想让我当个中间人，但是我知道你俩在谈，就告诉他小谭有男朋友。"

陈非认识陆晖，但是两人不算熟。他很容易联想到谭思佳因为学生家长的纠纷进派出所，大概因为那件事和陆晖产生交集。她被追求也不是什么值得奇怪的现象，或许她本人都不知道背后还有这个插曲。

他笑着告诉余老师第一次见到谭思佳时的情形："那天在火锅店看见您，我才上前打招呼，正好她刚来清水镇，你们一起吃饭，我才有一见钟情的机会。"

余老师也不居功："证明你们有缘分，清水镇这么小一个地方，有缘分的人无论怎样都会遇到。"

陈非笑："总之到了那一天，一定请您见证。"

余老师消息还不够灵通，她不知道陈非已经升职，随口关心他的前途："那你是不是也在考虑想办法调到海城上班？"

陈非说："暂时没有这个想法。"

余老师说："那小谭考回海城了你们怎么办？"

Chapter11

/ 风雨将至 /

城市里来的年轻教师，大多数想考回去。清水镇的生活条件虽然不能说艰苦，但绝对不是那些有开发前景的小镇，人往高处走，年轻人未来大有可为，他们不愿长久待在这个地方，属于情理当中的事。

谭思佳在里面不算表现得最明显的，英语组的小章老师报到当天压根儿没有搬进教职工宿舍，她也在电梯楼租房，听说家里还给她请了个保姆照顾生活起居，人家把镇小当作过渡平台，就等着两年合格期满离开。虽然教育系统已经很透明公平，在可控范围内，有心人想操作，也并非什么天大的难事。

陈非愣了愣，他很快掩饰好诧异神色，尽管心内震荡，面上却保持镇定，尽量轻松道："就只能异地一段时间了。"

余老师笑："其实异地也没什么，现在很多单位都不好调动，慢慢等机会。"

陈非说："是。"

离开学校,陈非去办公室。这会儿办事大厅没人,窗口业务员正在处理资料,他把水费签收单交给对方,对方也递了张A4纸打印的名单给他,汇报情况:"我整理了一下出纳返回来的票据明细,目前还有这些单位的水费没有到账,社区已经累计欠了两万五。"

陈非接到手里:"去年政府开年终总结,社区的水费问题被点名批评过,他们管理不力,几个公厕浪费现象太严重,估计目前还没拨款,一会儿我给社区打电话催一下。"

他快速看完名单,其他都是千来块的费用,问题不大,简单说了两句,他才回办公室。

升职后反倒不自由,跑外勤无拘无束,只要能保证随叫随到,没有任务时,干什么都行。现在不能像之前那样散漫,老领导特别交代,工作日期间,如果外面没事就到办公室坐一坐,要有个当厂长的样子。

陈非走进办公室,他先打开窗户再坐下,见到电脑边的打火机,将烟盒拿出来,取了一根衔在唇间,点燃后深吸一口,慢慢将烟雾吐出来。他抬了一只脚放在办公桌上,另一只脚叠上去,陷入思考。

她要考回海城?

他记得之前两人聊梦想,谭思佳说她还没有准备好说出来,就是指的这事?一些细节串联起来,陈非面色沉沉。

那次误打误撞谈及前任,他信以为真,不,准确来讲,是他听了那段经历后,自以为谭思佳不期待婚姻的原因是她需要经过漫长的过程来判断他的家人是否可以成为她的选择,而她对此并不持乐观态度。因此他想给她信心,向她展现,他的父母是懂得尊重也知道相处界限的长辈。

清水镇的街镇范围小得可怜，甚至比不上一所大学校园的占地面积，这几个月以来，即便对谭思佳充满好奇，陈父陈母从未制造机会与她偶遇。甚至有次陈母回家说，可可远远见到未来小婶婶，她怕尴尬，还特意带着可可避开。他和谭思佳的年龄都不小了，在他的强调下，他爸妈没有施加见家长聊结婚的压力，他试图通过这件事让谭思佳知道，他的父母值得她选择成为家人，他也可以拍着胸膛保证，今后的相处中，陈父陈母还会用更多的日常细节向她证明，她不会选错。

今天余洋老师突然告诉他，谭思佳要考回海城，陈非意识到她不急着结婚的根本原因并不在于他的家人，而是他。或许，她一开始就没有考虑过要和他结婚，所以上一次分手的时候才会说不拖着他，他和她继续在一起是耗时间。

难道他只是她在清水镇排遣孤独的短途伴侣？她早就给他们在一起的时间设定了期限，她只想玩弄感情，不想负责，否则无法解释为什么她的同事知道她要考回海城，而作为她最亲密的男朋友，他却对这个计划一无所知。

这个念头一冒出来，陈非脸都黑了。

他将烟屁股按到烟灰缸里，同时将刚才这个想法也按回心底。恋人之间应该互相信任，他不能因为谭思佳目前还没有把她的职业规划告诉他，他就推断她不是真的喜欢他，判案不是这么判的。

陈非想起来，谭思佳曾经试探他有没有去海城的想法，而当时他的答案没有给未来留余地。她既然会试探他，就代表她把他考虑进未来里。她也明确说了她还没有准备好说出来，一定有她谨慎的道理。余洋老师只是随口一句，他不应该太受影响，应该耐心一点，等待她再找他讨论这件事情。

　　一阵铃声打断了他的思考，老领导将工作号码也移交给他，用户向他反映问题，他记录下来，安排给对应片区的工作人员去处理，重新拿起那张单位欠费清单，给相应的负责人打电话，从无意义的胡思乱想中抽离处理，开始忙工作。

　　这段时间谭思佳在食堂吃饭的次数又多了起来，陈非中午十二点才下班，他也没时间做饭。

　　中午他回家，他妈妈正在炒菜，见他进厨房，便说："你爸种的玉米可以吃了，你晚上给思佳拿几根去煮。今年种子买得不错，玉米又甜又糯，她肯定喜欢吃。"

　　陈非答应下来。

　　陈母又交代他："明天早晨我和你爸就走了，未来十天可可就全权交给你照顾，你在外面无论多忙都不要忘了接她放学，这段时间回来住，晚上不要把她一个人丢在家里。"

　　陈非哭笑不得："我再不靠谱也不可能把一个四岁小孩单独扔在家里，我去哪儿都带着她，你俩出去尽管放心玩。"

　　陈母看了他一眼："你不会打算把可可带到思佳那里住吧？"

　　陈非没这么想过，他说："不会，就算去，也得首先经过她的同意。"

　　陈母好奇："你俩有没有聊过结婚的话题？"

　　她一句话就把陈非问得心堵，本来他已经说服自己不去想谭思佳打算考回海城的事情，可能时机还没到，这只是谭思佳的一个计划，还没有提上日程。平时她报名什么比赛都会告诉他，最近她参加的什么教学能力大赛进入半决赛了他就知道。但他转念又一想，考回海城这么重要的决定，对于人生的走向那么关键，她一开始有这个想法就应该告诉他，而不是衡量清楚一切后才开口，难道他们不能一起思考问题？

陈母还看着他，他回答："没谈过。"

她建议："你可以主动一点，先开口提这个话题，你要把想结婚的积极态度展现出来。"

陈非说："还不到时候。"

陈母问："你俩有问题？"

陈非当然不会承认，道："我俩没问题，我还不想结婚，想再玩两年。"

陈母真不知道他竟是这种想法，震惊道："你是男人，觉得多玩几年也无所谓，人家女孩的青春多珍贵，思佳也不小了，你不能不为对方考虑！"

陈非也不乐意和他妈妈纠缠："让我再想想。可以吃饭了吧？"

吃饭的时候，他给谭思佳发了一条微信：你对异地恋怎么看？

收到陈非微信的时候，谭思佳正在食堂吃饭。异地恋在她这里属于敏感字眼，她的心不由自主地悬起来。

当她对一件事情不确定，她不会急着表态，与同事一起吃完饭，洗干净碗，开车回电梯楼。换了睡衣躺在床上，谭思佳思考了一会儿，觉得自己大概杯弓蛇影，回复陈非：是个考验。

此时陈非也躺在床上午休，他刚闭上眼，听见微信提示音立即拿起手机看，然后愣住，就四个字？

他等了一会儿，她没有再发什么内容过来。

真的就只有四个字？

陈非心里郁闷，他不想去问她考回海城这个信息的真实性，从别人口中听到，再去索要她的回答，那带着质问性质。若他现在只有二十出头，他肯定第一时间表达不满，指责她将他这个男朋友蒙在鼓里。如今他稳重得多，心里不舒服在所难免，不过思想没那么简单，想问题比以前全面。

他的立场，当然希望由谭思佳主动将这个想法告诉他。即使他们去年和好时有言在先，不急着结婚，不急着结婚和长久地走下去并不冲突，只要她想和他一直在一起，关于考回海城这件事情，他也是她的考虑因素之一，他是不可或缺的一项，他们必须面对面坐下来，好好地讨论由此带来的现实情况怎么处理。可能谭思佳也有她的立场，所以她还没想好怎么告诉他，不知道什么时候才是和他沟通的最佳时机。

其实对陈非来说，既然他知道了这件事，既然她难以开口，那么由他来主导并不是什么难事，他能够心平气和地和她进行交流，但他想来想去，念头翻出来一千个，就是不想开这个口。

他决定沉住气。谭思佳说得也没错，异地恋是个考验，考验从做出会导致异地结果的决定开始就产生了。她还没有回海城，他心里就埋下疙瘩，他需要明确她经过慎重考虑后的心意，他想知道自己在她的未来里会怎么被安排。

另一边，谭思佳并未从对话页面退出去，她等到屏幕自动熄灭，陈非也没表示什么，这时候再想补一句"怎么了"，总感觉有画蛇添足之嫌。

同样的，陈非也觉得不回她点什么很奇怪，本来问她对于异地恋的看法就没头没脑，他忽然想到一个理由：我同事说他女儿和男朋友异地，问我他们还结不结得成婚。

谭思佳心中石头落地，她好奇：你怎么说的？

陈非：他女儿去年才大学毕业，说不准明年她男朋友就去跟她一个城市了，年轻人到哪儿发展不行？我叫他少操心。

谭思佳便问他：找工作也要因地制宜，如果她那边没什么前景呢？耽误了最宝贵的上升周期，他以后会不会怪她，说都是因为她才变成这样的。

有了前提条件，陈非明白这是她的试探。他说：他是成年人，应该知道自己才是主要负责人。

谭思佳又说：其实我们大多数人缺乏自省，我们比较擅长推卸责任。

陈非认为这没什么好纠结的。

他说：做决定的时候就要先说清楚。

谭思佳心说，我也是这样想。

陈非对爸妈出门旅游一事非常支持，他爸战友组织的，一大群人报了个老年团，为此还定制了统一的队服。他愿意见到父母趁着还不算老的时候出去看看世界，给他们报销旅行团的费用，另外给他们一人转账一笔钱，叫他们想买什么就买，玩得开心点。

把陈梦可交给陈非照顾，陈母一万个放心，他当小叔还挺像样，比可可爸爸付出更多。可可有两次半夜高烧，都是陈非带她去看医生，他平时下班回家也乐意陪她玩。

可可现在挺容易带，晚饭后在院子里骑了一会儿她的小自行车,她提出要看动画片,陈非让她看了一个小时,时间到了关电视她也没有闹,乖乖抱着电子画板画画,然后又坐在地垫上拼积木。

陈非没打扰她,但得跟她待在一个空间里。直到晚上九点,他叫她洗脸睡觉,可可提出要求,她要洗澡!

百密仍有一疏,陈梦可已经会自己穿衣服、自己上厕所,他忽略了洗澡这个问题。四岁多的小女孩,必须开始建立性别意识,就算她爸爸帮她洗澡都不太合适,更何况他只是小叔。

他说:"明天再洗。"

陈梦可不答应:"小朋友要爱干净,每天都要洗澡。"

陈非噎住。

不过,他也觉得这是一个教她知道男女有别观念的好机会。平时都是她奶奶帮她洗澡,也没有别的人代劳这件事,所以他们都忽略了这方面的教育。

陈非向陈梦可确认:"你今晚一定要洗澡?"

陈梦可说:"骑自行车了,流汗脏脏。"

陈非问:"你是女生,女生只能让女生洗澡。我们请思佳阿姨来帮你,行不行?"

原本陈梦可叫谭思佳"姐姐",被奶奶纠正那是未来的小婶婶后,她就知道不能叫姐姐了。她喜欢谭思佳,点点头:"行。"

陈非拨通谭思佳的电话,他说:"我需要你的帮助。"

谭思佳问:"什么事?"

"你现在可以来我家帮可可洗一下澡吗?我不太方便。"陈非说。

谭思佳知道陈父陈母已经出去旅游,她完全能够懂得陈非的顾虑。她爽快道："可以。"

"我来接你。"

"嗯。"

挂了电话，陈非对陈梦可说："走吧，咱们去接思佳阿姨。"

十分钟以后，谭思佳下楼，陈梦可朝她甜甜地笑。因为谭若琪的缘故，她有带小女孩的经验，找得到"共同话题"，两人聊起来连陈非都插不上嘴。

到了院子，车子停下来。谭思佳第一次来到他家，别墅楼修得很气派，院子里草木葱茏，昏黄灯光中，他之前提到的月季和三角梅开得一团又一团，他说她会喜欢，并非没有依据。

二楼才是睡觉的地方，他们往楼上走，陈非看着谭思佳的背影说："一会儿洗澡的时候，你跟可可讲一讲男女有别的道理。"

于是进了卫生间，关上门后，陈梦可小朋友脱光了泡在澡盆里，谭思佳一边温柔地替她清洗，一边告诉她女孩子的身体不能让男孩子看，以及哪些部位不能让男孩子摸。

她们大概说到了什么趣事，传出悦耳的笑声，这让外面的陈非有些遐想连篇，这样的情景未来也会发生吗？

谭思佳替陈梦可洗完澡，陈非带陈梦可去睡觉，没一会儿他就出来，谭思佳问："这么快就睡着了？"

他点了下头，看着她："我们吃点夜宵？"

谭思佳觉得时间太晚了，说："你送我回去。"

陈非留她住下来："今晚就在这儿睡吧。"

"你爸妈刚走，我就到你家过夜不太好。"

"他们不走你也不会来,没什么,接下来几天都要拜托你帮可可洗澡,我真的搞不定这件事。"陈非说。

他又问她:"想不想吃炒面?我俩喝点。"

谭思佳想了想,她回家的心也没有那么坚决:"好吧。"

她跟着他下楼。进了厨房,陈非取出一口煮面的锅,他打开冰箱看了看,对谭思佳说:"我出去摘点青菜。"

谭思佳随意参观了一下他家。因为房子面积大,室内空间开阔,虽然家里有个四岁多的小孩,玩具却未四处散落,可见大人勤于整理,一切家居呈现井井有条的整洁面貌,居住起来一定心情舒畅。

陈非很快摘了一把空心菜回来,谭思佳由衷地说:"你家房子很漂亮。"

"明早起来你会发现从外面看它更漂亮。"陈非笑着说。

他煮了三包泡面,捞出来放到一边备用,煎了鸡蛋和火腿,接着加入泡面翻炒,空心菜也放进去断生,热气腾腾出锅,撒上葱花,香喷喷的。

两人坐到餐桌前,谭思佳吃了一口炒面,夸他:"你这手艺出去摆摊绝对有很多回头客。"

陈非倒了一杯啤酒给她:"好主意,我晚上再打一份工。"

谭思佳被逗乐:"那得给你颁发劳模奖。"她又说,"你有这干劲,不管做什么都能成功。"

陈非笑:"你真这样认为?"

谭思佳点头:"当然。"

两人碰杯,陈非喝了酒,他闲适地靠着椅背,注视着她:"在你眼里,我是一个什么样的人?"

谭思佳望进他认真的眼里，她问他："需要我从第一印象说起吗？"

陈非让她说来听听，她就笑："你也知道自己长得很帅吧？"

"长得还算端正。"陈非客观地评价自己的外貌，"不过，审美比较主观，各花入各眼。"

谭思佳肯定地说："我觉得你帅。第一次见你的时候，我很惊讶，没想到小镇上还有这么年轻的帅哥。"

"难怪当时你看我。"

谭思佳顺势问："你那会儿对我有什么第一印象？"

"我在想你好像对我很好奇，是不是对我有点意思。"陈非半真半假道。

她问："难道你没有被我吸引？"

陈非勾唇："没被你吸引，我怎么会想太多，期待和你发生点什么？"

谭思佳笑出声来："也不完全是想太多。"

陈非又倒了一杯酒，他将杯子拿在手里，没有喝。

谭思佳继续说："我本来以为你不好相处，但你的性格与外表不符，你看起来是那种桀骜不驯、不受任何管控的人，但实际上，你比较温和，容忍度高，能够很好地控制自己的情绪，对待生活几乎没有负能量，擅长解决问题，体贴又细心，和你在一起的时候非常舒服。"

"我对别人不这样。"陈非说，"我的容忍度也没有那么高，但我确实不喜欢发脾气，所以可能大家以为我没生气。"

谭思佳认为不是这样："我分得出你高兴和不高兴。"

"我的原则是不把外面的坏心情带回家。"

"你做得很好，我达不到你的境界。"

陈非认真地说："我很乐意听你把烦恼表达出来，不过你独立性强，遇到糟糕的事情，没有开口向我倾诉什么。"

"成年以后我发现很多时候别人没办法提供有效帮助，学会自己解决比较重要。"谭思佳慢慢地喝了一点酒，"继续来说我对你的看法吧，你人品很好，比起其他所有，这点排第一位。"

除了看他怎么对自己，谭思佳也观察过他对别人的态度。初见时他主动来和他的小学班主任打招呼，尊师重道是一方面，他的社交能力也强。由于要接工程项目，他能和那些有话语权的人打成一片，却并不一味吹捧。他外出与农村那些孤寡老人接触，热心提供自己工作职责以外的帮助，并没有两副面孔，她很欣赏。选择伴侣也是选择人生合伙人，像他这样才能够放心。

陈非坦然道："做人做事，我对得起自己的良心。"

谭思佳赞同："这点我和你一致。"接着她问，"你也说说你对我的看法。说真的，有些时候你会不会觉得我无理取闹？"

"你发小脾气挺可爱的。"陈非笑，触犯了女朋友的禁忌被发火，怎么都是自己理亏。

谭思佳没想到他会用"可爱"来形容，她也笑："这是你的心里话？"

陈非点头，他回忆："我记得好几次我很晚下班，你都在等我，还留了饭菜。还有除夕前一天，你开车三四个小时从海城给我送来暖贴，你很会关心人。我也喜欢我们像现在这样一起喝酒聊天，你能感受到幸福吗？"他问，同时又说，"我能感受到幸福。"

谭思佳认可:"虽然酒量不好,但我也喜欢此时此刻。"

陈非拿起筷子吃炒面,过了会儿,忽然郑重道:"我希望可以成为你的依靠,有一天你遇见什么事了,想到的不是别人帮不了你,而是你身后有我,让我和你一起去解决,哪怕只能给你提供一点情绪价值。"

谭思佳被他灼灼的目光盯得有些不自在,她疯狂心动:"只要你不害怕受影响,别小看负面情绪的威力。"

陈非笑了起来:"放心,我消化系统很好。"

他消化系统的确很好,这么晚吃东西,谭思佳比较有罪恶感,刚开始动了两三筷子,后来就不再进食,所以炒面几乎全进了陈非的肚子。他吃夜宵的次数不少,也没有通过每日健身来塑造体形,却能做到腰腹紧实有肌肉,可见消化能力一流。当然,也因为他以前外勤工作辛苦,干了不少体力活。

收拾好厨房,他们到院子里坐了一会儿。

谭思佳提醒陈非:"你现在坐办公室上班了,应该注意一下身材管理,总是这么晚吃吃喝喝,肯定会长肚子。"

"那我做一下俯卧撑吧,锻炼锻炼。"

"我给你计数。"

他很久没有做这项运动,谭思佳数到第五十个,陈非就觉得手臂酸软,但她在旁边问他还行不行,他当然行,咬牙坚持到一百下才结束。

两人关了院子里的灯上楼。陈非去陈梦可卧室看她睡得怎么样,小女孩睡姿乖巧,谭思佳不由得想到谭若琪,心里软绵绵的。她小声对陈非说:"要不我今晚陪可可睡吧。"

陈非冠冕堂皇地说:"不行,让她自己睡,培养她的独立性。"

她忍着笑,被他拉进卧室。他的房间没有什么多余装饰,宽敞又整洁,床上四件套是纯银色的,风格简约。

他找了件自己的T恤给谭思佳当睡衣,又找了新牙刷新毛巾给她,把她带到卫生间,教她花洒热水的方向,然后他也没有出去。

陈非脱衣服:"一起洗。"

谭思佳目瞪口呆,她推沐浴区的玻璃门:"你可以先洗。"

陈非拽住她的手腕:"别见外。"

他动手解她的衬衫扣子,谭思佳象征性地挣扎了两下,然后放弃抵抗,她说:"别把我的衣服弄湿了,明早还要穿。"

陈非剥了她的衬衣,搭在臂弯,手摸到她腰间,说:"脱下来我给你放到外面。"

她褪下所有衣物,然后站到温热的水流下。不一会儿,陈非回来,火热的胸膛紧贴着她背脊,封闭玻璃房里变得热气腾腾,白色的雾掩盖旖旎景象。

过了许久,谭思佳被陈非抱出来,到了床上,这个空间完全属于陈非,谭思佳的感受和之前不太一样,更容易情动。

意乱情迷之中,陈非叫她名字,她睁开眼睛看着他,目光蒙眬。

他头脑一热:"我们结婚吧。"

谭思佳愣住,随即清醒过来,脱口而出:"我们不是说好暂时只谈恋爱不结婚吗?"

陈非也迅速冷静下来,身体上的愉悦被内心涌起的失望取代,他一言不发地起身,半晌才开口:"你可以当我没说。"

谭思佳进退两难,她想和陈非在一起,但确实还没有考虑到婚姻层面，无法讨论这件事。她知道局面变得尴尬，又不知道应该说什么，只得"嗯"了一声。

躺回床上，关灯后两人都没有说话，陈非密不可分地抱着谭思佳，却觉得他们之间始终横亘着一条线。

刚刚他莫名其妙地提结婚，一大半原因是今晚发生的一切都让他心生向往，还有一小半隐秘冒出来的念头，这未尝不是他对她的试探。夜里他们聊得那么温馨，又经历了那么缠绵的两个小时，在刚刚那种时刻，内心是不是也应该毫无保留，对他坦诚以待？

其实陈非要的不是谭思佳的答应，如果她将他规划进未来当中，面对结婚这一话题，尽管不急着结，但也不用逃避，大可以拿出来讨论，她想在什么样的状况下组建家庭、对房子车子有什么要求，当她愿意说出现实期盼，才代表她认真地想和他一起走下去。

谭思佳知道陈非不高兴，尽管他仍然紧拥着她。事后他们应该是愉悦的、满足的，但因为最后两人都说了不合时宜的话，就有种泼冷水的感受。

他怎么会突然提结婚呢？既然去年和好时共同决定不急着走入婚姻，陈非就应该有分寸，这不符合他的行事作风。谭思佳很想问问他为什么，但是又害怕展开关于结婚的讨论。

由于她在考回海城这件事上初心不改，他们以后还会面临异地的考验，现在聊结婚还太早了，她根本没有心理准备。也因为陈非突然提结婚，她的节奏被打乱。

黑暗中，谭思佳静静地思考，她还能够告诉他自己的计划吗？假如他问她，既然从未打算留下来，为什么不在一开始就说清楚？他是聪明人，应该想得到刚在一起时她并不认真，那么，即便她心态早已转变,向他保证考回海城也不影响他们的感情,他会选择相信吗?

两人沉默着,又心事重重着,不知过了多久才睡着。

Chapter12

心的方向

翌日清晨，谭思佳醒来，陈非已不在床上，她穿回自己的衣服，走出卧室，忽然明白昨晚他说从外面看房子更漂亮是什么意思了。

旭日东升，橙色的太阳映进大片玻璃，比肉眼见到的更壮观。房子背面的竹林至少有二十年生长期，郁郁葱葱，院子里花开得热烈肆意，如果在旅游景区，小院的入住应该会爆满，即便定价不低。

她站在阳台上呼吸了一会儿新鲜空气，下楼在厨房里找到陈非。见谭思佳走进来，他对她说："今早吃鸡蛋饼和小米粥。"

"不叫可可起床吗？"

"幼儿园八点才入园，让她再睡一会儿。"

两人坐下来吃早餐，然后陈非开车送她回电梯楼，他们似乎形成默契，都对昨夜的插曲只字不提。

接下来几天，谭思佳每晚都会去陈非家里替陈梦可洗澡，但是她很少过夜。有次陈非下午在外面办事赶不及回来，他打她的电话，托她去接可可放学，天黑才去她那儿领人。

陈父陈母旅游结束，陈非带小孩的差事结束。这时五月也即将结束，一直到六月底小学期末考试，这期间谭思佳参加了教师教学能力半决赛，不过没有取得理想名次。学生的期末成绩出来后，谭思佳迎来暑假，回了海城。

清水镇小学的教师年度考核成绩由学校的政工人事计算考核分，按学年统计，九月才公布排名，一般来说成绩不会低于 80 分。谭思佳的暑假由学习构成，她报了个网课培训班，每天刷题，大多数时间待在家里。除了陈非因公来海城时找她出去吃饭，偶尔带谭若琪到游乐园，就是赴李文珊、杨欣洁的约。

李文珊举行婚礼那天，谭思佳作为伴娘，一大早就坐进接亲的车里，路上她打陈非的电话，得知他已经出发。

上午十点，陈非抵达酒店，他找到请柬上的金华厅，在迎宾处见到谭思佳。她穿着香槟色的长裙，虽然没抢新娘的风头，但也漂亮得瞩目。

反倒是谭思佳看到陈非时明显愣了愣——他今天着正装。她第一次见他穿白衬衫黑西裤，衬衫下摆扎进裤腰，肩背宽阔，长腿笔直，完全将优越的身材比例展现出来。夏天太热，他衬衣最上面的两粒扣敞着，衣袖挽了起来，致命诱人的喉结和若隐若现的小臂线条都加剧了他的性感程度。

她的心"怦怦"跳，眼睛一直停留在陈非身上，直到他走近，李文珊接过他的红包，打趣："你今天帅得有些太超纲了，看把我们思佳迷成什么样了。"

谭思佳回神，她对上陈非深邃的目光，微微面热："第一次见你穿得这么正式。"

陈非笑："平时没有机会穿。"

婚礼仪式完毕，谭思佳的伴娘工作也告一段落，她去找陈非。为了不让陈非一个人尴尬，把他安排在她们的老同学那桌，谭思佳还特意给大家介绍后才离开，这会儿她回来，陈非替她拉开椅子。

带了男朋友出席，自然要被询问婚期，她刚坐下就被起哄，什么时候才能喝到她的喜酒。其实这话刚才陈非已经被问过一次，他们和他太陌生，所有话题只能围绕谭思佳展开，他给他们的答案是谭思佳想什么时候结就什么时候结。

谭思佳说："要结了肯定会通知你们，你们的礼金想逃都逃不掉。"

大家都笑起来。

开了席，老同学们边吃边聊，陈非倒也不用参与，他在旁边听她说话都觉得有趣，能够了解一些谭思佳没有展现出来的状态。

忽然，有人问谭思佳："你到乡下两年了吧？什么时候回海城？异地恋不辛苦吗？"

实在是陈非今天看起来贵气，他腰上系那根 Gucci 皮带是谭思佳送的，衬衫、西裤、皮鞋虽不是定制款，但穿这身行头出席的都是重要场合，配置时花了点价钱。谭思佳没有介绍陈非的职业，大家也没有打听，凭外表先入为主地以为陈非任职于某个大公司，并且不是普通岗位，因为他们觉得谭思佳的择偶标准一定很高。

谭思佳心中"咯噔"跳了跳，她下意识地看陈非，发现他也投过来若有深意的视线。她没想到会在这种情况下被动地挑明，硬着头皮回答同学："我俩在一个地方上班，不是异地恋。"

她的同学心里想，原来她男朋友是公务员，又说："那你们不能同时回海城吧？听说乡镇公务员进市区很难。"

"他不是公务员。"谭思佳解释了一下陈非的工作，又说，"他刚升职，短时间内应该不会变了。"

"那你也要继续待在那里吗？暂时不回海城了？"

谭思佳再次看向陈非，她的同学便开玩笑："你看他做什么？怎么，他反对你先回海城？"接着转问陈非，"你要求她陪你一起待在乡下？"

关于她要考回海城一事，陈非庆幸自己已经消化得差不多了，不至于从她同学口中听到时觉得突然，还能保持镇定，面色不改地说："我尊重她的个人意愿。"

他太平静了，并且毫不吃惊，没有当众失态对她有利，但谭思佳心里惴惴的，生出一些不好的预感。她含糊地对同学说："我想考回海城也不是那么容易，机会太少，竞争又太大。"

陈非越没有异样，谭思佳越觉得忐忑，不知为何，她脑子里冒出"暴风雨前的宁静"这个想法。

谭思佳开始后悔把他带到同学这桌，显然这位同学不懂适可而止，她连忙问："别说我了，听说你要创业做餐饮？"

"对，还在搞装修，到时候开业还要拜托各位发朋友圈帮忙宣传一下。"

所有人都说小事一桩，话题便转移到餐饮营销玩法上面。

谭思佳没什么心思参与他们的头脑风暴，这顿饭她吃得胆战心惊。终于吃完，酒店娱乐项目丰富，可以打保龄球、做SPA、玩游戏玩牌，或者去唱歌。她拒绝了他们的邀请，挽着陈非的手臂，说："我俩有点事。"

客套了几句,大家散开,谭思佳抬头看陈非:"我有话对你说。"

陈非不用再维持笑意,就连那些没有事几乎不联系的同学都知道谭思佳要回海城,她在他面前却一点口风不透,他很难不感到憋闷,神情淡下来:"你从什么时候开始计划的?"

"等会儿,我们换个地方。"

谭思佳放开他。婚宴大厅属于公众场所,他们需要一个绝对安静的地方,她找到李文珊,附在李文珊耳边说了两句话,拿到一张房卡,拎着自己的两个包袋和陈非一起乘电梯上楼。

进了房间,落地窗边有一张小圆几和两把椅子,谭思佳径直走过去,陈非坐到她对面。

两人面对面,陈非眼神沉沉地盯着她,她心脏一阵发紧,忽然觉得嗓子被一股无形力量卡住,难以发出声音。还是陈非先开口:"你可以说了。"

隔了两秒,谭思佳为自己开脱:"我是准备等到九月份开学后,学校把所有老师的年度考核排名张贴出来,再告诉你这件事。"

陈非没有放过她:"你什么时候做的决定?我们在一起前,还是在一起以后?"

她沉默了下,才回答:"在一起前。"

陈非不觉得意外。他这段时间没事就爱琢磨她的想法,大概能确定她从一开始就只是把镇小当作回城的过渡平台。他介意的并不是她的这个规划,她想回到海城,从她的立场来看,确实应当。他不满的是这么久以来,她从未主动向他提过回海城的打算,今天算是误打误撞。

"这三个月我一直在等你告诉我这件事。"陈非说。

谭思佳诧异："你的意思是你知道？"

"这应该不是秘密，偶然从你同事那里听到。"陈非隐去余洋老师的名字。

谭思佳下意识地感到不舒服："那你当时怎么不问我？"

陈非提醒她："是你先瞒着我。大家都知道，但作为你的男朋友，我却毫不知情。"

她犹如一只被扎了眼的气球，刚刚生出的那点微妙的不悦立刻被排空，她解释："我不是故意的，我有我的考虑，不确定因素太多了。"

陈非气压低沉："如果你要百分百确定，是不是必须达成目标了才通知我？"

谭思佳不抵赖，她最初是这么想的，她不为自己曾经的过错辩驳。她说："我回海城也不是那么容易，有可能花两三年时间都不能实现，我教龄太短，也没有做出突出成绩，没什么竞争力，其实早告诉你晚告诉你都没有太大影响。"

她站在事实角度出发，却正因为她理性的分析，陈非心里的不快呈直线上升，他重复了一遍："没有太大影响？"

谭思佳察觉到他生气，尝试补救："实现起来真的有一定难度。我一直很犹豫，不知道什么时候和你沟通才是最好的时机，想逃避这个话题，也许我考不上，那就更不用和你说了。"

陈非深吸一口气，什么叫那就更不用和他说了？他问她："我想知道你的顾虑，你在权衡什么？"

谭思佳诚实道："我不知道怎么和你开口，我想回海城，你要留在镇上，我们没有朝着一个方向走。"

陈非直指她的要害:"既然你这样想,为什么一开始不和我说清楚?你根本就不想和我有以后,所以你觉得考不上不用说,考上了分开也就分开了,是吗?"

谭思佳既觉得心虚愧疚,又有几分自己早已改变想法被误解的委屈,她还算坦荡:"本来我觉得我们没有以后,也不看好我们的将来,但我们交往以来,你给了我异地恋的信心,我有周末和寒暑假,你现在每个月到海城这边开会的次数也很多,我们仍然能常常见面。"

她的话并没有让陈非感到宽慰,他心中充满了不解:"所以其实你是要把我排除在外的,但是因为我确实还不错,你才愿意保留我这个男朋友的身份,至于回到海城后会怎么发展,还要看我的表现,我没理解错吧?"

谭思佳想说当然不是这样,陈非没有给她否认的机会,他生气的地方在于——

"直到现在,你仍然没有把我计划到你的全部人生当中。"

"那天我们出去看花,躺在地上晒太阳的时候,我想过和你老了的情景。"谭思佳认真地说。

陈非动容了片刻。他说:"我不翻旧账,去年我们复合前,你和我在一起的心态,我可以不计较。但我们和好后,如果你想和我长久地走下去,考回海城的意愿不变,为什么不和我商量?在我的观念里,爱人的意义就在于人生中遇到的所有重要的事情时,我们都可以共同决策,互相协调,互相支持。"

谭思佳向他道歉:"对不起。"

她还是没有明白他的重点,对不起没有任何实际意义。陈非郑重其事道:"我不是说现在就要结婚,但你现在能肯定地告诉我,你会和我结婚吗?"

谭思佳知道自己应该毫不犹豫地说会和他结婚,但婚姻这个承诺太关键了,她无法随随便便开口。

陈非这段日子做了很多心理建设,他努力保持缄默的原因就是想明确她在未来里如何安排他。现在得到答案,谭思佳举棋不定迟迟不告诉他,是因为她没有坚定地把他作为人生中必不可少的那部分,她会犹豫,是因为他对她而言并没有那么重要,他是有可能会被放弃的。

得不到她的答案,他忽然感到沮丧,对她说:"既然这样,我们还应该继续在一起吗?继续在一起是正确的吗?"

谭思佳猛地看向他的眼睛:"你要和我分手?"

"你需要好好想想自己的心意。我们没有朝着一个方向走,我不觉得是工作的方向,是心的方向不在一个地方。"陈非说。

他站了起来:"我们都花点时间重新思考一下这段关系,我现在要去公司总部拿发票带回镇上,先走了。"

谭思佳眼睁睁地看着他离开房间。听见关门的声音,她的心颤了一下。

陈非走出房间,脚步顿住。他转身看着已经紧紧合上的门,站了一会儿才离开。乘电梯到负一层,坐进车里,他拿烟出来,放到嘴边迟疑了一下,又收起。

他心中有些难以抒发的燥意,他知道自己不太讲信用,去年找谭思佳和好时把言语包装得潇洒,当时他说"以后的一切结果我都能负责"绝对出于真心,同意她不急着结婚的约定也并不作假,刚才却在酒店房间里索要答案,无论怎么看,都带着一点强人所难的性质。

其实就算她松口,他知道她内心并不那么甘愿,也不会就此顺势把结婚提上日程,他没那么狡诈。他需要的并不是那一纸凭证,他要的是这个承诺背后所代表的生死相托的决心。

陈非能接受两人感情消灭后无法继续一起走下去的结果,但在一起时,他们就应该尽力往好的结局去经营。他不能接受她抱着即使分开也没关系的想法,他希望她无条件地想和他一起走下去,希望自己在她那里是重要的,是不可替代且唯一的选择。他们必须冷静下来认真思考彼此。

在车里坐了一会儿,他打开导航输入公司总部的地址,按照LED标识开往停车场出口,交了停车费放行。

谭思佳还怔怔地坐着,她刚才明明想叫住他,但是因为犹豫了,于是失去时机。就像她曾经也想和他聊一聊回海城的想法,因为她的徘徊,造成今天的局面。

今天她真的太被动,没料到平时根本不联系的同学那么清楚她的近况,会当着陈非的面提回城的事。更没料到陈非居然早就从别处知道她的想法,憋了两三个月的火,正好被点燃。

两人就事论事,陈非却以结婚为"筹码",他违背了复合时的约定,如果她脑子转得快一点,完全可以借题发挥,由此掩盖她对他的亏欠。这个念头冒出来,又被谭思佳迅速打消,庆幸自己反应迟钝——她的理由站不住脚,他想他们好好在一起,而她态度消极。

她有种预感,假如当时她故作姿态恼羞成怒,陈非一定不会低头,她隐约觉得自己触碰到了他的原则。

谭思佳想着陈非心灰意冷的那句"我们继续在一起是正确的吗"和不容她拒绝的那句"我们都花点时间重新思考一下这段关系",心中升起一步错步步错的惶恐。是她不该太清醒了吗?权衡利弊的心情过于复杂,失去了爱人的纯粹本质。

这时候谭思佳情不自禁问自己一个问题,如果和陈非分开会变得怎么样?

她的心隐隐痛了一下。她难过地想,虽然离开一个男人没什么大不了的,不会影响她生活,但日子将变得按部就班不值得憧憬。有家人和朋友,她不一定经常感到孤独,但总有独处寂寞的时刻,那种时刻,思念他的感觉一定非常强烈,将她包围在遗憾当中。人一旦有了遗憾,就会不甘,她甘心就此结束吗?

显然,谭思佳不甘心。她陷入反思,也许她太自我。

现在想来,她在上一段感情中就有这个毛病,明明很不满,却隐忍在心中,把错误全推给梁宇航,固然他拎不清,只知一味偏心父母,但她又何曾为了他们的感情做出一点努力,只在心中默默减分,最后发出分手通知,非常独断专行。

回海城这件事上她看似思考很多,处处也为陈非着想,实际上还是以自己为中心,她不愿承担任何的责任,更忽略了陈非是有心人,他有自己的思想,她却在揣测他,自以为是地给他下定论。

陈非告诉她,"爱人的意义就在于人生中遇到的所有重要的事情时,我们都可以共同决策,互相协调,互相支持",这番话言犹在耳。

谭思佳后悔,她应该及时和他沟通,而不是任由隐患越埋越深。

忽然,她的手机响起来,是杨欣洁找她打牌。谭思佳完全没有心情,她说不去。杨欣洁对她此刻的烦恼毫不知情,说"快来,三缺一,不然叫陈非来也行",然后挂了电话,不给她拒绝的机会。

谭思佳又坐了两分钟,将伴娘裙换下来,不得不去棋牌室给他们凑搭子。

杨欣洁见她只身一人,问:"陈非呢?"

今天这种大好日子,况且在场还有别的人,谭思佳不便直言,便说:"他下午去公司有事,先走了。"

杨欣洁又问:"晚上过来吃饭吗?"

她摇了摇头:"不来了,他要回镇上。"

因为心绪不佳,谭思佳拿到好牌却打烂,最后输了点钱。到了晚餐时间,大家推了麻将,杨欣洁与谭思佳落到最后,杨欣洁问她:"你怎么了?今天有失水准。"

"过两天再说。"

不是杨欣洁敏锐,上午谭思佳心情挺好的,午饭后她消失了一会儿,就变得不在状态,牌桌上就没见她笑,于是怀疑道:"你和陈非吵架了?"

谭思佳到底没有忍住向好友吐露:"我俩出现了一点问题。"

"怎么回事?"杨欣洁关心。

"我还没告诉他以后想考回海城,中午吃饭的时候被张真说出来了。"谭思佳无奈。

"她一向是大嘴巴。"杨欣洁说,同时也惊讶,"你已经报班备考了,这事都提上日程了,陈非还不知道?"

谭思佳问她:"如果你是他,你也会生气吧?"

杨欣洁反问:"换作你,你不生气?不是小事。"但她始终是站在好友这一头的,"不过你不说,肯定有你的顾虑。"

"我太矛盾了。"谭思佳叹口气,"最开始我没想过和他有以后,后来我不知道该不该叫他来海城发展,他当上厂长,我就打退堂鼓了,心想异地恋就异地恋,找个合适的机会再告诉他,结果拖到现在。"

"从别人那里得知,他心里肯定很不舒服。"杨欣洁又问,"他不想要你回海城?"

谭思佳这才发现自己忽略了这件事。她说:"他没发表看法。"顿了顿,"可能他现在更在意的是我不爱他。"

杨欣洁探知她的心:"那你爱不爱他?"

那会儿她问陈非是不是要分手的时候都没有眼红,此时却忽然泪盈于睫。她沉默了下,肯定道:"爱。"

杨欣洁见她要哭了,伸手揽过她的肩膀,安慰她:"谈恋爱哪有不闹矛盾的?没事儿,你找他好好沟通一下。"

"我知道。"她嘱咐杨欣洁,"别告诉文珊,今天别让她不开心。"

杨欣洁轻松道:"过两天你们就和好如初了,我才不干多余的事儿。"

谭思佳勉强地笑了笑。

她俩到餐厅,李文珊没见到陈非也问了一句,谭思佳说:"他忙,先回去了,没来得及和你说。"

晚上吃完饭,谭思佳也不再留下来参加娱乐活动。到家后,她斟酌许久,给陈非发了条微信:你想我跟你一起留在清水镇吗?

谭思佳握着手机，消息已经发出去十分钟了，陈非还没有回复，又等了十分钟，聊天界面依然毫无动静。她想了想，又问：还是说，如果我考回海城，要先和你结婚，你才能放心？

陈非不是故意不回复谭思佳，他在高速路上，开着车。夜里九点才到家，车子熄火后，他拿起手机看信息，眉头一皱，她就是这么想他的？

他说：我没有逼婚的意图。我们之间的问题不在于你回不回海城，你深思熟虑想清楚以后，我们再讨论也不迟。

谭思佳看完后沉默半晌，他要她怎么深思熟虑？

过了几天，李文珊约谭思佳和杨欣洁吃饭，婚礼前两个月，她控制饮食到丧心病狂的程度，终于完成这件大事，决定报复性狠狠吃一顿。

见了面，杨欣洁问谭思佳："问题解决了吗？"

谭思佳摇头："等他气消了再说。"

李文珊正在点菜，她抬起头问："谁消气？你们在说什么我不知道的事情？"

今天告诉李文珊就没什么关系，谭思佳简单讲了她和陈非的情况，李文珊是坚定的帮亲不帮理那一派，她立刻将谭思佳的责任摘出来，说："没告诉就没告诉呗，有教师考调公告发布吗？你报名了吗？先斩后奏了吗？他至于生那么大的气？你已经给过他台阶了，他还不下，什么意思啊？"

杨欣洁给李文珊使了一个眼色："行了，你别挑拨离间。"

李文珊不服："我怎么就挑拨离间了？本来就是陈非小题大做，谈恋爱哪有那么多道理和逻辑，而且思佳想慎重一点也没有什么错,她也是为了自己的将来负责,咱们女性的试错成本太大了。"

谭思佳心情轻松了些:"还是你理解我。"

李文珊说:"当然了,在我眼里,你做什么都是对的。"

杨欣洁:"……三个人的友谊是不是有些拥挤了?我应该退出?"

李文珊连忙拍马屁:"三个人的友谊刚刚好,你可是我们的主心骨。"

谭思佳附和:"对的,三角结构最牢固,我们缺你不可。"

杨欣洁笑了起来,提醒李文珊:"快点菜吧。"

提交电子菜单后,李文珊继续聊陈非,她认真地看着谭思佳:"我记得你说过你不喜欢异地恋,我不允许你为了一个男人改变决定,你不能因为他留在清水镇,虽然上次去看花发现那里也挺不错的,但是只适合偶尔体验一下乡村生活,长期定居不行。"

谭思佳想到陈非家那个别具一格的院子,说:"其实居住条件挺好的。"

"你不丁克,要为以后的小孩考虑,教育很重要,你俩讨论过在海城买房的事情吗?"

谭思佳摇摇头:"还没到那步。"

"如果这次你舍不得和他分开,你们得谈,越早谈越好。就算在海城买了房子以后你们再分开,对陈非来说,他也不吃亏,男人有房子是好事,加分项。"李文珊建议。

杨欣洁:"我也同意文珊说的,既然他要求深思熟虑,你就多想想。他怎么看待异地、愿不愿意来海城发展,这些事都要讲清楚。"

谭思佳"嗯"了一声:"开学后我回去当面和他聊。"

李文珊见谭思佳情绪不怎么高,劝道:"别为了一个臭男人愁眉苦脸。"

但事实上,因为陈非,八月谭思佳并不好过,她很期待陈非的来电,陈非却一次也没有找她,这让她很失落。特别是农历七夕那天,她从早到晚关注手机动静,直到晚上,连她妈妈都很好奇:"今天不出去约会?"

谭思佳不得不以工作为借口遮掩:"他今天忙,没空。"

而陈非不是不想找谭思佳,这一次,他需要她主动。

八月末,谭思佳提前一周回校做开学前的准备工作。一到清水镇,她就希望遇到陈非,傍晚存了心思出门散步,但是并未碰上他。

带着一点灰心,谭思佳回到电梯楼。她不知道陈非不再找她是不是因为他考虑过后觉得他们不用继续发展下去,如果这样的话,她再凑到他面前,就显得不识趣。

可是谭思佳一想到因此真的和他分开,她就知道这不是自己想要的结果,心底有道声音告诉她要去挽留陈非。

谭思佳想了想,不如大大方方打电话告诉他,她回清水镇了,想和他聊一聊。就算他和她的结果不同,她积极争取他,就像他去年积极争取她一样。

她下定决心,准备洗澡后再联系陈非。八月天气炎热,刚从外面走一圈回来,身体出了层薄汗不太舒服,她走进卫生间,刚要走进沐浴区就发现花洒旁边的墙上有只黑色大蜘蛛,有手掌一半大,八只脚张开,动也不动的,格外瘆人。她被吓了一跳,随即灵机一动,返回客厅拿手机进来拍照片发给陈非示弱:你现在能不能来帮我处理一下这只蜘蛛,我不敢去洗澡了。

Chapter13 / 坦诚自白 /

这会儿陈非正在喝酒,团队这两天干了件大活,收尾的时候他也在现场,就叫上大家一起吃饭。收到谭思佳的微信,他愣了一下,随即举起杯子:"一起喝。"

他将杯子里的酒喝到底,笑道:"我有点事,先走。菜不够再点,把账挂着,我明天来结。"

他们不同意:"什么事差这点时间!吃完饭再说!"

"这样,我过会儿回来。"

陈非坚持要离开,大家也拦不住。团队里有一个同事不喝酒,每次聚餐他负责当司机,便问陈非:"去哪儿?我送你。"

"不用送,不远。"

饭店离电梯楼只需要十分钟步行路程,陈非很快就站在3-17-6号房外,他本来要拿钥匙出来,犹豫了一下,抬手敲门。

不一会儿,谭思佳从里面打开门。两人将近一个月没见,乍一看到彼此,目光都凝固在对方脸上。片刻后,她打破沉默:"你没带钥匙吗?"

　　陈非没吭声,他忍住没有看她的眼睛,换了鞋,径直往卫生间走,墙壁上空空如也,蜘蛛早已不见。他返回客厅,问:"你自己弄走了?"

　　谭思佳面不改色,其实她已经到卫生间视察过情况,那只蜘蛛也许预知到危机,不知什么时候爬到隐蔽角落躲了起来。她装作不知情:"我有心无胆,它不见了吗?"

　　陈非说:"不见了。"

　　一时之间,谁也没有下文。静了静,陈非开口:"没别的事我就走了。"

　　谭思佳连忙拉住他,急急地说:"万一我洗澡的时候它又突然爬出来怎么办?"

　　她掌心柔软,握着他的手臂。陈非垂下目光看了一眼,然后才将视线定格在她的脸上。

　　事实上,刚才开门见到她的那一瞬,陈非就忍不住心动,刻意压制的想念疯狂翻涌,让他很想把她用力抱到怀里。不过,他的自制力一向不错,告诉她:"不会的,蜘蛛不咬人,没什么好怕的。"

　　谭思佳没有放开他。

　　陈非说:"我还有事。"

　　"喝酒比聊一聊我们的事还重要?"谭思佳注视着他的眼睛,她闻到他呼出来的淡淡酒气,猜到他是从饭局脱身。

　　陈非的表情明显凝滞了一下。

　　"这么长时间了,你就一点不关心我的想法?还是你已经考虑好,认为我们没要再讨论的必要?"谭思佳眸光清澈,她静静地盯着他，不自觉地流露出一点委屈。

陈非就是吃她我见犹怜这一套。当他收到谭思佳的微信，他就知道她是什么意思，否则以她的性格，绝不会使用求助这一招。不可否认，他心中一松。此刻他的心也软了，面上还做严肃状："你考虑得怎么样？"

同样的，陈非收到信息就过来了，谭思佳也笃定他放不下她，她刚才的话只是策略，适时松开手："其实我叫你过来，蜘蛛只是个借口，我想和你认真聊聊。"

陈非也清楚这一点，说："好。"

两人到客厅坐下，谭思佳率先开口："对不起，我为没有第一时间告诉你我想考回海城的事诚恳道歉，无论如何，是我想得太多，却把你忽略了。事已至此，时间不能倒流，如果还能回到去年我们复合的时候，我一定会把这个前提告诉你。"她实在苦恼，"现在我也不知道应该怎么弥补，希望你不要计较。"

陈非看着她，他关心的问题是："我对你而言，重要吗？"

谭思佳说："重要，我不想和你分开。"

有这句话就够了。冷静了这么长时间，她还能明确地表达要和他在一起，这就是陈非想要的结果。

这次他们有一个月彻底不联系，那种期待收到陈非的消息、强烈思念他的心情，以及时时懊悔、夜晚做的关于他的梦，这些组合起来，让谭思佳领悟到陈非有多么珍贵，她想让他知道："我动过问你考虑去海城发展的念头，那时候很不巧，你当上厂长了，我不想自私干涉你的前途。"

"我不是非要待在清水镇不可，如果你早点向我透露这件事，我就不当这个厂长了。"陈非顿了一下,又说,"我不是冲动的人,也不是脑子糊涂的人,我的前途我自己能把关。我们虽然是两个人,不同的个体,但是从某种意义上来说,我们也是一体的,不要分你我,你不要怕我们的想法有分歧,本来看待问题的角度不同,就一定会产生不同的意见,我们可以为了对方,互相做协调和让步,你觉得呢?"

谭思佳面热,因为他这番话,她感到羞愧。她点了点头:"我知道了,以后无论发生任何事情、做任何决定,我都第一时间与你沟通,不会再瞻前顾后。这一个月我深思熟虑后,还是想回海城工作,我没有办法为了你改变这个决定,你能接受吗?"

她能说出心底真实的想法,陈非反而非常愿意听,他说:"你不用为了我改变决定,我理解你想回海城的心情,我也支持。如果去年你就告诉我,我可以运作一下,向公司申请调到生产部或者安全部,但现在我有了管理职位,恐怕不容易调动,一两年内没有合适的机会不行,到时候我们只能先异地。这个结果你也要做好心理准备。"

谭思佳表示没关系:"我早就做好异地的心理准备,我上次和你讲那些,不是临时想出来敷衍你的。就像我现在寒暑假回家一样,如果以后我考回海城的小学,寒暑假我就回清水镇陪你。"

陈非终于笑了,他"嗯"了一声:"清水镇到海城也不算太远,平时实在太想见面,我辛苦一点也没关系,夜里来早上回,也办得到。"

谭思佳见他神情松懈,问:"我们现在算讲和了对吗?"

陈非说:"我本来也不是真的想和你分开。"

她说:"我知道,你就是想给我一个教训,让我长长记性,有话不能憋在心里。"

他并非想给她教训,他只是想让她通过这件事看清自己的心,却问:"怎么样?这个教训够深刻吗?"

谭思佳点头,故意说:"只有我的眼泪知道有多深刻。"

"你哭了?"陈非果然上套,蓦地望向她的眼睛。

她也盯着他,她这段时间不太好受,他一定要清楚她的心情。

"七夕节那天,我等了你一天的消息,我还以为你铁心想和我分开,很难过来着。"

陈非果然露出歉然的神情,却说:"那天你家人不是过生日吗?"

谭思佳想起来了,去年七夕节时,他提出来海城见她,被她用这个理由拒绝。她自己有些不好意思,忍不住说:"你要不要这么小心眼?"

陈非见她倒打一耙,拿她没有办法,终于说实话:"我只是忍着,你想要什么补偿?"

"这种事情怎么可以看参考答案?"谭思佳达成目的,将难题丢给他,"你自己好好想。"

陈非没说话。

过了一会儿,他忽然道:"我好像还没见过你哭。"

谭思佳接得顺口:"需要我现在哭给你看吗?"

然后两人都有种说开的松快感受,他们同时笑出声。陈非说:"不用,我希望你和我在一起,永远都不要哭。"

谭思佳望着他,他也望着她,对视的过程中,他的眼神逐渐变得灼热。谭思佳莫名感到心慌,说:"你晚上还没怎么吃饭吧?要不我给你煮碗面条?"

她刚站起来,被陈非拽住手腕朝他的方向拉过去,她跌倒在他腿上,还没来得及惊呼,就被他锁在怀里,他带着酒味的滚烫的唇贴了上来,这一刻,他连呼吸都极具侵略性。

正吻得难分难舍,忽然陈非的手机铃声响起来,他们因为职业属性,必须及时接电话,有时候一个疏忽引发的后果难以计量,不是他们能承担的。他轻轻咬了下她的嘴唇才松开,拿出手机接听。

谭思佳想从他身上退下去,她刚动了一下,陈非察觉到她的意图,圈住她腰的手臂收紧,盯着她嫣红的嘴唇对电话另一端的人说:"你们别等我,我不过来了,吃完就回家休息吧,这两天辛苦了。"

结束通话后,他将手机锁屏丢到茶几上,犹如看着猎物般看着谭思佳,她再次被他堵住唇。直到被压在沙发里,谭思佳才挣扎起来:"还没洗澡呢!"

他摁住她的手臂,哑声道:"没关系,一会儿还要出汗,不用那么干净。"

谭思佳那点微弱的力量和他比起来不值一提,她盯着天花板上明亮的吊灯,眼睛渐渐从清亮变得迷离,又变得涣散,最终闭了起来,脑子里什么多余想法都没有了。

客厅里的立式空调 LED 屏上显示 28.5℃,本来是很适宜的温度,这会儿谭思佳却觉得热得要命,她的鬓角出了汗,发丝凌乱地黏在肌肤上。情动中,谭思佳忽然望着他沾染着情欲的脸,说:"我们还没有聊完。"

陈非微微喘息:"还有什么?"

"我感觉你结婚的意愿很强烈。"谭思佳问他,"你为什么想结婚？是因为年龄到了，你的朋友们都结婚了，所以你觉得应该随大流？还是你爸妈经常催促，让你面临巨大压力？"

陈非没想到她会在这个时候与他讨论结婚的话题。他凝视着她潮红的面孔："不是外界的原因，年龄到了只是一项合法条件，假如我现在只有二十三岁，我也会想和你结婚。"

他此刻发自肺腑，被真心驱使着吻她。

她枕在他有力的臂膀上，又问："为什么这么想和我结婚？"

陈非难以忍耐："一心不可二用，结束再告诉你。"

…………

静止下来后，陈非重新抱住谭思佳，平复好呼吸，他说："结婚对我来说意味着创造，我想到可以和你组建一个共同的家，一起选一个我们都喜欢的房子，把房子装成我们都喜欢的样子，想到我们未来在一起生活，我就充满动力。"

谭思佳被他的描述吸引，她说："本来你说创造，我以为你会说创造生命。"

陈非笑了笑："孩子的事，我做不了决定，主导权在你那里。"

谭思佳想到之前亲眼见陈非照顾陈梦可，她认为他未来会成为一名称职的爸爸。她静静地望着他英俊的五官，和他共同延续优异的外形基因是一件值得期待的事情："我喜欢小孩，如果婚后经济条件允许，可以计划生。生不生第二个，要看第一次的体验怎么样。"

"以你的想法为准。"陈非问她，"经济条件允许是什么标准？"

"我们必须在海城买一套房。"谭思佳与他未着寸缕相拥，此刻却没有旖旎情意，与他说现实经济的问题。

陈非毫不犹豫："当然，你有心仪的楼盘吗？"

谭思佳说了几个地方，她告诉他："有时间我们可以一起去看看。"

陈非克制着情绪，问她："你不是不想结婚吗？"

谭思佳本来是不想，那时她根本没有想过能和他发展到无法割舍的地步，她也抗拒去融入另一个陌生的家庭。经过这次"冷静期"，她尝试做出改变："我还是不太想很快就谈婚论嫁，但是如果你想带我回家见父母，我也不反对。"

陈非显而易见地激动起来，眼睛亮了："真的？"

她点点头："不过，见家长不代表马上就要结婚，什么时候结婚，我们自己做主。"

"当然。"陈非笑，有梁宇航的前车之鉴，他知道谭思佳要考察他父母，自信道，"我可以向你保证，他们不会干涉我们任何事。"

他高兴的心情感染着谭思佳，她也感到放松："希望你爸妈喜欢我。"

陈非立即能够代表父母发言："绝对喜欢，如果知道你要去家里，他们肯定兴奋到睡不着觉。"

"你要带我回家，至少提前一周告诉我，别让我措手不及。"谭思佳提醒。

"好。"陈非满口答应，他心里实在兴奋，抱着她坐起来，目光火热，"为什么改主意？我那天没有逼迫你的意思，其实只要你说你会和我结婚就够了。"

谭思佳与他对视，说："这是我想继续和你在一起的诚意，我的心和你的在一个方向。"

她回答了那天他最后的困惑。

陈非一颗心被填满，他忍不住吻她，她热情回应。在沙发上实在不易施展，他抱着她，快速走进卧室，一齐倒在宽敞柔软且富有弹性的床上，黑暗让情欲疯长，今夜两颗心彻底坦诚，爱意太需要表达。

谭思佳先累趴下，浑身无力，陈非抱她去洗澡。谭思佳首先看沐浴区的墙上，她说："如果不是给你拍了一张照片，我会以为是我眼花了。"

陈非将她放下来，取下花洒试水温，不知怎的，他这个理科生忽然想到古代捉蜘蛛乞巧，便说给谭思佳听，得出结论："这就是一种预兆，我们姻缘天定。"

谭思佳也觉得这种说法有意思，她冲洗着身体说："我居然会觉得有点道理。"

洗完澡，陈非饿了，他今晚还没正式动筷就被谭思佳叫过来了。他问她："我煮面吃，你也一起吃点？"

谭思佳精疲力竭，摇摇头："我好累，想睡觉了。"

陈非作为罪魁祸首，他唇边噙着笑意："好，你先睡。"

他到厨房煮了一碗面，独自吃完，又将客厅沙发整理好，关掉空调，打开一丝窗户缝透气，漱口后回到卧室，谭思佳已经睡着了。

陈非摸黑上床，他小心翼翼地躺下，并将她拥在怀里。

第二天陈非回家，他向爸妈说了要在海城买房的事情，陈母表现淡定："早就应该买了，我和你爸转五十万到你卡上。"

当初大哥买房子时爸妈也给了点钱，陈非知道他们有支持的经济能力，于是坦然接受："行，谢谢妈。"

母子两人很少说这种客套话。

陈母说:"一家人有什么好谢的。"又问他,"你和思佳这是谈到结婚的事了?"

"先把房子买了,婚暂时不结。"在母亲面前,陈非完全不提这是谭思佳的想法,他说是他自己不想,"房子首付怎么也要一百多万,装修也要几十万,我还想换辆好点的车,这两年结婚的话压力大。结了婚就想要小孩,没点经济基础哪敢生?我攒攒钱再谈结婚的事。"

陈母笑:"要做这么完全的准备,岂不是得等到三十好几?"

陈父说:"你那里钱不太够的话,我和你妈手里还有点,反正现在住的房子是你出钱建的,我俩把这三十万也转给你。"

陈父陈母早年工作干劲足,陈非现在发展副业,也是因为从小受他们影响。二老这几十年略有积蓄,而且老房子得到一笔占地拆迁补偿,再加上每月退休金按时到账,他们并不差钱。

陈非说:"你们留着吧,以后办婚礼再给。"

陈母又问他:"思佳和你想法一样?"

陈非用了点心机,半真半假道:"她倒是觉得可以见家长了,是我不想这么早结婚,觉得不用着急。"

陈母果然上套:"见了父母也不代表马上就要结婚,也让思佳提前了解一下我们家,对她不是坏事。"

陈非顺势道:"既然你们这么想见她,我可以带回来,但是别动不动就提结婚,等我俩意见统一了再告诉你们。"

陈父说:"结婚是你们自己的事,我们也不想多事干涉,惹得彼此都不高兴。"

陈母问他:"你打算哪天带思佳回来?提前告诉我,我好做准备,家里得全部大扫除一遍。她喜欢吃什么菜?"

"记得炖鸭掌排骨汤,她喜欢喝,鱼做得好吃,她也喜欢。她其实不挑食,肉类的话比较喜欢牛肉和虾,蔬菜喜欢吃土豆丝,水果可以买点葡萄、哈密瓜。"陈非对谭思佳的喜好了如指掌。

他说:"过阵子吧,刚开学她事情多,国庆节的时候我问问她。"

陈非说得没错,开学第一个月,谭思佳忙得脚不沾地,有时候夜里十点还坐在电脑前制作PPT课件。连着熬了几天夜,周五放学后,谭思佳实在太困,她回家简单冲凉,上床补觉。

自从陈非成为入党积极分子,每月都要到公司总部开党会议,结束后他赶着去买谭思佳想吃的寿司。回到清水镇天已经黑了,家里也一片漆黑,陈非放下寿司进卧室,他见谭思佳戴着眼罩睡得正香就没有打扰。

谭思佳半夜醒了一次,她意识到自己躺在陈非的怀里,于是按亮手机看时间,已经凌晨两点,这一觉睡了八个小时。她去了趟卫生间,再回到床上,陈非也醒了。

他手臂伸过来,她自然地将脑袋枕上去,问:"你几点回来的?"

"快到九点,你昨晚睡得有点早。"

"一放学我就回来睡觉了,前几天没睡好,感觉很累。"

"没吃晚饭?寿司买到了,现在要不要吃?或者你想吃点别的,我去给你做。"

谭思佳抱住陈非,摇摇头:"我不想吃,继续睡吧。我们办公室的老师说上辈子杀猪这辈子教书真有点道理,我也没有高尚的理想,也并不是非常热爱教育事业,选择老师是正确的吗?"

"不管你是出于什么原因选择教师这份职业，你做到了对你的学生认真负责，当了一名好老师，这就够了。"陈非将她往胸膛里紧了紧，嘴唇轻触她额头。

谭思佳的上下眼皮又黏在了一起，说："我感觉我老了，以前在杂志社上班，最忙的时候，连着熬两个通宵都没问题，现在只要一晚上没睡够，第二天精神就不好。"

"本来睡眠对健康就很重要，成年人每天至少保证七到八个小时睡眠时间。"

谭思佳"嗯"了一声，接着她就迅速睡着，陈非忍不住笑，他也很快睡着。

周六可以睡懒觉，但是陈非起了个大早。他出去跑了两趟车，虽然除去油费只赚了几十块，但是积少成多，他不嫌这活来钱慢，然后又去工程上看了下现场进度和安全情况。

谭思佳睡到八点，这一觉几乎有十三个小时，她自己都觉得吃惊，神清气爽地起床，煮了小米粥，等陈非回来，配上他昨晚买回来的寿司，两人解决早餐。

陈非问她："这两天我们要不要去看下房子？"

"你爸妈去吗？"

"不去。我妈说房子以后又不是他们住，我俩挑自己喜欢的就行，他们支持了五十万的首付。"

尽管谭思佳感觉得到他父母思想比较开通，也没想过他们能在买房大事上完全放手。她有些意外，又说："这两天时间太紧凑了，要不国庆节吧，到时候你去我家里吃顿饭。"

"我们想到一块儿去了，我也打算国庆节带你回家吃顿饭。"

陈非笑道。

谭思佳答应:"那我先去你家,然后我俩再回海城。"

陈非说:"行。"又问谭思佳,"这周末你想干点什么?"

镇小的教师年度考核排名张贴出来了,谭思佳已经满足参加选调考试的基本条件。她说:"我在家看看书。"

她不出去玩,陈非便给自己安排工作,出了门,他给他妈妈打电话,告诉她国庆节谭思佳来家里。

陈父陈母郑重对待这件事,谭思佳去的前一天,他们将房子打扫得窗明几净,陈非特意点的那道鸭掌排骨汤,一大早起来用砂锅小火慢炖,还有好几道费功夫的菜,都是陈非说谭思佳爱吃的,足见用心。

要见陈非的父母,谭思佳也很用心,她给他爸妈分别准备了合适的礼物,也给陈梦可带了一套玩具。

陈非刚将车子开进院子,里面在厨房忙碌的陈父陈母听到声音,连忙洗了手出来欢迎谭思佳。

谭思佳看着面前两张热情洋溢的脸,心底那点紧张荡然无存,她弯了眼睛,先开口叫叔叔阿姨,向他们问好。

陈母笑起来眼尾的褶子堆在一起,她说:"早就盼着你来了,快进来坐,思佳。"

陈非从后备厢里拎出来几个很有品质的袋子,说:"爸、妈,思佳给你们买了礼物,可可也有。"又问,"可可呢?"

"在看动画片呢,她现在两耳不闻窗外事。"陈父笑吟吟地看着谭思佳,"思佳,谢谢你的礼物。"

就在这时陈梦可从里面跑出来,她蹦蹦跳跳到谭思佳身边,高兴地牵住谭思佳的手:"思佳阿姨!"

谭思佳被陈梦可牵着手往里走,陈母说:"可可,你带思佳阿姨看一会儿电视。"她又对谭思佳说,"很快就能吃午饭了。"

"好的。"谭思佳礼貌地说,"麻烦阿姨和叔叔了。"

"不麻烦,你来家里,我们非常高兴。"陈母乐呵呵道。

陈父附和:"对,你不要和我们客气,当自己家一样。"

"本来就是自己家。"陈母纠正陈父。

谭思佳微微面热,陈非及时接话,他打趣道:"妈,你把你的喜欢收敛一点。"

陈母脾气很好,笑道:"喜欢还要藏着掖着呀?"

谭思佳忍俊不禁。

午餐丰盛,桌上都是谭思佳爱吃的菜,聊天氛围放松。吃完饭,谭思佳主动提出帮忙洗碗,被陈非制止,他说:"我来吧,你不是喜欢我们家院子吗?出去看看。"

陈母从她手里拿过空盘子:"我们家洗碗都是男士的活,让阿非和他爸收拾,我俩别管了。走吧,咱们到外面看看。"

谭思佳跟着陈母出去,五月她来时三角梅就开了,到了国庆节还一丛一丛的,一方面花期长,另一方面,因为受到了精心养护,才能开得这么好。他爸妈看起来就是做事从容有序的人,比起有些自诩为知识分子的长辈要得体多了。

她衷心夸赞:"阿姨,你们把院子打理得真漂亮,就像景区那些民宿一样。"

陈母虽不落伍,但"民宿"一词对她而言还是相对新鲜,便问:"民宿是什么意思?"

谭思佳解释:"相当于酒店,规模比较小,更有风格一点。"

陈母笑道:"其实以前有外地的老师来问我们能不能租几间空房给他们住,只是我和你叔叔都不太喜欢家里有外人,就拒绝了。"

谭思佳也笑:"学校的宿舍楼太老旧,虽然是免费的,但住在里面的体验很不太好,所以部分外地老师会出来找房子住,说不定我当时看到你们的房子,也会来问一问。"

"一个人来这么远的地方上班,很不习惯吧?"陈母关心她,"经常想家里吗?"

谭思佳瞬间有些动容,心中涌起暖流,笑道:"刚开始来那会儿比较想,现在好多了,陈非经常陪我。"

"这是他应该做的。"陈母想了一下,问她,"你要不要考虑一下搬过来和我们一起住?楼上空房间很多,可以任你选择。阿姨没有别的意思,不是想替你节省房租,就是觉得你孤身一人在外地挺不容易的,学校食堂的伙食应该不如家里做的好吃,你每天回来能吃口喜欢的,我们现在退休了,没什么事做,喜欢弄吃的。不过你不愿意也没关系,你想要独立自由的空间,我也充分理解。"

"谢谢阿姨的好意,我考虑一下。"谭思佳没有立即答应,也没有立即拒绝。

话说到这里,她忽然有种想法,试探道:"不知道陈非有没有告诉你们,如果有合适的教师选调机会,我会去试试,我计划考回海城工作。"

她看着陈母,陈母脸上的笑容丝毫未变,第一时间表达了支持:"这是好事呀。市区学校资源好,老师会得到更好的培养,发展空间更大,以后让阿非也找机会往公司总部调,早做准备。"

谭思佳隐约记得以前陈非提过一句他爸妈不会管那么宽，她此刻充分感受到了，变得十分放松，说："不急，我也要花些时间才考得上。"

"没关系。"陈母鼓励她，"勇于去尝试。"

陈非从屋里出来，就看到谭思佳与他妈坐在院子里聊得融洽，他又想到刚才在厨房，他爸表达了对谭思佳的认可，勾起唇角。

下午谭思佳没有多待，离开之前，她主动提议带上可可到海城玩。陈母有些担心，说："阿非第一次去你家，带一个小孩子，不太合适。"

谭思佳笑道："没事，我家也有个小朋友，我哥哥的女儿只比可可小一岁，她俩应该玩得到一块儿。"

听她这样说了，陈母才感到放心，不过还是对陈非说："你先把可可送到她爸爸那里，以后两个小朋友还有很多机会认识。"

走的时候，陈父陈母一人塞给谭思佳一个颇有厚度的红包。车子驶出院子，陈非笑说："我爸妈对你很满意。"

谭思佳真心道："我也挺喜欢他们。"

"你不要觉得刚开始他们特意展现好的一面，等你以后和他们相处的次数多了，就会知道他们本来就是如此。"

"嗯。"谭思佳点点头。

"今天不紧张吧？"陈非问。

"我还好。"谭思佳也问他，"你一会儿会紧张吗？"

"我已经开始紧张了。"陈非直了直背，"不知道你爸妈要怎么面试我。"

她失笑道："哪有什么面试，我爸妈人也很好，不用担心，有我在。"

陈梦可独自在后座,她这会儿系着安全带,正抱着iPad看动画片,根本不关注前面的状况。

陈非空出一只手握谭思佳的手,眼睛直视前方路况,说:"你一定要及时提示我,让我表现好一点。"

"放心吧。"谭思佳回握住他。

到了海城,陈非让陈梦可用她的手表电话给陈宁打电话,先将可可送过去。得知陈非要上女朋友家拜访,陈宁便没有留他们吃晚饭,悄悄叮嘱陈非几句注意事项。

到了谭思佳家小区,停好车,陈非放下遮阳板上的镜子,检查自己仪容仪表。谭思佳在旁边很感兴趣地看着他。

陈非穿了之前参加李文珊婚礼的那套正装,他整理好衬衫衣领,转头对上谭思佳的目光,问:"我看起来没什么问题吧?"

谭思佳摇摇头,说:"没问题,很帅,很得体。"她鼓励他,"我爸妈会喜欢你的,别怕,把你平时和上级单位领导交流的气度拿出来。"

陈非说:"那不一样,只要工作干得好,领导就会夸……"

不待他说完,谭思佳打断:"一样的,只要你这个男朋友当得好,我爸妈也会夸。"她不由自主地凑过去亲了一口他的面颊,"下车吧。"

他也买了礼物,谭思佳的每位家庭成员都有。拎着它们上楼,到门前,陈非深呼吸。

"我开门了?"谭思佳把手伸向指纹锁。

陈非下定决心:"好。"

里面的人听到动静,先出来迎接他们的是谭若琪,她叫着"小姑姑"跑出来,见到陈非时又顿住脚步,昂着小脸看他,有些好奇,一副有些想上前又不敢上前的踟蹰模样。

陈非笑着向她释放善意:"你就是琪琪吧?"

她点点头,想了一下,问:"你就是小姑姑的男朋友吗?"

谭思佳听着这一大一小的对话,乐了:"琪琪,我好像还没听见你叫人。"

谭若琪叫了声"叔叔"就转身往里面跑,谭思凯眼见着女儿要撞上来了,及时弯身把她抱起来。谭思佳带着陈非进来,笑说:"琪琪见到陈非居然害羞了。"

谭思凯的目光落到陈非身上,凭第一印象来讲,他对这个未来妹夫的外形还算满意。谭思佳向陈非介绍,"这是我大哥。"

"大哥,你好,我是陈非。"

谭思凯笑道:"快进来。"他对谭思佳说,"爸妈和你大嫂都在厨房。"

谭思佳让陈非坐:"我去叫他们。"

陈非主动道:"我和你一起去吧,看看有没有我能帮忙的。"

她见他想表现,忍着笑:"好吧。"

他有这份心就够了,谭父谭母哪能真给他派活,谭母让谭父出去和陈非说话。谭思佳留在厨房打下手,她给了陈非一个安心的眼神,陈非怀着忐忑的心情跟着谭父去了客厅。

Chapter14

/ 爱不离手 /

谭父谭母爱女儿是毋庸置疑的，但他们并不会通过给陈非下马威的方式让他知道这一点，谭思佳不是没有判断能力的、头脑不清醒的小女生，既然她决定把男朋友带回家，首先她已经肯定了她的另一半，他们也必须尊重陈非，不会故意为难他。

陈非笔直地坐在沙发上，两手放在膝头，颇有些拘谨。谭思凯看得好笑，他对谭若琪说："你给叔叔拿个橘子吃。"

谭若琪便挑了个大的，一双圆溜溜的眼睛看着陈非："叔叔，吃橘子。"

谭思佳和谭思凯兄妹俩长得挺相似，所以谭若琪也像小姑姑，特别是这种清清澈澈的目光，让陈非心里又多生出几分喜欢。陈非柔和了神情，笑着谢谢她。

"不用谢。"谭若琪奶声奶气，然后扭头钻进她爸爸怀里。

谭思凯摸着女儿毛茸茸的脑袋："今天这是怎么了，怎么变得内向了？看到陌生叔叔不好意思了？"

谭若琪扭了会儿麻花，然后抬起小脸，悄悄看了陈非一眼，抿着嘴唇笑。

她自以为隐蔽，其实几个大人全看在眼里，谭思凯故意逗她："叔叔帅不帅？"

谭若琪点点头，小声肯定："帅。"

这时候陈非已经剥好橘子，他递给谭若琪，谭若琪伸出手去拿，朝他甜甜地笑，然后又塞了一个没剥皮的给他。

陈非便剥给谭父，谭父给面子地接了，谭思凯及时开口："我就不吃了。"

陈非顿住。

谭思凯笑说："没事，你放松一点。春节你给我们家准备的那些年货太丰富了，听说那几条鱼是你自己去钓的？我爸没事也喜欢钓鱼。"

陈非很上道，立即邀请："叔叔有时间可以来清水镇，我陪你去水库钓鱼。"

"好啊。"谭父答应。

由钓鱼打开话题。

陈非不是笨嘴拙舌的人，情商也不低，更何况谭父和谭思凯有心让他感到自在，三人相谈甚欢。

过了一会儿，谭思佳到客厅叫他们吃饭，陈非自觉地跟着她去端菜。见他进厨房后，谭思凯问父亲："你满意吗？"

谭父笑了笑，夸女儿："思佳眼光独到，不错。"

就凭陈非愿意承担家务，谭母从谭思佳那里得知陈非经常做饭给她吃，对他印象就差不了。而且陈非的确一表人才，谁见到好看的小伙子不开心呀?"

饭桌上聊陈非买房子的事情,谭思佳的家人给他提供建设性的指点。谭父和谭思凯都喝酒,开了瓶茅台,陈非陪他们,谭母有家规,酒这玩意儿只是助兴的,适量就好,因此都没醉。

吃完饭,谭思凯夫妇坐了一会儿,就带着谭若琪回他们的小家。陈非留下来住,谭母给他收拾了一间客卧。

这次看房子要花几天时间,陈非携带了自己的换洗衣物。他的行李还放在车上,谭思佳陪他下楼拿。两人换鞋出门,陈非小声问她:"我没出什么错吧?"

谭思佳牵他的手,笑道:"没出错,特别棒,我爸我妈都挺喜欢你的,你看不出来吗?"

陈非与她十指紧扣,点点头:"感受得到他们的善意。"

谭思佳晃了晃两人握在一起的手,说:"我们比他们少活三十几年,就算出错也不要紧,他们能包容的,不会挑你的毛病。"

陈非来之前做了充分的心理准备,他本以为自己会受到些许冷待。虽然他自认条件不差,但到底不是海城土著,来自一个小镇,普通院校毕业,几份收入加起来也不算特别高,谭思凯是Top大学研究生,在知名外企任重要职位,家里有这么出色的模板,对比之下,他就不那么如意了。事情的发展不在他的预料中,她爸妈对他的态度就像他爸妈对谭思佳一样,没有任何差别,让他感到被接纳,在她家里得到重视。

陈非忽然对谭思佳说:"谢谢你。"

谭思佳不明所以:"谢我?"

显然陈非懂得道理:"叔叔阿姨看在你的份上对我很客气。"

谭思佳知道是基于这个事实不假，但他足以让父母赞许也是事实，她故意道："我才没有那么大的面子，他们有好脸色，完全是因为看得上你，如果看不上，可没有这么好说话。"

陈非笑看着谭思佳，她也弯着眼睛，开心的模样很吸引人，让他忍不住想亲她。他们这会儿在电梯里，电梯里没有别人，于是陈非低下头向她的唇吻上去，轻轻碰了一下，他直起身子目视前方，脸上做出正经表情。

谭思佳抬眼瞟了他一下，忍不住勾起唇角。

两人在楼下公区散了会儿步才到车库取行李上楼，谭思佳带他到客卧，客卧没有单独的卫生间，她说："你去我房间的卫生间洗漱吧。"

不过陈非没敢在她那边多待，洗完澡就回到客卧，第二天早早起床，谭思佳睡醒出来，他已经协助她妈妈做好早餐。因此谭父谭母看陈非更顺眼，早餐时的聊天氛围越发放松，他们问他谭思佳在清水镇的情况，陈非对答如流，彼此都有话说。

两人看了四天房，综合对比后选定一处，迅速把事情落定。晚上陈非带谭思佳吃西餐庆祝，他们一边讨论装修规划，一边对未来充满向往。

说到兴起，陈非生出一个大胆想法，他说："要不我把现在的工作辞了吧？我大学室友做园林项目，他有工程资源可以介绍给我，我直接来海城发展。"

谭思佳从美好憧憬中脱离，问他："那你有把握比目前的状况好吗？"

陈非倒不能百分百肯定，他犹豫了一下，说："不管做什么，刚开始都会碰到困难。"

"别冲动，再想一想。"谭思佳劝他，她表达自己的观点，"我不希望你因为我而盲目做决定，如果你能调到公司总部上班，还能兼顾副业才是最好的结果。暂时维持现状吧，我还不知道什么时候考回市里，这还是未知数。"

陈非也冷静下来，说："明天我约他见面再聊聊这事，了解了解情况，你也和我一起吧，介绍你们认识，他是我大学最好的朋友。"

谭思佳原本要和李文珊、杨欣洁聚会，闻言也没犹豫："好。"

于是陈非给室友打电话，室友说他明早陪老婆爬山，邀请他们一起。陈非说："我问问我女朋友。"

面对谭思佳疑问的目光，陈非把室友爬山的邀请复述一遍，谭思佳点头。鉴于陈非没有准备运动装，吃完饭，谭思佳陪他去商场从头到脚买了一套。

买完东西从楼里出来，陈非看到斜对面奢品门店硕大的logo，就对谭思佳说："我陪你去选个包吧，把七夕节礼物补给你。"

这事那天晚上简单提了一下，谭思佳早就抛在脑后，没想到他还记心里。既然是节日补偿，谭思佳不会跟他客气。最重要的是，因为确定要与他一直走下去，她愿意接受他的任何付出，她也会在适当的时候为他付出。她说："进去看看吧。"

买完包回家，谭父谭母已经睡了。陈非去谭思佳房间的浴室洗澡出来，正好她坐在镜子前吹头发，见他发梢还滴着水，便朝他勾了勾手指。

不需要多言，陈非意会，他到她身前蹲下。谭思佳握着吹风机，她的手指穿过他茂密的发丝，像是在温柔抚摸他的头，他格外享受此刻。

谭思佳觉得他头发干了，关掉吹风机，推推他的肩膀："好了，你走吧。"

陈非忽然捉住她的手腕，他漆黑的眸子盯着她，她心中蓦地悸动，两人在对视中慢慢朝彼此靠近，他们不由自主地接吻。

他站了起来，谭思佳也被他抱着站了起来，深吻半晌，分开后她与他交颈拥抱。谭思佳看着镜子里的他们，她个子真的不算矮了，也不算十分纤瘦的身材，在陈非怀里却显得小巧，他的肩背实在足够宽阔。

到底顾忌着在她家，两人也做不出出格举动，陈非在她房间里待了半个小时，话说得差不多了，谭思佳赶他出去："你快去你的房间睡觉吧。"

他磨蹭了一会儿才离开，卧室门打开又关上，谭思佳想到明天上午有安排，也不敢熬夜。

翌日清晨被闹钟叫醒，昨天陈非买了一套灰色的运动装，所以谭思佳也找出一套灰色的运动服穿，她扎了个高马尾，看起来充满元气。

谭母听他们说要去爬山，给两人准备了一点零食和水。车子开到山脚集合，陈非和室友都是很有时间观念的人，先后抵达。陈非介绍他们认识后，四人结伴，爬了两小时到山顶，他们站在高处欣赏风景，心境顿时变得开阔。

陈非和他室友在旁边聊工程上的事情，不会缺项目资源，但陈非在清水镇那套作坊式的运行制度就不适合，如果下定决心来海城发展，首先要将核心班子搭起来，前期投入不小。陈非刚买了房，再把装修的钱抠出来，虽不至于捉襟见肘，但经济上确实没有之前宽松了。他也充分考虑到谭思佳的想法，最好还是调到公司总部再着手筹备这事。

谭思佳和他室友的老婆已经在登山的过程中聊熟，两人互相给对方拍照，又叫了两位男士合照，之后找了个宽敞的地方坐下来休息，吹着山顶惬意的风，感到心旷神怡。

待了半小时下山，一起吃完中午饭才分开，双方都对今天的四人活动感到满意，约了下次有时间再聚。

坐进车里，陈非主动告诉谭思佳他和室友讨论过后的结果，暂时维持现状。

谭思佳刚才也听了一点，她觉得离开舒适区换新的地图挺有风险，便说："其实就算你调到公司总部，也可以继续在镇上做项目。"

陈非告诉她："有信息差，不好打点关系了。"他不在这事上过多纠结，转移话题，"以后的事情，现在就别烦恼了。现在时间还早，今天下午我们做什么？"

谭思佳说："直接回家吧，爬山累了。"

又住了一晚，第二日午饭后，他们接上陈梦可回清水镇，晚上在陈非家里吃饭。陈母加了谭思佳的微信，到了月末谭思佳生日那天，她给她发消息：思佳，中午放学回来吃饭，我们给你庆生。

谭思佳坐在办公室里看着陈非妈妈这条微信愣住了，许久后，郑重回复：好，我下课就来，谢谢阿姨。

陈非有她的课表，刚下课他就来电，他说："你别开车了，我在校门口接你。"

即使两人天天待在一起，谭思佳还是会为他突然现身而感到惊喜，她快步出去。

见他抱了个蛋糕骑在摩托车上，清水镇没有这个甜品品牌，谭思佳疑惑："你去哪儿买的？"

"今天安全部有两个同事来镇上，我托他们从海城带的。"陈非见谭思佳坐到后面，就将蛋糕递给她。

公司总部来人，陈非通常都会招待他们吃工作餐，谭思佳问："今天中午你不和他们一起吃饭吗？"

"我让华哥陪他们，我陪你庆祝生日。"陈非笑，他点火启动摩托，载着谭思佳回家。

陈父陈母又做了一桌谭思佳爱吃的，一碗鸡汤就得花两三个小时慢炖，七八道菜，要耗许多功夫。谭思佳瞧着丰盛的餐食，眼底发热，陈非爸妈为她的生日花心思的心意，实在难能可贵。

她想到前两年冷冷清清的生日，对比隔壁邻居家庭聚会时自己羡慕的那种心情，这一刻彻底得到弥补。

她给自己的爸妈发了丰盛餐食的照片，并说：今天中午在陈非家里吃饭，叔叔阿姨特意为我做的生日大餐。

陈母提前收拾出来一间卧室，午饭后吃了蛋糕，她对谭思佳说："就在楼上午休吧，下午还要去学校上班，现在快一点了。"

陈非带她去房间，里面很整洁，窗户外面可以看见郁郁青青的竹林，床上一片雪白，双层荷叶花边，公主风格，躺上去陷入柔软，还能闻到被阳光晒了过后的温暖芬芳。

陈非也脱掉外套，跟着她躺下，说："这是我妈在网上给你挑的四件套。她现在比我们年轻人还爱网上购物,经常叫我下班给她取快递。"

谭思佳笑着转身,她两只手合十垫在脸庞下,用清澈的目光凝望着他:"你妈妈审美真不错。"顿了一下,感叹,"她对我真好,你爸爸也很好,他们让我感到很幸运。"

陈非也注视着她,问:"我不让你感到幸运吗?"

谭思佳轻轻摇了摇头。

陈非正要吃爸妈的醋,谭思佳弯着眼睛:"你只有一字之差。"

他没有接话,只是静静地看着她。

谭思佳便说:"你让我感到幸福。"

陈非顿时笑了起来,一张英俊的脸向前倾,迅速吻住了她。知道谭思佳需要休息,他没有过多缠绵,片刻后说:"睡吧,我定半个小时的闹钟?"

谭思佳"嗯"了一声。

两人同时闭上眼睛。

一点四十分醒来,谭思佳去卫生间漱口,陈非跟了进来,趁机到她身后,戴了一条项链在她脖子上。

冰凉的触感令谭思佳低头,然后她惊喜道:"这是我的生日礼物?谢谢。"

陈非耐心地扣上锁链:"我的审美也不错。"

谭思佳抬头看镜子,项链确实很漂亮,她问他:"你月初送了我一个包,还没有超预算吗?"

"送你礼物不需要预算,我不是每天都能制造浪漫的男朋友,但是男朋友最基本要做到的事情,我做得到。"陈非说。

谭思佳眼里亮晶晶的,开心之情溢于言表。

两人在盥洗台前腻歪了两分钟才下楼。陈父陈母都出门了,他们退休后各有各的消遣。陈非送谭思佳到校门口,对她说:"晚上还是在我家吃饭,我可能下班比较晚,你自己开车来。"

谭思佳比了个"OK"的手势:"行。"

下午谭思佳没课,她坐在办公室里写资料,同时和李文珊聊天,杨欣洁是工作狂,没空。

谭思佳对李文珊说了陈非父母为她庆生的事情,李文珊说:"那他爸妈对你挺用心的,你们还没结婚,没有正式成为一家人,能做到这个份上真的很好了。"

"我也这么觉得,虽然相处的时间并不长,但是每次接触后,他爸妈给我的感觉就是很善良,他家没有糟心事。我知道陈非的情绪为什么那么稳定了,因为他就是在情绪稳定的家庭中长大的。"

"听起来你很认可他爸妈,未来的公公婆婆这么快就通过你的考验了?"

"哪有什么考验,只不过他们确实很打动我。"

"恭喜你,男朋友长得帅,赚钱能力不错,舍得给你花,对你一心一意,愿意为你重新规划他的未来,而且他的家庭和睦,父母可靠,他们也很爱护你,是结婚的好选择。"李文珊由衷地为好友感到高兴。

谭思佳愣了一会儿,问她:"结婚好吗?"

"当然好了。"李文珊甜蜜地说,"做了结婚的决定后,我发现我更爱他了。你也知道我们筹备婚礼用了很多心思,他尽全力满足了我的所有想法,意见不一样时,他优先考虑我的要求,我们在整个准备的过程中没有发生一句争吵,这真的挺不容易的。而且婚后,我明显能够感觉到他更成熟了,更加有责任心。不过,这只是我的个人感受,我看网上也有一些人结婚不到一个月就想离婚了,大家情况不同,这很难说,但我觉得陈非不会让你后悔的。"

自己的男朋友得到好友的赞扬,谭思佳心情愉快,她打趣道:"我怀疑陈非悄悄把你收买了。"

"既然如此,他不给我点好处都说不过去,我为他说话了,请你转告他上道一点。"李文珊也开玩笑。

谭思佳:"哈哈哈哈哈!"

李文珊好奇:"你也想结婚了?"

谭思佳倒是没改主意:"没那么快,我只是问问你的感受。"

李文珊有些遗憾:"我还以为你也计划上了,还想说也许我们可以差不多的时间生小孩,一起交流育儿问题。"

谭思佳笑道:"你先积累经验,以后我向你讨教。"

李文珊做惊恐状:"其实想想生孩子也有些害怕。"

"那就等你做好心理准备再生,你的子宫你做主。"

"真不知道当年妈妈生我们时有多害怕,那时候医疗条件那么不完善。"

"母亲真伟大。"

"你说我们以后也会成为一名好妈妈吗?我感觉自己还是个孩子呢。"

"就是啊。不过,我相信到了那一天,我们会成为一名合格的妈妈。"

和李文珊聊完天,谭思佳感到有些啼笑皆非,她和陈非目前没有结婚打算,讨论生孩子、当妈妈这个话题实在为时过早。

到了放学的时候,陈非打电话告诉她晚上有事,于是她独自去和他父母吃了一顿晚饭。少了他,谭思佳也没有觉得局促,氛围依然轻松,陈梦可小朋友从幼儿园回家,童言稚语可爱至极。

晚饭后谭思佳回了电梯楼,她和爸妈视频聊天,自然而然地聊起陈非父母对她的好。说到他妈妈特意为她布置的一间卧室,想到上次陈母的提议,她征求他们的意见:"爸、妈,你们说如果我在婚前就去和陈非父母一起住,是不是不太好呀?"

"倒是没什么,不过不建议。"谭母说,"虽然他爸妈挺不错的,但我觉得还是有点距离比较好。"

谭父点头:"你妈说得对,本来两代人的生活习惯就不太一样,天天住在一起,你很难保证不产生矛盾。"

谭思佳中午被那个理想卧室诱惑的心思顿时消散,她清醒过来,说:"我也觉得还是有自己独立的空间比较好。"

所以这件事谭思佳一直没给陈母回应,陈母也通过她的沉默知道她的想法,后来没有再提起。不过那间卧室一直为谭思佳留着,偶尔会邀请谭思佳去家里改善饮食,如果太晚,她会在那里过夜。

时间过得很快,进入十月,天气渐渐肃杀,转眼由秋过渡到冬,十二月末下了一场雪后,隆冬来临。

到了腊月,陈非家里开始准备年货,陈父陈母每年都会亲自熏烤腊肉,今年也不例外,不仅买了一整只猪,还买了一头羊,邀请亲朋来家里吃最新鲜的肉。陈非在清水镇社交广泛,他的团队兼部分家属就得坐两桌,还有其他单位的朋友,时间定在晚上,院子里很热闹。

去年这时候,谭思佳还未正式见他父母,就没有来他家,因此陈非还被大家取笑魅力不行。今时不同往日,她和他爸妈相处融洽,当然不会再缺席。

下班后,谭思佳去了陈非家里,小学放学比较早,院子里客人还不多,都是陌生面孔,她也不知道应该怎么称呼,于是到厨房找陈母。

厨房里也有几个谭思佳不认识的人,今夜筹备五六桌人的晚餐,陈母请了帮手。见到谭思佳,陈母还没有来得及开口,其中性格爽朗的一位阿姨笑道:"二姐,这就是阿非的女朋友吧?"

"对,她就是思佳。"陈母立即向谭思佳介绍,这位是三姨,这位是表姑,这位是小婶。

谭思佳一一认识,然后问陈母:"阿姨,需要我做点什么?"

陈母神色柔和地看着她:"哪用得着你动手,上一天班累了,你休息会儿。"

家里有客,谭思佳作为陈非的女朋友,倒不好意思真的置身事外,她又说:"我可以做点力所能及的事。"

陈母便道:"可可在楼上画画,你去看一下她吧。"

另外几位长辈也配合陈母表示厨房不需要她,有她们这些人就够了,于是谭思佳不再坚持。她离开厨房的时候,听到最先开口的三姨笑:"我就说阿非眼光高吧,看他自己交的女朋友多漂亮。"

陈母也笑:"别的不夸他,能交到思佳这个女朋友,倒真的算他做得不错。"

谭思佳快步上楼,她心情很好,给陈非发了一条微信:我到你家了。

陈非回得很快：我还有点事，大概还要半个小时才回来，你无聊吗？

谭思佳：我想打打下手，但是阿姨让我休息。要做那么多人的菜，感觉阿姨很辛苦。

陈非：有三姨她们帮忙，应付得过来。

陈非紧接着又发了一句：一会儿我回来分担一点。

谭思佳笑着回复：你当然应该分担，大多数人是你邀请的，你去出一份力，阿姨肯定不会拒绝。

半个小时后，陈非的摩托车驶入院子。如谭思佳所言，他提出要做点什么，陈母给他安排了活。

谭思佳辅导陈梦可画完房子，一大一小携手下楼。陈非在后院烤羊肉，谭思佳过去，他就将自己坐的小板凳给她，他蹲在旁边手动旋转烤架。

羊肉烤得两面金黄，蘸料已经全部入味，散发令人垂涎欲滴的香味。谭思佳忍不住道："我要流口水了。"

陈非剪了一块羊脊部最嫩的肉喂到她嘴边："尝尝。"

朋友们陆陆续续地到来，聚集在前院里，大家高声交谈，热闹的氛围驱散冬夜寒冷。天已经黑了下来，电灯全部打开，有朋友寻到后院，本来要找陈非谈点事，见到这一幕顿住脚步，转身对同伴嘘了一下，悄声说："出去吧，一会儿再说，别打扰人家小情侣。"

那天晚上的聚餐很热闹，谭思佳以前没有感受过这种氛围，她家请客都是订酒店办招待，有时年夜饭也去餐厅吃，从未像陈非爸妈这般自己大张旗鼓地操办，他们好似不觉得辛苦，反而乐在其中。大家吃完饭也没有立即离开，分工合作收拾好残局才提出告别，真正做到了宾客尽欢。

送走所有亲朋，夜已经很深了，天寒地冻，谭思佳留下来过夜。洗漱后，陈非又偷偷到谭思佳睡的房间，他简直掩耳盗铃，他去她那里过夜的次数更多，而难道他爸妈不清楚情况？

进入冬天，床上四件套换成毛绒面料，陈非躺上去，为了避免寒气钻进来，他将胸膛严严实实地覆在她背上，密不透风地拥着她。

两人都还没有困意，便有一句没一句地说话，聊晚上那些让谭思佳印象深刻的客人，陈非也说起有趣的事，他三姨父是民警，镇上派出所平时处理的大多是鸡毛蒜皮的事，比如谁家的菜地被谁家的鸡鸭祸祸，比如谁家老人赡养出现问题，比如谁家闹离婚，他们接到电话都要去介入。

谭思佳正听得津津有味，陈非忽然想起一件事，问她："听说派出所里有你的追求者？"

她一头雾水："我的追求者？"

陈非说了那个名字，谭思佳才有点印象，她颇感意外："我们就只有那次协调家长矛盾时说过几句话，怎么会有这种谣言？"

"不是谣言，人家道德素质高，知道你有男朋友就放弃了。"陈非笑，"如果那时候你单身，我和他同时追你，你会不会选他？"

"你要这样说，那我还要问问你，如果你单身，我和苏言被同时介绍给你，你怎么选？"谭思佳故意道。

天下没有不透风的墙，胡媛媛之前给陈非介绍女朋友，今晚聚会时，有一朋友对胡媛媛感慨"难怪之前你说要把苏言介绍给陈非没下文了"，不巧被谭思佳听见。胡媛媛有些尴尬，为了避免被误会，向她解释一番，于是谭思佳知道前因后果。

"我肯定无条件想认识你。"陈非说。

"为什么？苏言也很漂亮。"谭思佳问。

陈非反应了一下才想起苏言是谁，那次占地赔偿因公交流以后，他和对方再也没有接触过，几乎忘了这号人物，没想到她还记得。他忍笑道："那是你的认为，我认为你更漂亮。"

"你认为我除了漂亮，还有哪些优点？"谭思佳继续问他。

陈非风趣道："那我们可得彻夜长谈了。"

谭思佳提出规则："那倒不用，十秒内说出三个就可以了。"

陈非想也不想："心地善良，自信大方，聪明智慧。"

她要求他："就不能说点让人耳目一新的吗？"

陈非从她的许多优点中拎出一条："自律，意志力坚定，你想办成一件事，最终肯定能办到。"

因为他对此深有感触，谭思佳为了还没有消息的选调考试付出很多，当他亲眼看着她点灯"做功课"，便会体谅和心疼，不忍她的努力付诸东流，希望她一次达成目标。

这和她之前说他做什么都能成功有异曲同工之妙，也许他们在这一点上属于同类，才会互相吸引。

忽然，陈非问她："你热吗？"

两人抱得那样紧，陈非体温很高，谭思佳怀里还有一个陈母特意为她准备的热水袋，被子里热烘烘的。

谭思佳说："有点。"

陈非从她手里拿过热水袋，丢出床外，问："是不是热得睡不着？"

"咱们停止聊天就睡得着了。"

"你想睡了？"

谭思佳摇摇头："在你看来，我有哪些缺点？或者说，你最想让我改变什么？"

陈非笑道："你真的会为我改变吗？"

"说来听听，也许我也觉得那是我不好的地方，我愿意进行自我提升。"

"怎么办？我希望你是一个有缺点的人，你太完美了，我对你就没有吸引力了。"

谭思佳笑了："你这样想会不会有点自私？"

"嗯，我就是自私。"陈非心安理得，他从身后解她的纽扣，"长夜漫漫，只用来聊天，是不是有点浪费时间？"

到了最后，谭思佳虚弱地躺在他怀里，问："以后我们异地你怎么解决？"

"我又不是整天想着这事。"陈非低声笑，"至于怎么解决，我们每周末见面的时候你就知道了。"

谭思佳："你在暗示什么？"

他坏心道："一日不见，如隔三秋，一周不见……"他轻哼一声，"不然听你刚才的意思，还误会我出去做点什么。"

"我只是关心你的生理健康。"谭思佳忍着笑，无辜道，"你为什么会想到那方面？是不是你身边有这种不干净的朋友？"

陈非认真地说："我不交不能洁身自好、不能约束自我的朋友，我和那种人合不来，不是一路的。"

谭思佳抱住他:"那我就放心了。"

陈非请了客,他请的人也会回请他,这两周谭思佳被他带着陆陆续续聚了几次餐,镇小就放寒假了。

如同去年一样,谭思佳回海城的那天,陈非准备丰盛的年货,将她的后备厢装满。正月初三,他到她家拜年,又拎了不少礼品,谭父谭母不看价值多少,赞赏的是他的礼节。

寒假结束,谭思佳回清水镇,以前她都觉得是去那里上班,现在因为陈非而有了归属感,想法自然改变,也不会再因为离开家而失眠。

进入新学期没多久就有公开选调中小学教师的公告发布,谭思佳符合所有报名条件,而且那所小学距离她家和陈非买的房子都只有半个小时的通勤时间,她几乎没有任何犹豫,将公告发给陈非看,并附言:我去报名试试。

陈非认认真真地看完,他确认了报名时间,回复:周五去吧,我也要到公司总部开会,正好陪你一起。

报名地点定在海城教育局三楼人事科,陈非在车里等谭思佳,她交完资料出来,在电梯里碰到一位长辈,双方都很意外。

回到车里,谭思佳给爸爸打电话,不过谭父正在通话中,陈非望着她:"怎么了?"

"刚刚碰到我爸的朋友刘叔了,现在我爸的电话占线,肯定是刘叔在给他打电话。"

"你很出色,不需要借助外力。"陈非扬眉,"我对你有信心。"

"你觉得我能一次就考上?"

"我非常希望你一次考上。"

"为什么？"谭思佳看着他。陈非这段时间也试了一下调动的可能性，他近两年应该没有合适的机会，如果她顺利被录取，意味着他们很快就要异地，她以为他不会期待。

"我想你的所有努力都有收获，不想见到你继续熬夜备考，太辛苦了。"陈非说。

谭思佳呆了呆，由不得她不感动，她主动抱他，唇也凑了过去，只是刚刚碰上，谭父回电话过来，她接听后开了公放，主动说了情况。

谭父笑："刚才就是你刘叔在和我打电话，他说要不是今天碰到，都不知道你当老师了。不过我和他讲清楚了，你有靠自己的决心和能力，不想给他添麻烦。"

既然父亲这样说，谭思佳就没什么心理负担，她说："那就行。"

"中午要回家吃饭吧？"

"回来，陈非和我一起。"

"他陪你去报名了？"

"嗯。"

谭思佳参加选调，从笔试到赛课，时间都安排在周末，陈非全程陪伴。这让谭思佳想到以前高考时，父母在考场外等待她的情景，她觉得很安心。

因为报了培训班，刷了大量的历年考题，也向有成功经验的老师请教过方法，再加上谭思佳在这件事上付出了许多时间，她笔试成绩第二，赛课发挥稳定，虽然教学年限刚刚达到参与选调的条件，但她那次演讲比赛拿到的奖项含金量还不错，有加分。到了公示期，她上网查询，见到自己的准考证号排在前列，是否进入体检环节一栏填着"是"。进展过于顺利，她却没有想象中的激动。

谭思佳以前下定决心，必须回到海城，不知不觉间，她没那么坚定了，现在好像内心深处只是把选调当作一件需要做的事，至于结果，她并不期待。失败也有值得开心之处，他们异地的时间往后推延，也没什么不好的。

不过结果出来，谭思佳还是第一时间打电话跟陈非分享："我考上了。"

陈非似乎比她还高兴一些："我就知道你没问题，今晚庆祝一下。"又问她，"那你会把这学期上完吗？"

谭思佳点了下头："但暑假后我就去新学校报到了。"

想到九月和陈非的分别，成功实现梦想的喜悦心情大打折扣，谭思佳格外不舍，所以她在清水镇过了一个暑假。距离开学报到的日期愈近，她愈觉得时间仓促，难过的情绪高涨。到了分别的前一晚，谭思佳闷闷不乐，她问陈非："我们要异地几年呀？"

"我努力申请，但是不像你们教育系统每年都有机会，不太好调动，一个萝卜一个坑，很少出现空缺。"

陈非见她不高兴，问："你不是一直想回海城吗？"

"我是想回，但我舍不得你。你就不会舍不得我吗？"

似乎男人在这种时候比较能保持理性，他说："肯定舍不得，但我接受。你想我就给我打电话，我来找你。"

"你呢？你会想我吗？"

"我每天都给你打电话，报备我的行程，不能给你怀疑我某方面行为的机会。"

谭思佳想到了那夜的对话:"我开个玩笑而已。"

陈非严肃地说:"我没开玩笑,明天你就走了,今晚我有权利预支吧。"

在谭思佳的惊呼声中,陈非一把抄起她,进入卧室,把她扔到床上。

因为马上就要展开不知道具体多少期限的异地恋,谭思佳予取予求,最后的时刻,她哭了出来。

刚开始还是生理性的眼泪,渐渐磅礴,身体上的快乐被明日分离的伤心取代,她哭得停不下来。

陈非愣住了。他想起那次他说没有见过她哭,又说希望她永远都不要哭,他心里发软,将她抱在怀里,细细吻她湿润的脸庞,逗她开心:"我觉得我可以把工作辞了,跟着你走。"

谭思佳收了泪:"不行,你现在处于事业上升期,不许冲动。"

陈非义正词严:"事业在哪儿都可以重新开始,老婆一辈子只有一个。"

谭思佳破涕为笑:"我什么时候成你老婆了?"

陈非深深地望着她:"不如我们做个约定吧。"

谭思佳心跳急促:"什么约定?"

陈非突然又说:"算了。"

"别算了。"谭思佳急道,"你说吧,我考虑考虑,可能会答应你。"

"真的?"陈非看着她被泪水洗过而格外清澈的眼睛。

谭思佳点点头。

陈非问:"你知道我要说什么?"

谭思佳又点点头:"都铺垫到这里了,没有悬念。"

陈非松口气,非常郑重:"结束异地的时候,我们就结婚吧。"

"但你不是说你们公司不好调动吗?会不会遥遥无期呀?"她竟然有些担忧。

陈非笑道:"我会尽量争取,大不了真的不干了,我提辞职的时候,一定经过了深思熟虑。"

人生有取有舍,谭思佳不需要做这道是非题,陈非让她成为题干的一部分,在他的选择里,她是首要的,也是无一例外的正确答案。

谭思佳忽然就平静下来,她也看着他笑了:"好,那我在海城等你。"

番外 ｜爱的瞬间｜

1.

谭思佳在清水镇待了三年，电梯楼的租房一年续一次，还差半个月就期满，这次就不续签了。回海城这天，她将钥匙还给房东。

她来这里购置了不少物品，跑步机、投影仪，还有洗碗机等餐厨电器，都还用得上，全部搬到陈非家中。

明天才去学校报到，今天的行程并不匆忙，中午在陈非家里吃了饭才离开。陈非下午有公务在身，他和她一起出门，上了副驾驶，让谭思佳捎他一程。

谭思佳还在院子里与陈非爸妈告别，过了好一会儿，她坐进车里，把陈非送到办公室，他对她说："到家给我发消息报平安。"

昨晚他将她不舍的情绪安抚下来，这会儿谭思佳接受良好，说："拜拜。"

陈非解开安全带，打开车门，伸出一只腿，旋即又收回来，看着她说："我突然想起来一件事，你可以帮我一个忙吗？"

"帮你什么忙？"谭思佳好奇。

"有两份协议需要交回公司总部，你替我带到海城，我让同事来找你。"陈非说。

小事一桩，谭思佳同意："你进去拿出来给我。"

现在是中午休息时间，大厅门紧闭，陈非说："你跟我到办公室坐会儿，我还要修改一点协议内容的细节。"

"那我找个地方停车。"

"这里临时停一会儿没事。"

两人谈恋爱这么长时间，谭思佳却是第一次来他办公室，很典型的办公室风格，一套桌椅、一套沙发茶几、一套立式文件柜。她正要开口，陈非忽然伸手拉她到怀里，她顿时忘记自己要说什么。

他的唇压下来，带着炽烈的气息，谭思佳不由自主地心悸，随即闭上眼睛，动情回应。

陈非哪有什么协议要拜托她带回海城，不过找了借口叫她进来，外面街坊都认识，在车里接吻被撞见多尴尬。

谭思佳花了一点时间平复呼吸，得知这只是他的一出计谋，轻哼道："我走了。"

陈非再次拉住她，谭思佳扭回头，揶揄道："办公区域，你注意一点。"

他抬手替她整理刚才接吻时弄乱的发，理顺后摸了摸她头顶，勾唇道："走吧，送你出去。"

两人往外走。

谭思佳的手放在车门把手上，望着陈非，向他确认："不出意外的话，周五晚上你一定会来海城，对吧？"

陈非点头："不会有什么意外，我肯定来。"

她眼睛弯起来，开心说："那行，周五见。"

陈非目送着车子驶出视线。

下午四点，他收到谭思佳到家的消息，拍了张手中会议事项的照片给她：我在开会。

谭思佳说：好。

第二天，谭思佳到新学校报到，陈非陆陆续续给她发了几条消息，她中午才回：刚刚在培训，现在准备去吃饭了。

他问她新学校怎么样，她拍照片给他看：环境还不错。

陈非：有机会我也来实地参观一下。

谭思佳：周五你能来接我下班吗？那天我不开车。

陈非：现在还不能确定，周四晚上给你回复。"

谭思佳：OK！

中午和陈非聊了几句，下午又接着培训，放学后谭思佳开车回家，三十分钟就到了。父母准备了她爱吃的，洗了手，她坐在沙发里剥葡萄，心情惬意，这才是她理想的生活，考回海城没有错。

但是晚上只能在微信上和陈非聊天时，她又有些男朋友不在身边的遗憾，尽管通讯便捷，可以视频见面，但由于无法触摸到真实的对方，便倍感思念。

周四夜里，谭思佳主动打电话问陈非："你明天几点到海城？"

陈非说："我来接你下班。"

谭思佳："我明天到学校给你发定位。"

陈非："不用，我知道地址，直接导航。"

第二天吃早餐时，谭思佳对爸妈说："我今晚不回来吃饭。"

下午陈非提前抵达。城区交通规划严谨完善，学校门口禁停，于是他在附近找了个停车场，然后慢慢走过去，给谭思佳发微信：我到了。

谭思佳收到消息时，心情不受控制雀跃，她回复：等我一会儿。

大概十分钟，她从教学楼里出来。见到陈非身姿挺拔地站在大门外，她加快步伐，朝他走去。

陈非也看见谭思佳了，他朝她伸出手。她立即将自己的手放进他掌心，若不是因为教师这个职业，此时的地点也特殊，他们必须大力拥抱彼此。

陈非牵着她去找车，就停在旁边小区的地库里，没挂牌的那个车位位于角落，谭思佳正准备拉副驾驶车门，他没放开她的手，另一只手将她揽腰禁锢。两人面对面，他深深地看着她："这几天想我吗？"

谭思佳因为他突然强势的举动而心跳加速，她直视他的眼睛："我这么希望你来接我下班，还不明显？"说完，主动搂住陈非的脖子，踮脚吻了上去。

吃完饭，两人目的地明确，直奔酒店办理入住手续。乘电梯上楼，电梯里有其他人，他俩盯着LED屏，面不改色地看着数字一个一个往上跳动，升到"7"静止，"叮"的一声，电梯门打开，陈非牵着谭思佳走出去。

进了房间，陈非抱住她，吻也落到她唇上，谭思佳偏头避开，他就着低头的姿势，掀眼看她。

"先洗澡。"谭思佳说。

陈非便放开她，一把脱掉T恤："一起洗。"

谭思佳看着他小麦色的精壮胸膛，欣然接受这个邀请。

分别几日，短暂见面后，又要分别，这种珍惜的情感让陈非变得迫切。

第二天醒来，在腰酸背痛的情况下，谭思佳拒绝和陈非出去，也得让他知道胡来的后果。

谭思佳要睡觉，陈非也只得老老实实陪着，不过他没睡，几次避到卫生间接电话——下周二将迎来一次重要检查，公司明确表示不容任何闪失，下属有些工作上的请示。

他第三次从卫生间出来，谭思佳坐了起来，靠在床头看他。

"不睡了？"陈非走过去。

"你是不是有什么事？"谭思佳不答反问，又说，"有事就回去吧。"

陈非把区领导莅临视察的情况讲了一下，他以为自己把她吵醒了，看了看时间，说："没事，我出去待会儿，吃中午饭的时候再进来叫你。"

谭思佳掀开被子下床："我不睡了，洗漱一下就去吃饭，你早点回去，别耽搁正事。"

退了房，两人找了家餐厅，吃饭的时候才继续昨晚餐桌上的话题，交流一周情况。吃完饭，陈非把谭思佳送到小区楼下，离开海城。

异地的绝大部分周末都是陈非来找谭思佳，但有时候他没法离开清水镇。

这周四上头给公司下了命令，某个原因，要求在三天内完成指定区域的供水管道改装。任务比较紧，人手不够，陈非本来就是从基层升职，他亲自顶上。他给谭思佳打电话，说明这个特殊情况。

谭思佳对他的工作表示支持，她说："没事，你忙你的。"

周五放假，谭思佳开车上高速，他没时间来海城，但她有时间去清水镇。电梯楼的房子已经退租，于是她到陈非家里，抵达时已经晚上八点，他还没下班。

过了半个小时，陈非才到家。他刚进院子就见到谭思佳的车，眼睛一亮，面上划过喜色，急忙将摩托车熄火，大步往里面走。

这会儿陈母正坐在谭思佳对面，神色柔和地看着她吃饭。谭思佳没有提前说她要回来，他们早早就吃过晚饭，陈母满怀高兴地重新给她做了两道菜。

两人都听见院子里的动静，陈非进来后，她们同时朝他看去。

陈非漆黑的眸子定在谭思佳脸上："你怎么来了？"

陈母说："这是什么话！思佳还不能回来？"

谭思佳笑，问他："你吃饭没？没吃就来一起吃点。"

"好。"

陈非进厨房洗手，等他回到餐桌，不见陈母的身影，他问谭思佳："我妈呢？"

"阿姨去睡觉了。"谭思佳说。她看得出来，陈母想把单独说话的空间让给他们。

陈非到她旁边坐下，问她："你一放学就来了？"

谭思佳"嗯"了一声，故意说："听你的语气，不欢迎我？"

陈非拿过她手边的汤碗喝汤："我是为明天不能旷工没时间陪你烦恼。"

"明早你去上班我就回海城，中午要去我姑妈家吃饭，她生日。"

陈非停下筷子，转头望她："那你今晚不嫌麻烦跑这一趟？"

谭思佳因为他深邃的双眸失神片刻，说："如果等到下周末，就半个月了，异地恋还是不要太长时间不见面。"顿了一下，"也不能每次都是你来找我，你也会累。"

"不累，我没什么。"陈非乐在其中，每个周末去海城的路上，他很享受即将见到她的那种期待心情。

谭思佳忽然认真，笑吟吟地望着他，说："那，我想来找你也不行？"

2.

陈非第三次向公司申请调回总部，得到的答案依然是没有空缺，而且不止他一人到总部，排着队，得等合适机会。

谭父也问谭思佳，是否需要他给陈非找找关系，谭思佳先问陈非有什么想法。

陈非的一位长辈在这个系统内有点话语权，既然在这样的前提下，公司仍表示暂时无法调动，那再去动用其他关系，需要付的代价很高，他婉拒了。

不过将镇上的工程完工后，他详细计划一番，将自己的公司迁到海城，租了间小办公室，招到核心技术员，在室友的帮助下接项目，进展还算顺利。

这样一来，陈非时常往返清水镇与海城之间，他倒不觉得辛苦，反正他也闲不下来。谭思佳进入城区小学，教学压力剧增，所以她的事情也挺多，两人工作日各忙各的，聊天内容几乎都是分享一日行程和三餐。

这周谭思佳答应周末带谭若琪去海洋公园玩，她叫陈非把陈梦可带上，两个小朋友都是活泼性格，很快就变熟悉。

谭思佳站在旁边和她们一起看美人鱼表演，陈非担任摄影师。他拍着照，忽然异想天开，如果她和他生一对双胞胎女儿不知多可爱。

谭思佳转头就见陈非满眼笑容地盯着相机，好奇地问："拍得很好看吗？"

陈非将显示屏递到她面前。谭思佳垂眸，两个小女孩手拉手的温馨画面让她一颗心变得柔软，说："下午去给她们买姐妹装，下次出来玩穿一样的衣服，拍出来的照片更好看。"

于是吃完饭离开海洋公园，直奔商场，谭思佳每次进童装店都觉得小孩子的衣服一件比一件好看，打扮琪琪、可可的劲头一上来，消费毫不手软。

导购误会谭思佳和陈非是一对年轻爸妈，夸他们的两个女儿都很漂亮。谭若琪和陈梦可听见了，同时开口纠正，说他们不是她们的爸爸妈妈。

导购连忙道歉："不好意思，我还以为一个像妈妈一个像爸爸呢。"

谭思佳笑着解释了一下他们的关系，导购恍然大悟，紧接着肯定道："你俩基因这么好，俊男靓女，将来的小孩也会很漂亮。"

陈非显而易见地高兴，又给对方增加了一点销售额，双方皆大欢喜。

过了一会儿，谭若琪要上厕所，陈梦可说她也要去，谭思佳便带她们进洗手间，陈非拎着大包小包站在外面等她们。五分钟后，她一手牵一个出来，三人直直走向他。

谭思佳一到他身边就好奇道:"你今天心情很好?"

陈非面上笑意更浓,对她说:"突然觉得要是以后我们也生女儿就好了。"

她愕然,然后问:"生育基金和成长基金你准备好了?"

他其实还没有认真规划这件事情,于是一本正经:"谢谢你提醒我,我从现在开始每月存一笔,把她十八岁以后的恋爱基金都攒出来。"

女儿的恋爱基金?亏他想得出来。谭思佳失笑:"你好好努力,不过,当务之急,你要先调回公司总部。"

陈非调到海城是两年后的事情。因为总部一部长被抓到某种违法行为,办公室突然空了个位置出来,陈非专业对口,资历也熬得差不多,再加上有上级给他保驾护航,经过一番会议商讨,公司给他下了红头人事任免文件。

陈非将文件转发给谭思佳,他知道应该拿着戒指向她求婚,之前开会收到口头通知他就去订了钻戒,半个月后才能拿到。他实在等不及,问她:我们是时候结婚了,你觉得呢?

谭思佳刚好课间休息,她第一时间看到消息,翘着唇角回复:我觉得也是。

后来取到钻戒,陈非又正式向谭思佳求了一次婚。没过多久,陈父陈母登门提亲。

他们如同世界上所有步入婚姻的幸福恋人那样,共同做出携手一生的重大决定后,花费许多心思筹备了一场婚礼仪式,邀请亲朋好友前来见证,在大家的祝福中,完成海誓山盟。

七月办婚礼,八月去领证。领证那天,从民政局出来,陈非先送谭思佳回家，她放暑假，但他只请到半天假，还得回公司上班。

上了车，谭思佳问他："你今晚没有应酬吧？能准时下班吗？"

陈非说："下午有个检查，应该七点左右能回来。"

她提议："我们晚上去吃花胶鸡吧，很久没吃了。"

他点头："行。"

两人不和父母同住，已经搬进新家，陈非直接将车开到地库，他穿了正装去民政局，准备上楼换套舒适一些的衣服去工作。

谭思佳看着他解扣子："你这样穿多帅，何必换呢？"

陈非将衬衣脱下来，他今年办了张健身卡，一周至少打卡四次，现在的肌肉块比以前更紧实。他找了件黑色T恤套上："我一个已婚男士，不用在外边散发魅力。"

谭思佳被逗乐："思想觉悟不错。"

陈非调到公司总部后，真发生过被女同事示好的情况，对方通过一些工作接触时的区别表现，能让陈非察觉她的意思，又不会太明显。

有天下班陈非对谭思佳说："明晚公司聚餐，你来接我吧。"

喝酒叫个代驾就好了，他从来不会在这件事上折腾她。事出反常，谭思佳感到奇怪："为什么提这种要求？"

陈非说出自己的猜测："我觉得有个女同事可能喜欢我。"

"你不能直接告诉大家你要结婚了吗？"

"我刚回总部，都还不太熟。"

其实陈非也可以主动提起，但他"虚荣心"作祟，他希望谭思佳出场。

于是第二天夜里，收到陈非发来的定位，谭思佳打车去接他。

她站在餐厅门外等他,一群人从里面出来,陈非就在其中。他见到她,不知对身边的同事说了什么,大家都望了过来,紧接着陈非撇开他们径直向她走来,并牵住了她的手。

谭思佳自始至终没问喜欢他的女同事是哪一个,陈非自始至终也没提,这事就算到此为止。

两人默契地想到这件事,谭思佳瞥了一眼他的左手无名指,那根手指上戴着一枚素圈戒指。她笑道:"你现在有已婚身份的象征,别自作多情,没人关注你的魅力。"

陈非一脸正合我意的表情:"我只需要你的关注。"

谭思佳见他不急着去公司,就问他:"我俩在一起这么久了,你觉得你在我这里的魅力值是与日俱增的吗?"

"难道不是吗?"陈非理所当然地反问。

通常情况下,人与人之间越亲密,越没有界限,也越容易暴露坏的一面。他们当然也有不愉快的时候,但就凭陈非每次解决问题的积极态度,谭思佳就不会打他的折扣。

她失笑:"我没说不是。"

她取出证件收纳箱,将两本结婚证放进去之前,再次翻开欣赏,陈非也凑过来看。谭思佳突然感慨:"如果当时我没有考到清水镇,我们现在应该互不认识,毕竟我们的社交圈完全不相关,这样想来,缘分挺奇妙的。"

陈非与她持不同意见,他说:"没有如果,也许你应该换一种思路,我们社交圈完全不相关,却有机会认识,正说明我们命中注定。"

谭思佳笑了起来,觉得有趣:"以前我和文珊、欣洁谈过这个话题,文珊也提出了命运的观点。"

"那你呢?"陈非问她。

谭思佳想了想,摇摇头:"我到现在仍然不太相信命中注定。"她抬眼看着他,"我还是只相信选择,相遇是偶然的,是我选择了你。"

陈非与她的目光相撞,他怔了怔,随即伸手抱她,他将她搂在怀里,眉眼俱笑:"我应该谢谢你选择了我吗?"

谭思佳立刻牢牢地回抱他,眼神亮晶晶的:"跟我说谢?这么见外?"

"我有不见外的方式。"他笑出声。

"什么方式?"

陈非低头吻她,吻到失控,谭思佳推开他,气喘吁吁地问:"你不去上班了?"

他抬手看了看时间,然后掰开表扣,将手表取下来,并说:"来得及。"

谭思佳见状,抬腿要离开卧室,被他眼疾手快地捉住,摁着两只手臂压在床上。他紧盯着她:"领证不庆祝一下吗?"

她心跳"怦怦",望着他装傻:"我们说好晚上去吃花胶鸡。"

陈非忍笑:"晚上的事晚上再说。"

谭思佳眨眨眼:"晚上的事也可以晚上再做。"

他终于憋不住,笑出声来,放开她的同时道:"晚上一定。"

她却朝他勾勾手指:"跟你说句悄悄话。"

陈非重新俯身,把耳朵贴过去。她温热的呼吸让他耳朵发痒,但她的话令他心里发痒。她说:"你戒烟大半年了吧?不是想要女儿吗？从今天开始，你再戒酒三个月，冬天的时候，我们就可以考虑这件事了。"

看着他反应不过来，谭思佳得逞地笑。

她要起身，陈非又将她按住吻了半晌，并无奈道："如果你的目的是让我无心上班，你成功了！"

3.

马上就放元旦节了，这周五，陈非带队出公差，例行节前安全检查工作。下午四点的时候，他给谭思佳发了条微信，说大概晚上九点才回来。

谭思佳便决定：那我去和爸妈一起吃晚饭，到时候你来接我。

于是谭思佳没开车上班。

陈非的车停在公司车库，他们一行三人乘坐公务专用车，回来的路上，后座中间的位置静静放着一束蜡梅，整个车厢里弥漫着馥郁芬芳。下车时，陈非将蜡梅捧起。隆冬凛冽，今天中午吃完工作餐出来，正好碰见一个中年妇人背着一篓梅花售卖，他便买了一束。

他取了车，去接谭思佳。

时间已经很晚，他便不上楼打扰谭父谭母休息，到小区后，打电话让谭思佳下楼。

隔了一会儿，她从小区出来，拉开副驾驶的门，坐进车，说："妈炖了羊肉，她说你在外面肯定没吃好，叫我带一点回去给你煮面吃……你车里好香啊！"

她抱着饭盒，回身准备放包，见到后座的梅花，眼睛亮了起来，立刻望向陈非："你买花了！"

陈非笑看着她，说：“我看开得好看，知道你肯定喜欢。”

谭思佳兴致勃勃道：“暑假的时候我不是去参加了一次花艺沙龙嘛，后来我自己还买了青花瓷的花瓶回来养荷花，现在用它来插梅花也特别合适。”

那次是李文珊闲着无聊拉她去参加的活动，她有了兴趣，每周都在网上订花。有时陈非路过花店，也会进去挑一束带回家。

她问他：“你晚上吃的什么？”

陈非启动车子，一边汇入主路，一边说：“我们赶着回海城，随便对付了几口。”

"那待会儿煮碗面吃，今天这羊肉炖得特别香，一点都不膻。我妈多心疼你呀，出锅先给你留了一大碗才上桌的。"

陈非眉眼放松：“明天上午我们早点回去，我给妈打下手。”

他们基本上每周六都回去家庭聚餐，谭思佳告诉他：“我已经问了明天中午吃什么，菌汤火锅。”

"那明早你给妈打个电话，问她要买哪些菜，我俩带回去。"陈非说。

谭思佳答应：“好。”

也难怪丈母娘看女婿越看越喜欢，陈非就有这个本事，不论对她，还是对她爸妈，包括她哥嫂和她侄女，他一向细致周到。

晚饭吃得不多，长途奔波，到了家，陈非确实饿了，他自己去厨房煮面，不忘问她：“你要再吃点吗？”

谭思佳抱着梅花，准备去找那个收起来的青花瓷花瓶，摇头道：“我不吃了。”

她在客厅修剪蜡梅花枝，陈非快速煮了一碗羊肉汤面出来，朝她走过去,将第一口喂给她吃。谭思佳也没推拒,张嘴任由他喂了,觉得鲜得掉眉毛,便捧着碗又喝了一口汤,然后向他展示自己的插花成果,笑盈盈道:"是不是很好看?"

陈非点点头:"不错。"

这一束蜡梅有七八枝,花枝长,修剪一番,别有一番原生美感。只是用不了这么多,还剩了一半,谭思佳说:"剩下的明天带回去给我妈插花。"

她将插好的蜡梅摆在书房,窗外绿意森森,加上半明半暗的光影,十分出片。谭思佳随手拍了两张发朋友圈,文案写道:为有暗香来。

自从当老师以后,她的通讯录里加了不少家长,发动态基本不会明着秀恩爱,但是李文珊作为她的好朋友,一下子就get到她这条内容的真实意图,点评:现在陈非送花这么卷了吗?他去花市买的?

谭思佳笑着回复:他说中午吃完饭出来刚好看到路边有卖的,就给我买了一束。

她收起手机去了餐厅,拉开陈非对面的椅子坐下,一只手支着下巴看他吃面。陈非抬眼,对上她笑盈盈的眸子,知道她肯定不会再吃了,还是问了一句:"还吃一口吗?"

果然,谭思佳摇摇头。她仍然看着他,陈非被她瞧得心生压抑,以为她有什么事情,正要问,她先开口:"我觉得你这段时间好像白了一点。"

陈非自己倒没注意,随口道:"是吗?今年没有在外面风吹日晒了,白一点也正常。"

话虽这样说，生产部部长也并非天天坐在办公室看资料写报告，事实上，他挺奔波的，类似今天这样出差的次数挺频繁的，几乎一个月有半个月在外面检查工作，再加上各种各样的会，真不如在镇上自在。

谭思佳忍不住问他："你觉得现在辛苦吗？"

陈非没有理解她的意思，说："不辛苦啊，为什么这么问？"

"你以前在清水镇上班，时间相对自由很多，现在从早到晚都被占满了，经常出差，挺不容易的。"

"异地恋更辛苦，一周只见一面的日子我可是受够了。"陈非想起没调回海城的那两年多的日子，那时候基本上只有周末才能和她待在一起，两天时间过得特别快，每次分开他都特别不舍，许多次想着干脆不干这份工作了。现在的忙碌情况比以前更甚，他却乐在其中，哪怕出差，只要条件允许，当天回得来，不论多晚他都选择赶回家。

谭思佳换了只手支下巴，她叫他："陈非，你是不是忘了一件很重要的事？"

她毫无预兆发问，让陈非愣住了。他认真想了一下，没找到头绪，问她："最近没有什么重要的事吧？"

她问他："你的育儿基金存多少了？"

那次他俩带琪琪、可可去海洋公园，被误会成爸妈后，陈非说他每月存一笔育儿基金，现在已经三年多了，数字挺可观的。谭思佳是故意这么问的，那张给未来小孩准备的卡里有多少钱她一清二楚。

陈非反应过来，想到领证那天她让他戒酒三个月，不知不觉就要四个月了,两人也没为这事特意数日子,不知道她今晚怎么想到这个话题。他当然有当爸爸的意愿,不由自主地笑了:"今天是时候了?"

谭思佳由衷道:"我觉得我们已经做好准备了,我对你当一个好爸爸有信心。"

她的心柔软得不成样子,都说爱人如养花,而他很会爱人。谭思佳想,以后他们的孩子一定会感谢妈妈,给 ta 选择了一个最出色的"花匠"爸爸。

4.

谭思佳的生理期迟迟未至,她觉得怀孕的可能性很大,陈非和她每年定期做检查,两人都很健康。

下午放学,经过药房,她找了个地方停车,进去买了测试纸。

这天陈非不在家,他带队到外地参加为期三天的培训,谭思佳回了自家爸妈那里,她进卫生间待了五分钟,出来后兴奋地喊:"妈妈!爸爸!"

二老正在厨房里为女儿准备她爱吃的菜,听到声音实对视了一眼,什么情况?

谭父手持锅铲出去,他还没开口,谭思佳就开心地表示:"爸爸,我怀孕了!"紧接着她跑到厨房,一把抱住谭母,"妈妈,我也要做妈妈了!"

谭母一喜:"真的?"

谭思佳声音激动:"我刚刚测了,两条杠呢!"

谭母高兴地说:"我的女儿也要做妈妈了。"

谭思佳将谭母抱得更紧,问她:"妈妈,怀孕辛苦吗?"

"这个过程当然辛苦了,怀孕是一件很不容易的事情。"谭母感慨,她摸了摸女儿厚厚的头发,"不过也不要害怕,有我们在呢。"

"我不害怕。"谭思佳却肯定地说,"我自己喜欢小孩才想生的,我很期待 ta 来到这个世界上,十个月会不会太长了?"

"时间过得很快的。"谭母笑。

这时心情愉悦的谭父重新回到厨房,他问:"告诉陈非了吗?"

"还没有。"谭思佳放开母亲,向他们撒娇,"我第一个告诉你们呢,我还是和你们最亲了。"

老两口被她哄得高兴,笑了一会儿,问:"陈非周五才回来?"

"周五下午。等他回来再告诉他,现在让他知道,他立马就能赶回来。"谭思佳想到陈非做得出来这种事,脸上洋溢幸福的笑容。

女婿重视女儿,谭父谭母当然满意,他们说:"周五晚上叫他也来家里吃饭。"

周五,陈非结束培训回来,抵达海城还不到下午四点,不用再去公司,他便乘地铁去接谭思佳下班。谭思佳将车子从学校开出来,然后换了他开车。

谭思佳忍了一路,直到抵达地库,看着陈非挂 P 挡熄火后,她开口:"我有一个好消息。"

"什么好消……"陈非骤然转头,他很敏锐,立即想到那个可能性,已经不能控制地笑起来,"你怀孕了?"

谭思佳点头:"对,恭喜你,要当爸爸了。"

她打开手机相册,调出那张验孕试纸图片。地库昏暗,车里更黑,陈非的双眸却亮得惊人,看着两条红色的杠,他面上迅速笑意扩大。

谭思佳说:"我预约了明天上午十点的孕检,我们再去医院确认一……"

陈非忽然倾身过来抱她,动容地说:"我真的要有女儿了!"

"二分之一的概率,如果是儿子呢?"

"儿子也行,但我希望是女儿。"

"就当开盲盒吧,都是惊喜。"

谭思佳的整个孕期做到了听医嘱和保持积极向上的心态,当然也经历了孕吐、行动不便、晚上睡觉不能平躺而侧卧难受的阶段,但幸好陈非是无微不至的老公,把她照顾得很好。小宝宝在爸妈的期盼与爱中,在妈妈肚子里健康成长,然后顺利来到这个世界。

谭思佳产程结束后,护士出去喊:"谭思佳的家属!"

陈非立即表示他是,护士笑着说:"母女平安,恭喜你们!"

盲盒打开,如陈非所愿。

小宝宝还要在产房和妈妈一起观察两个小时。等到母女二人同时被送出来,即便是万分期待的女儿,也被陈非暂时抛在一边,当着四位父母的面,他亲了亲谭思佳的额头:"辛苦你了。"

谭思佳笑道:"你不看看你女儿吗?"

女儿乖巧地躺在谭思佳身边,她刚出生不久,还不能睁开眼睛,皮肤红通通,皱皱巴巴的,陈非把目光新奇地投过去,他越看越喜欢,不敢去抱她,更不敢亲她。压抑着澎湃的心情,他温柔凝望着她:"你好呀,我是爸爸。"

5.

陈非调回总部后,虽然时间没有在镇上那么自由,但是假期多了起来,除了偶尔一个周六或者周日轮到他在办公室值班之外,都可以正常休息。

不过,他依然很忙。

这周五夜里,陈非很晚才回来,他下班后去了趟自己的公司处理事情,到家已经接近十一点。自从怀孕后,谭思佳调整作息,这会儿她睡了,昏昏沉沉之中感到身边有点动静,熟悉的胸膛靠上来,她原本要醒的,随即安下心来,彻底睡熟。

第二天清晨陈非先睁眼睛,他多年的生物钟养成习惯,以前在清水镇时,要早起送学生赚外快,现在少了这活,依然改不了这个习惯。他正准备起床,被谭思佳抱住,她迷迷糊糊地叫他再睡一会儿:"周末就偷下懒吧。"

于是,陈非歇了起床的心思。他没睡得着,反倒把谭思佳也闹得没了困意。

谭思佳怀孕20周,从她前两星期第一次感受到胎动后,陈非想起来就要摸摸她的肚子,这会儿躺着没事干,便伸手覆上去。宝宝没有给爸爸面子,他等了好一会儿都没感受到胎动,也不丧气,因为他心思早就歪了。尽管知道什么也不能做,他还是过了下手瘾。

两人起得晚,谭思佳洗漱的工夫,陈非煮了水饺。

刚吃完早餐,谭母打电话过来问他们中午要不要回去吃饭,按照惯例,周六中午是家庭聚餐日,谭思佳给了肯定答案。

他们比哥嫂一家三口先到。时间过得很快,琪琪今年已经上二年级了。琪琪一见到姑姑,就迫不及待地问她,妹妹还有多久才到这个世界上来。小姑娘可想当姐姐了,她的好朋友就有一个妹妹,白白的、香香的,特别可爱,把她羡慕坏了。但是她爸妈工作忙,不打算要二胎,所以她只能寄希望于姑姑生一个。

谭思佳搂着琪琪,先回答她的问题:"还有五个月。"接着又笑,"如果是个弟弟怎么办?"

谭若琪不想要臭弟弟:"肯定是妹妹!"

陈非也觉得肯定是女儿,女儿多好呀,不管是大哥家的可可,还是大舅哥家的琪琪,他都非常喜欢,做梦都想自己也有一个。

中午吃饭时,谭母问他们以后怎么计划,月子中心早就订好了,出了月子后,小孩由谁照顾。这事谭思佳和陈非商量过,他们都不喜欢家里有陌生人,除了每周请一次钟点工做保洁,平时一些小扫除,自己顺手就做了。再加上陈母之前表达过替他们带孩子的意愿,陈非大哥再婚后,可可也来了海城,她现在上二年级,陈母腾得出手来帮他俩带小孩,因此两人不打算请育儿嫂。

谭母看着陈非:"你大哥结婚也有两年了,他们决定要小孩了吗?你妈妈如果忙不过来,我来帮你们。"

"谢谢妈。"陈非解释,"我大哥觉得他现在的经济条件养两个小孩有点吃力,他准备再过两年家里宽裕一些再生,我嫂子还年轻,她也不着急。我妈说再过两个月她就来跟我们一起住,方便照顾思佳。"

谭母放下心来:"那就要辛苦你妈妈了。"

陈非笑:"我妈盼这天很久了,她心里高兴。"

下午两人去看电影,三点钟的场次,他们早到了半小时,为了打发时间,就到母婴区转了一圈。

谭思佳没拦住陈非,这人想要女儿想疯了,买了几条粉粉嫩嫩的裙子。结完账出去,谭思佳挽着陈非,而他拎着购物袋,两人乘自动扶梯上顶楼,她笑着说:"如果是个儿子,这些东西我得挂到闲鱼上卖掉吧。"

陈非笑:"是儿子也不浪费,反正一两岁时他也没有性别意识,想怎么打扮还不是你和我说了算。"

谭思佳听他这话说得不着调,便嗔道:"你可真有想法。"

两人说说笑笑到了电影院,竟碰到熟人。再见梁宇航,谭思佳心里很平静。

梁宇航神情复杂,去年谭思佳办婚礼前发了电子请柬,当然他已经不在她的通讯录里面,但他和她有共同好友,传到他耳里,他便让对方转发给他看了一下。她穿着洁白的婚纱,可惜身边站着的人不是他。那个他一开始不看好、认为对方根本配不上她的男人,最终被她坚定选择了。其实他心里清楚,谭思佳不是愿意将就与妥协的人,既然她选择了陈非,至少证明,在她那里,陈非比他更好。他曾经不识趣,分手后三番五次惹她不快,给他转发请柬的朋友开玩笑问他,到时要不要去抢婚。梁宇航被朋友不安好心地打趣也不生气,回了一句大好的日子就不去给她添堵了,他已经有自知之明。

他的目光落到她肚子上。谭思佳并不爱宽大的衣服,但她今天穿得十分宽松,她本来也不算特别瘦,现在看起来更多了两分肉感。他试探着问:"怀孕了?"

谭思佳点了下头。

"几个月了?"梁宇航又问。

"快五个月了。"

"恭喜。"

"谢谢。"谭思佳此刻心态平和,既然偶然遇见了,便也不排斥与他多说两句话。

她看他身边有个年轻漂亮的女孩,问:"你女朋友?"

梁宇航告诉她:"对,我们下个月办婚礼。"

谭思佳送上祝福:"恭喜。"

女孩笑容甜美,问她看什么电影,然后发现大家看的是同一场。已经到检票的时间了,谭思佳说:"我们进去吧。"

陈非全程没说话,他和梁宇航实在没有客套的必要,他对梁宇航也没有任何想法,她的一段过去式而已,不值得他在意。

双方座位隔了两排,进入影厅后分开,散场时没有打招呼,各走各的,两段人生本来就不会再产生交集。

相比梁宇航的女朋友好奇地问他电影院里碰见的朋友是谁,谭思佳和陈非甚至都没有再提一下梁宇航。

回家的路上,谭思佳忍不住从袋子里拿出陈非买的那几条小裙子,怎么看怎么喜欢,她都不敢想如果真是个女儿,打扮起来该有多好看。

她满怀着期待。

6.

乐心黏她爸黏得很。

她很小的时候,半夜哭一般是饿了或者拉了,陈非起来给她泡奶粉、换尿不湿的次数最多。本来乐心奶奶体谅他俩工作辛苦,提出晚上也由她带着乐心睡觉,但是两个小年轻既觉得过意不去,也想着白天上班不在家,晚上才有时间和女儿培养感情,还是选择夜里由他俩自己带。最开始的几次,谭思佳要起身,都被陈非按着肩膀躺回去,他说他来。在这事上,谭思佳也没有和他客气,导致后来她换纸尿裤还没有陈非熟练。

而且尽管陈非工作忙,但只要他下班回家不算太晚,乐心还没有睡觉,他就会陪她玩。自从女儿出生后,他更念家了,如非必要,不会在外面多待。这也养成了乐心睡前总要和爸爸玩一会儿的习惯。遇到不得已的情况,他实在没办法早回家,小姑娘不肯睡觉,非要等爸爸回来,当然,小人儿精力有限,每次都没有成功地等到最后。

偶尔一个假期,陈非必须到办公室值班,这周日又轮到他。早晨他离开家时,乐心变成他的腿部小挂件,奶声奶气地要求道:"爸爸,你把我也带上吧。"

陈非还没有说话,谭思佳先出声:"你爸去公司上班呢,你去了他没办法好好工作。你今天得在家里练字。"

乐心不依,说:"我乖乖的,保证不打扰爸爸。"小女孩聪明得很,立即仰着头对她爸说,"爸爸,我去你办公室练字。"又看向谭思佳,"妈妈,你让爸爸监督我。"

她这一套话说下来,谭思佳忍不住笑:"你还会安排得很。"

陈非也笑:"今天我来带她吧,你休息一下。反正值班也就是接一下一线汇报安全运行的电话,没有什么要紧的事。"

谭思佳便对女儿说:"你自己去把书包带上,晚上回来妈妈要检查你的练字帖。"

乐心立刻欢呼出声,她跑回房间拿书包。谭思佳叮嘱陈非:"她今天必须写满两篇'大'字,你要注意她的坐姿,要是她头埋得太低了,你提醒一下。"

陈非点头:"好。"

她送父女俩出门。平时工作日的早晨,谭思佳离开家时都要亲亲乐心的脸蛋,今天轮到乐心先离开家,小孩子是最会模仿大人行为的,她张开双手要妈妈抱,然后搂着妈妈的脖子,亲了妈妈一口:"妈妈拜拜。"

陈非把女儿接到自己怀里的时候,顺势也亲了亲谭思佳,说:"今晚出去吃吧,下班我回来接你和妈。"

谭思佳"嗯"了一声,说:"那我问一下妈的意见,商量一下吃什么。"

陈非带着女儿到了办公室。刚过九点,座机就响起来,他连着接了十几通安全汇报的电话。乐心非常乖巧,知道爸爸是在工作,她就自己拿着铅笔练字。陈非不时观察一眼女儿,见她脑袋低下去了,就叫她抬起来一点。

周末办公大楼没几个人,单位食堂也放假,中午陈非带着乐心出去吃饭。中午有两个小时休息时间,吃完饭还早,附近有个商场,陈非讨女儿欢心,就说:"爸爸带你去买漂亮衣服好不好?"

没有小女孩能拒绝漂亮衣服的诱惑,反正乐心不能拒绝,她大大的眼睛亮晶晶地放光,直点头:"好!"

小姑娘挑好了自己看中的裙子,没有忘记在家里的妈妈,她牵着爸爸的手:"也给妈妈买份礼物吧。"

陈非也是这样想的,他征求女儿的意见:"我们给妈妈买什么礼物呢?"

乐心认真地想了想,她还记得上个月有天晚上爸爸下班回家送给妈妈一束玫瑰,妈妈可开心了。她说:"给妈妈买花吧,妈妈喜欢花。"

陈非鼓励道:"那我们去花店,你亲自给妈妈挑,咱们给她一个惊喜。"

乐心果然劲头十足,她信心满满:"我给妈妈挑最好看的。"

陈非陪着乐心挑花的时候,谭思佳打了视频电话过来,他连忙对女儿说:"咱们出去和妈妈接一下视频,妈妈问我们在干什么,不能穿帮了,行吗?"

乐心很喜欢和爸爸共同拥有小秘密的感受,她捂着嘴巴笑,直点头。

父女两人从花店出去,他蹲下,搂着乐心,后面的背景是一片墙。接通后,谭思佳出现在屏幕上,乐心欢快地叫了一声"妈妈"。

谭思佳笑着问她:"你和爸爸在干什么,怎么这么久才接视频电话?"

乐心反应快,兴奋道:"爸爸给我买裙子了!"

"爸爸给你买裙子高不高兴?一定很漂亮吧?"

"超级漂亮!我晚上回家穿给你看!"乐心献宝似的。

"好,我的女儿肯定是最漂亮的。"谭思佳捧场,又问,"中午爸爸带你吃什么了?"

"牛排和汉堡包,下次要带妈妈一起来吃。"

"行,下次妈妈跟你和爸爸一起去吃。你今天上午在爸爸办公室做什么了呀?有没有乖乖练字?"

"我练了。我乖着呢,爸爸打电话,我没有跟他说话。"

"乐心真棒!"

……………

陈非在一旁笑看着老婆和女儿对话,幸福的具象化就是日常生活中这样普通而温馨的一个又一个瞬间。

过了一会儿,谭思佳才对陈非开口:"我和妈看好餐厅了,晚上去吃粤菜。"

陈非没有意见:"听你们的。"

挂断视频后,他重新带着乐心进入花店,包了一束粉色的玫瑰。

年轻的女老板已经从他们刚才出去之前的对话里得知这束花是一份带回家的惊喜,英俊高大的男人付了款,他一手抱着花,一手牵着粉雕玉琢的小女孩,转身往外走。

她看着这一幕,暗暗想着,被他们放在心上的那位女士收到花的时候一定会很开心吧。又想,能感受到世界上这么多幸福发生的充满爱的时刻,卖花真是一份美好的事业啊!

(全文完)

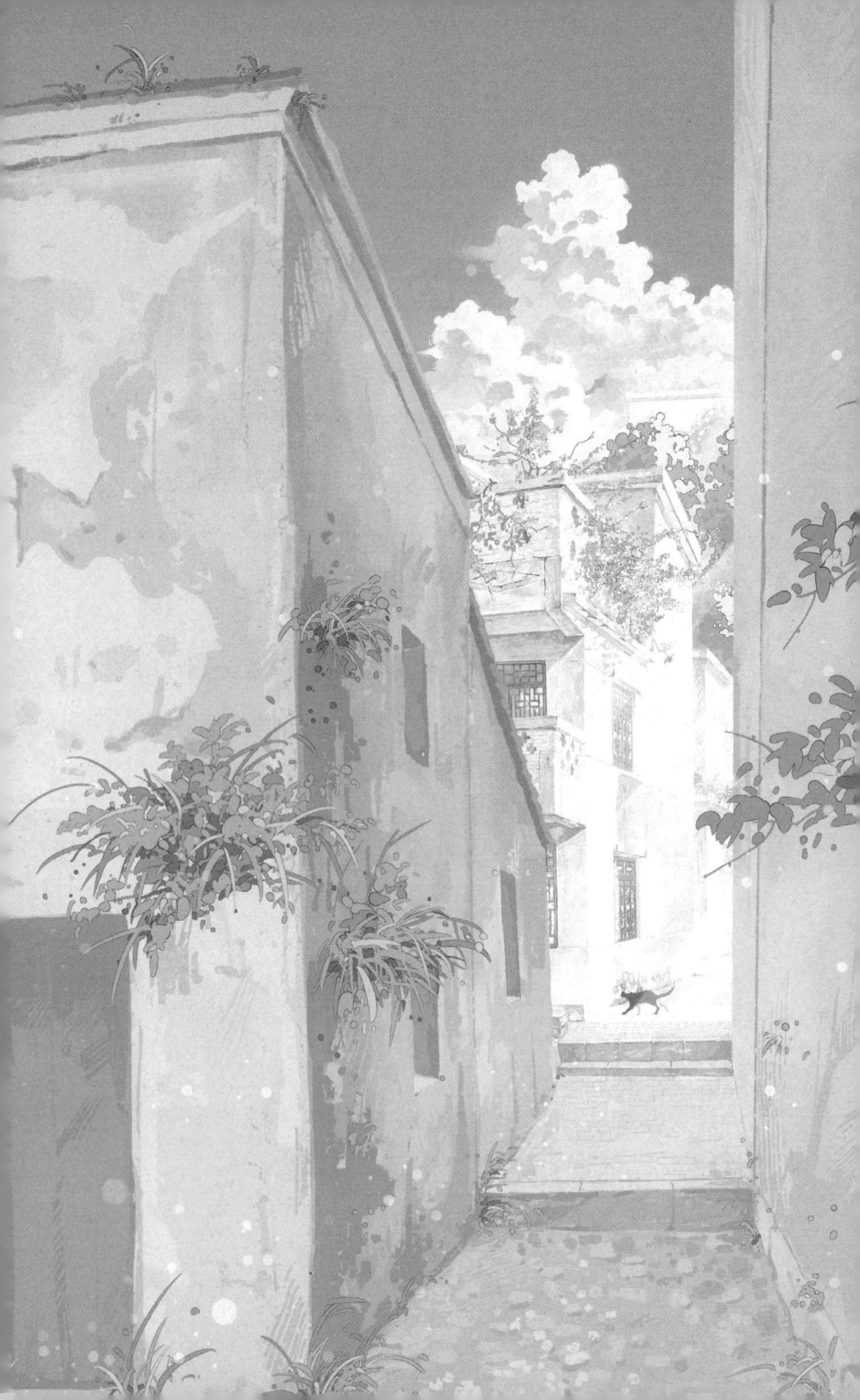